Cadavre, vautours et poulet au citron

Du même auteur

Romans

Un bon écrivain est un écrivain mort, Mirobole Éditions, 2016 / J'ai lu (à paraître).

Les hommes sont des maîtresses comme les autres, Plon, 2013 / Pocket, 2015.

Sur la route again, Transboréal, 2013.

Prends ça dans ta gueule !, Éditions du Rocher, 2006.

Les pères de famille ne portent pas de robe, Julliard, 2005.

Les Enfants rouges, Flammarion, 2001 / J'ai lu, 2003.

Jack London : le mangeur de vent, Flammarion, 2000.

Ernest Hemingway, Le Castor Astral, 1998.

Tropique du grand cerf, Baleine, coll. « Le Poulpe », 1997.

Zarma le zarbi, Fleuve noir, 1998.

Romans pour la jeunesse

La Fille aux cheveux roses, Syros Jeunesse, 2004.

Sur la piste de Liza, Éditions Thierry Magnier, 2000.

GUILLAUME CHÉREL

Cadavre, vautours et poulet au citron

Michel LAFON

L'auteur a bénéficié de deux résidences d'écriture pour la réalisation de ce livre.

La première au monastère de Saorge (Alpes-Maritimes) – Centre des monuments nationaux –, en tant que lauréat de la bourse CMN-DRAC-PACA 2015.

L'autre à Madrid, la même année, à la Residencia de Estudiantes, grâce au soutien du service culturel de l'Institut français d'Espagne et d'Acción Cultural Española (AC/E), via la Direction des affaires culturelles de la Ville de Paris (Maison des écrivains et de la littérature).

118, avenue Achille-Peretti – CS 70024
92521 Neuilly-sur-Seine Cedex
www.michel-lafon.com

Je dédie ce livre à Séb (1969-2017),
qui a débarqué dans ma vie tel un tank russe
en dérapage contrôlé.

Quand je contemple ces chiens, je regrette les loups.
Victor Hugo

Qui boit meurt ; qui ne boit pas meurt aussi.
Proverbe mongol

À la fin, tout perd son sens,
mais la machine à écrire est toujours avec moi.
Enrique Vila-Matas

Avertissement

« N'écris pas ça, hein ?! », déconnait Pat, quand il m'appelait en pleine nuit – généralement pété à la vodka –, pour me raconter ses dernières aventures en Mongolie. Alors qu'il savait très bien que j'allais tirer un livre de ses histoires inavouables. « Tu as du mal à le chier, celui-là ! », il m'avait même taquiné, après avoir lu le premier jet.

Quatre ans, il m'aura fallu.

Quatre ans à m'autocensurer, pour ne pas nuire à son bizness à Oulan-Bator.

Maintenant qu'il est mort (un 1er avril !), comme un con, dans son lit (ça l'aurait fait rire, croyez-moi), je peux enfin raconter l'irracontable.

Je ne suis pas près de t'oublier, anda.

Même tes coups de fil alcoolisés me manquent.

« Bois un coup, ça va passer !, je t'entends me répondre.

– Vodka ? Da !

– Allez, on se casse ! »

P.-S. : Autrement dit (est-il besoin de le préciser ?), les situations et les personnages de ce roman sont purement extraordinaires. Toute ressemblance avec des ours, chameaux, loups, dragons, chamans et autres sorcières ayant existé ne serait que pure inconscience, créée par mon imaginaire aussi débordant qu'inventif.

On est d'accord ?

Prologue

Du Riffifi en Mongolie

L'enquête de Tracfin sur des faits de délits d'initiés, dans le cadre du rachat de Minium-France, filiale d'Atomin-Avéra, qui s'est soldé par le fiasco financier que l'on connaît (3 milliards d'euros d'argent public ont été engloutis dans l'opération), a laissé apparaître que MiniumFrance, dirigé par le couple Olivier Pèze-Anne Vaularjean, avait été victime d'une vaste escroquerie.

Parmi les intermédiaires qui ont contribué au rachat d'Atomin, on trouve les noms du banquier belge Paul Bouter, du milliardaire anglais John Fourest, du Français Philippe Balkanzi, député-maire du Var.

Ladite enquête mène jusqu'en Mongolie, où les électeurs viennent de voter, au terme d'une campagne au climat pesant. En effet, les trois candidats en lice ont tous été mis en cause dans des scandales de corruption, lesquels ont totalement étouffé les débats sur la conjoncture économique alors même que la Mongolie, malgré la richesse colossale de ses ressources minières, reste enfoncée dans la pauvreté. Le pays d'Asie du Nord-Est

« dépend de la Russie pour plus des trois quarts » de ses besoins en pétrole et « de la Chine pour quelque 90 % de ses échanges commerciaux ». Convertie au capitalisme, la Mongolie dispose de gisements d'or, de cuivre et d'uranium encore largement inexploités et dont elle dépend en grande partie.

Dépêche AFP, 10 juillet 2017

Première partie

– 1 –

Détective public, pas privé

Mon nom est Jérôme Beauregard et je suis grand.

Je précise « grand » parce que, s'il vous arrivait de me rencontrer, ce ne sont pas ma beauté ni mon intelligence qui vous frapperaient d'abord, mais ma haute taille. Ce qui n'est pas pour déplaire aux femmes, mais attire toujours la même remarque des hommes en compétition : « Ce que tu es grand ! » Comme si je ne le savais pas, depuis le temps.

S'ensuit l'inévitable : « Tu as joué au basket ? » Sans oublier l'invariable : « Fait beau là-haut ? », et autres réflexions du même tonneau. Pour couper court, je m'empresse de préciser que tout est à la même échelle, ce qui fait glousser les femelles en chaleur et grogner les mâles complexés. Si je leur demandais combien ils font de centimètres, ces nains, ça jetterait un froid, non ?

Ce qui compte, ce n'est pas d'être grand, c'est d'être à la hauteur.

Bref, mes ami(e)s m'appellent « grand », plutôt que par mon prénom. « Salut grand ! », ils disent. Ça m'a un temps agacé. Maintenant, je suis habitué. Je dois faire avec cette « grandeur » depuis que je suis petit... Étant ce qu'on appelle un faux calme, je peux péter un câble lorsque, pour la trois mille deux centième fois, on me demande combien je mesure.

Un mètre quatre-vingt-quinze.

Je ne le répéterai pas.

Tout ça pour dire qu'en Mongolie ça m'a plutôt servi dans mon activité de détective public.

C'est écrit sur ma carte de visite : « Jérôme Beauregard, détective public ». Je précise bien « public », pas « privé ».

Comme les piscines, les parkings et les toilettes publiques, oui.

Détective public, histoire de me distinguer des détectives à la Chandler. J'aime autant ne pas être assimilé au cliché du *loser hard-boiled*, qui s'en prend plein la gueule pour avoir emballé la p'tite pépée. Ça tombe bien, je me sens plus proche de Vidocq, qui fut bandit avant de créer le métier, en 1833, que de Philip Marlowe et consorts.

Mon ancien métier de journaliste m'a appris à recueillir des témoignages et à rédiger des rapports structurés.

J'ai laissé tomber ce métier, ou plutôt – « crise » de la presse oblige –, ce métier m'a laissé tomber, mais j'ai gardé les réflexes.

Je continue à m'informer, je sais écouter les gens, les faire parler, en douceur, à la différence des flics, qui ont moins de temps.

Le mien, j'en dispose comme il me semble.

Ma liberté est mon capital.

On imagine mal le nombre d'affaires dont la police ou la justice n'ont pas le droit, ou le temps, de s'occuper.

Détective public, c'était la bonne couverture pour faire tout et (surtout) n'importe quoi là-bas.

Où ça ?

À Oulan-Bator, en Mongolie.

Mais je vais trop vite, là, pardon.

Passez-moi la bouteille, que je vous raconte.

– 2 –

Cadavre, vautours et poulet au citron

Tout a démarré par un coup de fil.

Je m'endormais, au chaud sous ma couette, dans mon petit appartement parisien, lorsque le vibreur de mon smartphone, posé sur la table de chevet, m'a fait sursauter.

Il n'y avait que lui pour m'appeler à une heure pareille.

J'ai regardé le numéro affiché. C'était bien Pat que je redoutais d'entendre, tout en étant content d'avoir de ses nouvelles.

Au troisième couplet d'un rap téléchargé par ma fille, j'ai fini par décrocher en grognant :

– Rallôôô !

– Saïbanooouuuu… (Il était bourré, ça s'entendait).

– Hello, *anda* ! Quoi de neuf en Mongolie ?

– J'ai tué un mec…

– Arrête, tu déconnes ?

– Pas fait exprès, j'te jure ! Je l'ai poussé. Il est mal tombé…

– C'est le cas de le dire, j'ai cru finaud d'observer.

– Il était tout petit. Pas de quoi se vanter…

– Ça s'est passé où et quand ?

– À la sortie d'une boîte à putes, le week-end dernier.

– Tu t'en es tiré comment, cette fois ?

– J'ai passé une journée au poste. Les flics ont conclu à la légitime défense et je suis rentré chez moi.

– Ta femme est au courant ?

– Bien sûr. Zulaa m'a dit : « T'as bien fait ! » et on a mangé du poulet au citron.

C'était du Pat tout craché.

Il avait annoncé ça sur un ton tellement égal.

Tuer froidement un mec et savourer son repas, comme si de rien n'était. ..

Rétrospectivement, je réalise que j'aurais dû écouter ma petite voix. Vous savez, celle qui nous conseille de prendre un parapluie et qu'on regrette de n'avoir pas écoutée. Une petite voix qui m'a pourtant déjà sauvé la vie. « Ne réponds pas », elle m'avait murmuré clairement.

Mais c'est tellement rare de se faire de nouveaux amis après trente ans. Alors après quarante… Et puis, comment refuser la Mongolie ?

Je lui ai demandé de me rappeler sur le fixe. Le temps que la communication s'établisse (Oulan-Bator, c'est pas la porte à côté), j'ai allumé un cigare et bu une rasade de cognac, histoire d'être sur la même longueur d'onde que Pat.

Lorsque la sonnerie a retenti, nous avons repris la conversation où elle en était :

– Ton tableau de chasse, maintenant, c'est quatre loups et dix mecs, si je compte bien ?

– J'suis qu'un amateur, à côté de Gengis Khan…

– Et à part le mort, pas trop de dégâts ?

– J'ai le petit doigt cassé, je crois. Zulaa m'a posé une attelle. Heureusement que mon frère est arrivé… Tu l'aurais vu, on aurait dit Bruce Lee ! Il dégageait les mecs à coups de tatane, sans enlever le téléphone de son oreille – il était en conversation avec sa femme. Les Chinois étaient plus nombreux que nous mais on a gagné.

– Quel pays, bordel !

– À propos de bordel, ta yourte est réservée, avec deux ou trois filles dont tu me diras des nouvelles.

– C'est pas mon truc, les putes.

– OK, mais qu'est-ce qu'on va se marrer, tu verras !

– Écoute, il est plus d'une heure du mat' et j'allais dorm…

– Attends, il m'a coupé, jette d'abord un œil sur des photos que je viens de t'envoyer en MP.

J'ai ouvert mon PC et découvert une série de clichés montrant la dépouille d'un homme déposée au pied d'un massif montagneux. Puis le cadavre se faisait bouffer par des vautours.

– Putain ! C'est quoi ça ?!

– Une vieille tradition mongole, calquée sur celle du Tibet, a soufflé Pat.

L'horreur de la scène m'a fait frissonner. J'ai rapproché

les yeux de l'écran de mon ordinateur (cette putain de vue qui baisse !). Sur la première image, le cadavre était assis – avachi, plutôt – dans le « panier » d'un side-car, piloté par un homme, casqué. De type « caucasien », comme auraient dit mes collègues de la police, autant que je pouvais en juger par la forme de ses yeux. Derrière lui se trouvait un autre homme, plus corpulent, de type occidental lui aussi, et casqué également. Les deux hommes avaient un foulard sur le nez.

– Tu fais chier ! Comment tu veux que je me rendorme après ça ?

À l'entendre glousser, ça l'amusait.

– Aujourd'hui, c'est interdit en Mongolie, a ajouté Pat, mais ça se pratique encore ici et là… Loin des yeux des autorités.

J'ai regardé plus attentivement les photos. On voyait distinctement le corps déposé à terre par ces deux hommes casqués, sous le regard d'un troisième, coiffé d'une gâpette, également masqué par un foulard. Un Asiatique, celui-là, comme le mort. Enfin, la dernière scène montrait le cadavre dépecé par une nuée de vautours.

– Rhâââââ, c'est dégueulasse ! Développe maintenant que je suis réveillé !

– Si ce sont des charognards à plumes qui le bectent, c'est que c'était un bon bougre. Parce que son âme partira vers le ciel… Si ce sont des renards, les loups, ou des chiens, ça va encore : ils feront des crottes avec… Mais si le corps pourrit et se laisse bouffer par des vers, ça veut dire que c'était un mauvais mec.

– Les vautours s'en occupent, donc ce mec était respecté ?

– Affirmatif.

– Regarde, on voit le fémur, comme s'il avait été dévoré par un grizzly : ça me donne envie de gerber…

– Et il est attaché, t'as remarqué ? Les mains dans le dos, reliées à son cou par un lien…

– Brrrrr, ça pourrait être une exécution plutôt qu'un rituel.

– Ou alors exécution puis rituel…

– Mais pourquoi tu m'envoies ça ?

– C'est ce qui m'attend, si je comprends bien le message…

– Un rapport avec le mec que tu as tué ?

– J'aimerais bien le savoir… Dis, ça te dirait de venir bosser ici ?

– Après ce que je viens de voir, ça dépend des conditions…

– Quand tu verras le montant du virement que je viens de te faire, tu accepteras de danser la rumba à poil, avec une plume dans le cul !

Cet enfoiré de Pat me connaissait déjà bien.

Il savait que j'étais fauché et que je ne refusais jamais de partir pour de nouvelles aventures.

Il avait tout prévu, même l'argent du billet d'avion.

– 3 –

Touche pas à ma pute !

Trois semaines plus tard, j'avais le nez fourré entre les cuisses d'une pute mongole, fraîchement douchée, dans un loft d'Oulan-Bator, loué par un Italien qui avait fait fortune dans le cashmere.

Je précise que la fille était douchée parce que la première chose qu'avait faite le rital, prénommé Paulo, après nous avoir invités chez lui, avait été de nous refiler des serviettes propres et de nous indiquer la direction de la salle de bains. Comme s'il avait l'habitude de cette procédure d'hygiène.

C'était au milieu de la nuit. Pat avait insisté pour que je l'accompagne jusqu'à cet appartement cossu, situé au troisième étage d'un bâtiment rénové datant de l'ère soviétique. Nous avions dû prendre les escaliers, dans le noir, à cause d'une panne de courant. On faisait un boucan d'enfer, en gloussant bêtement et ça m'avait rappelé l'HLM de mon enfance, quand on jouait aux gendarmes et aux voleurs entre les étages. Bref, on était bourrés.

Finalement, ce n'était pas si con cette histoire de douche, parce qu'on devait empester l'alcool, la cigarette et la sueur.

Dans l'appartement tout équipé (écran géant, home cinéma Bose, chaîne Bang & Olufsen, frigo américain géant), trois filles nous attentaient, dont deux scandaleusement jeunes : « Elles ont presque l'âge de nos filles… », j'ai glissé à l'oreille de Pat. Ce qui ne semblait pas le déranger un instant. Nous n'étions pas dans une yourte mais il avait tenu sa promesse, rapport au bordel.

Le nouveau roi du cashmere s'était réservé la plus jolie – à peine majeure, d'après moi, ce qui me foutait mal à l'aise –, me laissant la « vieille » (une trentaine d'années, tout au plus), un peu hommasse mais souriante et détendue. Sans doute la rabatteuse des deux autres, ramassées dans une boîte chinoise où elles officiaient par intermittence.

Je trouvais qu'avec leurs joues, rouges comme des pommes, ces prétendues putes ressemblaient aux poupées de porcelaine que ma grand-mère posait pour faire joli sur le lit – elles paraissaient si fragiles que ma sœur et moi n'avions pas le droit de jouer avec.

Jusque-là, je n'avais payé qu'une fois pour faire l'amour.

Ce qui m'avait définitivement convaincu de refuser le principe selon lequel si t'as du fric, tu baises des filles qui ne t'auraient pas calculé si t'étais fauché.

J'avais quand même suivi, pour voir, comme au poker, jusqu'où allait nous mener cette histoire de putes mongoles.

Je débarquais à peine de l'avion, les effets du *jetlag* commençaient à se manifester, j'étais crevé, et je trouvais que la soirée tournait au glauque. Sans compter que je ne savais pas où j'allais dormir, dans cette ville glaciale du bout monde. Je me sentais piégé. Mes bagages étaient encore dans le coffre du 4 X 4 de Pat, surveillés par un gigantesque garde du corps aux allures d'homme-singe.

Je ne me voyais pas poireauter sur le parking, en attendant que « ça » se passe, avec un chauffeur et un garde du corps qui ne parlaient que le mongol. Une langue pas commode à apprendre. Rien à voir avec le chinois, que je baragouinais un peu.

La compagnie de ces deux businessmen en goguette commençait à me peser. Pat s'amusait de me voir lancer des piques au rital. Un gros porc aux joues couperosées. Il était aussi bruyant que bavard, et arrogant avec ça. Ce mec me dégoûtait. Il sentait le tabac froid et la sueur sous les aisselles. Et n'arrêtait pas de bavasser. De la bave sortait de sa lippe. Il avait de la mousse blanche à la commissure des lèvres. Et que je suis bouddhiste, bla-bla-bla, et que je respecte mon prochain, bla-bla-bla... Et que Rome a tout inventé, bla-bla-bla... J'en pouvais plus de l'entendre enchaîner ses poncifs.

Je lui aurais bien mis mon poing dans sa grande gueule, pour le faire taire, ce baratineur de Piémontais, mais ça l'aurait foutu mal, c'était ma première virée avec Pat en Mongolie.

Lui semblait s'amuser comme un petit fou : « On va aux putes ! », avait-il claironné en quittant la boîte où nous nous étions arsouillés toute la soirée. Mais une fois au pied du mur, il s'était transformé en grand couillon timoré, tournant autour du pot, comme un puceau de quarante ans. Là, j'ai craqué :

– Putain, on les tire ou on se tire ?!

Ce mauvais jeu de mots l'a fait marrer. Alors j'ai enchaîné sur le fond de ma pensée.

– Et si vos filles, ou vos sœurs tapinaient ? *« Real men don't buy girls… »*

– C'est bien une réflexion de bobo, a tout de suite tempéré mon nouveau boss. Nous on est des gros vicelards et toi, tu vas sauver la gentille petite péripatéticienne du trottoir.

Un point pour lui.

Match nul.

Putes au centre.

La mienne s'appelait Solongo, « Arc-en-Ciel », en mongol.

Elle portait bien son nom, car j'allais en voir de toutes les couleurs.

Les deux expats ont fini par s'enfermer dans une chambre, chacun avec une gamine, me laissant dans le salon avec la « vieille ».

Cheveux coupés au carré, grassouillette, l'œil pétillant et la narine mutine, elle avait de la personnalité. Plus je l'observais, plus je la trouvais sympa. Une fois seuls, en tête à tête, j'en ai profité pour lui glisser à l'oreille que si elle ne voulait rien faire, ça m'irait aussi bien. Elle serait payée quand même.

– *No ! Let's do it !*, elle a répondu avec entrain.

Soit... Allumé comme j'étais, j'ai joué le jeu jusqu'au bout. Et Solongo a eu l'air d'apprécier, parce qu'elle a fait tellement de bruit – j'en étais moi-même surpris – que les deux expats sont sortis brusquement de leur chambre pour me demander ce que je lui faisais. Les leurs, de filles, ne faisaient que rire, pendant leurs tentatives d'ébats, se plaignaient-ils, et surtout n'entreprenaient rien. Pas même une pipe...

Je crois surtout qu'ils ne bandaient pas, ces bibendums imbibés. Solongo devait simuler, en bonne professionnelle, j'ai suggéré histoire de les rassurer. En réalité, j'étais tellement désinhibé par la vodka que, pour la dédommager du dérangement, en quelque sorte, je lui ai fait l'amour.

Comme à la maison, pour ainsi dire, en prenant le temps des préliminaires. Je vous passe les détails...

Mais bon, le « cunni » lui avait manifestement fait de l'effet.

Convaincu par mes explications, les deux libidineux sont retournés au plumard avec leurs pucelles. Et je me suis à nouveau occupé de Solongo, laquelle, alors que je lui mordillais le lobe de l'oreille, m'a soudainement demandé, en anglais, si j'en avais...

Of course ! C'était toujours la même putain de question !

To have and have not.

En avoir ou pas...

Des couilles et du courage à la papa.

Bien sûr que j'en avais.

Elle parlait de coke.

Fallait pas pousser, je venais d'arriver.

Fourrant sa main dans son sac, elle a sorti un gros pétard, du genre de celui fumé par Michel Blanc avant la grande scène de « j'ai les dents qui poussent ».

Dès la première taffe, mon cerveau a fait tilt.

Je me suis vu baiser avec Dieu.

Une déesse, quoi.

Longuement, lentement, doucement,

Puis sauvagement, avec force et bestialité.

Mais rien n'est venu.

Et je me suis endormi comme un con.

Enfin, comme une bite.

– 4 –

Very bad trip en Mongolie

Le lendemain, je me suis réveillé dans une chambre que je ne connaissais pas. J'ai tout de suite vérifié que j'avais encore mes papiers. *No problemo*, mon portefeuille était à sa place.

J'ai regardé ma montre, il était midi passé et j'avais l'impression d'avoir un sac de boxe dans ma tête.

Une des pires gueules de bois de ma putain de chienne de vie.

Il commençait bien, ce voyage en Mongolie. Moi qui voulais profiter du grand air pour cesser de picoler…

Je m'étais vautré sur le lit tout habillé – avec mes Timberland d'une tonne aux pieds – sans avoir pris la peine d'ouvrir les draps.

D'habitude, je fais gaffe. J'aime me prendre des bitures, improvisées de préférence, mais j'ai l'instinct de « conversation ». En cas de virée programmée, je sors mon détecteur d'emmerdes intégré. Autrement dit, j'essaie d'avoir deux verres d'avance sur la réalité et trois de retard sur la cuite. J'avais lu ça dans un polar de Crumley et ça m'avait plutôt bien réussi jusque-là.

En général, dès que je sens que je commence à bafouiller, je me casse.

Quand je mange ma serviette enflammée et croque dans mon verre, c'est que c'est trop tard. Putain de vodka ! J'ai rien vu venir.

Le bug total. La fatigue du voyage, sans doute...

Lorsque je me suis enfin décidé à quitter le lit pour faire la vidange, le sol s'est mis à tanguer. Je savais la région sujette aux tremblements de terre, mais c'était moi qui n'arquais pas droit. Il y avait un méchant roulis, comme sur un bateau. J'ai risqué un coup d'œil dans le miroir, placé face au lit, et constaté que j'avais la pommette gauche tuméfiée. J'ai tâté ma peau enflée et instantanément la mémoire est revenue en flash-back.

Après l'intermède putes, chez le millionnaire italien, Pat a insisté pour qu'on aille au Marco-Polo, à l'époque « la » boîte incontournable de UB (diminutif d'Ulan-Bator), où je me suis distingué (je ne sais pas ce qui m'a pris, la vodka sans doute) en tirant les cheveux d'une sublime entraîneuse mongole, à perruque blonde, style Crazy Horse, qui s'ingéniait à me frôler avec ses seins pamplemousses, ondulant comme une sirène, exhibant ses fesses de pouliche. Mais ils avaient beau être parfaits, ses ronds nichons jaunes, perlés de brillants, étincelants sous les sunlights, elle pouvait toujours mouvoir langoureusement son corps, telle une Salomé de la taïga, et attendre que je glisse des biftons dans son string rouge à paillettes, j'étais plus fauché qu'un banquier grec. Malgré le virement de Pat, impossible de tirer du cash avec ma putain de carte Visa Electron, limitée à 300 euros par semaine.

J'étais déjà torché comme un cosaque, quand l'entraîneuse m'a invité à danser, sous le regard concupiscent du riche Italien qui ne nous lâchait plus la grappe. Or, les vrais durs ne dansent pas, comme dirait l'autre, je ne cesse de le répéter. Voyant que je ne raquais pas, la gracieuse sirène s'est transformée en méduse, lorsque je l'ai chopée par la crinière, histoire de lui montrer qui c'était Raoul… Elle a tenté de me coller une gifle, que j'ai pu esquiver. Un videur s'est dirigé vers nous pour me recadrer, le garde du corps de Pat s'est élancé pour me protéger. On a frisé le bourre-pif de peu. Activité très prisée des Mongols, m'avait prévenu Pat. Un peu comme lorsque Astérix et Obélix cognent les Romains : ils adorent se taper un Occidental égaré.

Tout s'était arrangé grâce à l'intervention de Pat, qui a distribué des tugriks (la monnaie locale) à tour de bras, notamment dans le string de la brune blonde. Je venais de découvrir le fier caractère intrépide des farouches femmes mongoles.

Soulagé, je me suis approché de mon *bodyguard*, qui se dandinait sur place comme un boxeur avant un combat, pour le remercier d'être intervenu si promptement. Ce type me fascinait. On aurait dit un australopithèque ; presque deux mètres de haut, prognathe, une gueule à enfourner le pain, avec les dents de devant manquantes, des oreilles en choux-fleurs comme un pilier de rugby, et un front large comme un écran plasma. Son visage, cabossé à la Picasso, était un défi aux lois combinées de l'esthétique et de la génétique. C'était une sorte de cousin asiatique de l'homme de Neandertal, très éloigné du bellâtre blond Rahan. Plutôt un panaché entre Richard Kiel, le géant aux dents d'acier qui harcelait Roger Moore dans les *James Bond* de la fin des années 70, et Oddjob (joué par Harold Sakata), garde du corps et tueur de *Goldfinger* (1964), qui tente de le décapiter avec son chapeau haut de forme, au bord en métal acéré comme un rasoir.

Mon gorille prenait son rôle tellement à cœur qu'il me marquait à la culotte, comme au foot, et me suivait jusqu'aux chiottes. « Tu ne veux pas me la tenir, aussi ?! », je lui gueulais, à cause de la musique à fond, alors qu'il ne pigeait évidemment pas un traître mot de ce que je lui disais, que ce soit en anglais ou en français. Il voyait bien que je me payais sa tête, mais comme Pat, son boss, se marrait, ça passait.

Entre deux bières, je me suis approché de Pat pour lui demander des détails sur mon job : quels seraient mon activité, mon emploi du temps et quand il voulait que je commence à enquêter sur ces types qui le menaçaient avec les photos du cadavre dans la mont…

– Bois un coup, il m'a coupé. D'abord, on fait la fête. Comme ça t'es dans le bain.

Pour être dans le bain, j'étais dans le bain, de vodka. Arrosé de bière, pour faire passer.

Peu avant la fermeture, alors que je tentais de communiquer avec l'australopithèque, au bar, la danseuse blonde a refait son apparition.

Elle était soûle et baragouinait quelque chose en anglais :

– *I want, I want, I want to…*

– *To go in my bed ?!*, j'ai cru bon d'ajouter.

Et vlan ! Je me suis pris une beigne de mon garde du corps.

Le temps que je soulève un tabouret pour le lui jeter à la gueule, tout s'était à nouveau arrangé grâce à Pat, qui n'avait eu qu'à lever les bras en l'air en gueulant : *Pisda !* Je venais de me prendre un pain de celui qui était censé me protéger mais l'incident était clos.

– Il a agi par réflexe, m'a expliqué Pat. C'est une question de principe. Un Mongol mâle ne laisse jamais un étranger draguer impunément une femelle de son peuple sans réagir. Ils sont comme nous, ressentent les mêmes sentiments : tristesse, colère, jalousie. Sauf qu'ils sont plus directs, tu verras.

C'était tout vu. Ma joue, boxée par le sosie de Chewbacca, en attestait. Pour être directs, ils étaient directs, les descendants de Gengis Khan.

– Ça vient de la rudesse de leurs conditions de vie dans la steppe, a continué Pat. Pas le temps de tergiverser quand il fait moins quarante dehors. Tu vois, celui qui ressemble à un grand singe, il va te respecter maintenant parce qu'il a constaté que tu n'avais pas eu peur. Des études ont montré que les *Sapiens* que nous sommes ont bénéficié des gènes de Neandertal dans deux secteurs : la kératine (peau et cheveux) et l'adaptation au froid. En pleine nature, dans des conditions extrêmes, c'est à lui que tu devras la vie.

P.-S. : Peu avant sa disparition, Pat m'a annoncé la mort de ce colosse simiesque, nommé Tsegmed Lkhagvajav (comme ça se prononce… c'est son nom). Il aurait été tué par sa femme « à coups de pelle », pendant qu'il dormait, avait-il précisé, « abruti par l'alcool ». Il la battait, « comme presque tous les Mongols mâles », avait-il ajouté.

Or, tandis que j'écris ces lignes, je viens de recevoir une invitation à être son ami sur Facebook. J'ai évidemment accepté. Vous pensez : Chewbacca ! Et si j'en juge d'après les photos, sa ravissante femme a donné naissance à une charmante fillette.

Je lui donnerai bien des nouvelles de ce bonimenteur de Pat, mais il ne parle toujours que le mongol, alors…

Mais je vais encore trop vite.

Passez-moi la bouteille !

– 5 –

Les Mongols, c'est pas des tarlouzes !

J'avais sympathisé avec Pat sur Facebook.

C'était au milieu de l'hiver, je commençais à me lasser des réseaux « soucieux », avec toujours ces mêmes hystéros, lamentos, paranos, mégalos, rigolos perchés sur le fil d'actualité.

Des semaines que je songeais à supprimer mon compte. Lui, venait de s'inscrire.

J'avais envoyé bouler un relou, en usant d'une réplique célèbre d'Audiard : « Les cons, ça ose tout, c'est même à ça qu'on les reconnaît », lorsque ce Patrick. B m'a envoyé une invitation à devenir son « ami ».

Grand fan des *Tontons flingueurs* qu'il revoyait régulièrement, et de De Funès (les *Fantômas*, *Rabbi Jacob*, etc.), Pat m'a confié sa nostalgie des années 60. Nous avons partagé notre goût pour le cinéma, les programmes télé, et les feuilletons de notre enfance.

J'ai tout de suite aimé son langage fleuri et son humour : « Je deviens accro à ce putain de Facebook ! Une amie trop sympa m'écrit, alors que j'ai collé une photo du désert de Gobi : "Ça ressemble à la dune du Pila". Si j'avais mis une photo de la Tanzanie, elle aurait dit que ça ressemble au zoo de Thoiry ! Ou l'Antartique à son bac à glaçon »

Un jour que je lui confiais, en MP, avoir pratiqué une biopsie pour vérifier l'état de ma prostate, il m'a répondu : « Tu t'es fait enfiler le couloir à lentilles ? À moi, rien que pour mettre un thermomètre, il me faut une anesthésie générale ! »

« C'est pas un agace-cul flageolant entre les cannes qui prouve qu'on est un homme », j'ai répondu. Ça l'a fait marrer.

Pat disait aimer mon style sans fioritures, brut de décoffrage.

Ça m'a flatté. Il s'amusait de me voir virer les raseurs, qui se la jouait Che Guevara du web, ou les collantes énamourées. « T'es un moujik !, il a dit. Plus tu leur en mets dans la gueule, plus elles en redemandent. À côté de toi, je passe pour un méchant, mais je suis un vrai gentil, tu sais. »

Pat disait pourtant pratiquer le « systema », l'art martial des forces armées russes (dans le genre brutal, y a pas pire) : « À part sur un ring, je ne tape jamais sous le menton. Je frappe sur la joue et je retiens de l'autre bras pour ne pas que la tête du mec heurte le sol. »

Aux urgences d'Oulan-Bator, il avait récemment assommé un mec qui s'en était pris à une infirmière parce qu'il trouvait que l'attente était trop longue. Pat était venu pour un mal de dos qui ne passait pas. Il s'était fait un tour de rein en voulant transporter un sac de ciment, à froid. D'après lui, cette « patate méritée » (le mec était en train d'étrangler la fille) lui avait débloqué le bras. Peut-être était-ce la décharge d'adrénaline ? En tout cas, il n'avait plus mal. Et c'est ce qu'il avait expliqué aux policiers qui avaient dû l'embarquer au poste : « Le type a eu le culot de porter plainte contre moi ! »

Les flics lui ont dit qu'il avait eu raison de frapper ce connard, mais qu'ils étaient obligés de l'arrêter lui. C'était la procédure : il est interdit de se faire justice soi-même, même en Mongolie ! Mais ils étaient d'accord avec lui, et Clint Eastwood : « On vivait dans un monde de tapettes ! Viens, il avait ajouté, tu verras, les Mongols, c'est pas des tarlouzes ! »

J'ai vérifié en le googlisant, Pat était vraiment pote avec Dominique Valéra, qui a lancé le karaté-contact, et il vouait une grande admiration à Bruce Lee, notre héros commun, avec Mohamed Ali. Il était abonné à *Pêche magazine* : « Je pêche, la nuit, avec une torche. Truites, gardons et surtout anguilles, avec juste un fil, un hameçon et un ver. La lumière fait le reste. C'est con un poisson. Comme une vedette de télé-réalité [...]. Si tu viens, évite les fêtes de fin d'année. Tout le monde est bourré pendant une semaine. Alors je me casse, en Corée ou ailleurs... »

Pat lisait beaucoup, la nuit, de préférence, car il dormait peu.

Des récits de voyages et d'aventures, essentiellement.

Il connaissait Arto Paasilinna et Jim Harrison.

C'était de bon augure.

On allait pouvoir s'entendre.

Il en avait dans le cigare.

Sans avoir le cigare.

C'est moi qui les fumais, les cigares.

Des havanes de Cuba, essentiellement.

Et parfois des Édito, le seul français encore sur le marché.

Il respectait le fait que je me sois cassé la main en boxant des têtes de cons, ajoutant même : « Les femmes adorent les cicatrices ! »

Du coup, il m'a pris pour un dur à cuir, un bagarreur.

Moi j'appréciais son humour, sa vivacité d'esprit.

Pat disait habiter Oulan-Bator.

J'ai d'abord cru qu'il s'agissait d'un *fake*.

Mais quand nous avons à nouveau chatté, il m'a confirmé qu'il habitait bien dans la capitale de Mongolie, où il tenait une épicerie-librairie et un théâtre de marionnettes ! Ça m'a fait marrer.

Avant cette histoire de Chinois tué, apprenant que j'étais au chômage (la presse écrite périclitait, les pigistes et autres intellos précaires morflaient), endetté, et que je cherchais du boulot, il avait déjà évoqué l'idée de m'embaucher.

– À Oulan-Bator !?

– *Yeap*, chez les loups mongols, entre le dragon chinois et l'ours russe, il a répondu.

– Pour quoi faire ? J'y connais rien en marionnettes !

– Moi non plus. Je m'occupe surtout de la sécurité d'une mine d'or.

– De l'or, vraiment ?!

– Tu pourrais m'aider à surveiller les gardiens.

– Garder les gardiens, quoi !

– Tu vas tout me faire répéter, comme ça ?

– Qui sont censés empêcher les vols d'or ?!

– Entre autres… Tu sais ce que disait Mark Twain des sociétés minières ?

– Nan.

– « *A gold mine is a hole in the ground with a liar at the top…* »

– Suis pas fortiche en *english*, tu traduis ?

– « Une mine d'or est un trou dans le sol détenu par un menteur. »

– Ça donne envie…

– Je te parle d'une multinationale anglo-australienne : ça rapporte.

– Moi, l'argent me brûle les doigts.

– Si tu méprises l'argent, il te méprisera. Rien de pire que d'en manquer, ça empiète sur la liberté. Économise, paie tes dettes. Ensuite fais ce que tu veux.

– Oui chef !

Ce Chinois assassiné tombait à pic parce que je tournais en rond, sans un rond.

C'était le bon moment pour tenter l'impossible.

Pat serait mon ticket gagnant.

J'allais me refaire en Mongolie.

Me remplir les poches d'or.
J'ai commencé à rêver de fortune.
À moi les pépites d'Oulan-Bator !

Tout ça me paraissait si dingo que j'ai évidemment dit banco !

En plus de la yourte, avec trois femmes dedans, Pat avait évoqué des chiens de traîneau et des loups visibles à l'œil nu.

Il n'en fallait pas plus pour me convaincre.

Je me voyais bien jouer à Jack London.

La steppe, ça valait bien le Yukon.

Après ce fameux coup de fil, j'ai mis ce que j'avais de plus chaud dans un sac et je suis parti.

Il faudrait toujours vivre comme si on partait en Mongolie…

– 6 –

Le Territoire des loups

Plutôt que de réserver sur Internet, via Aeroflot, comme me l'avait conseillé Pat, j'ai acheté mon billet d'avion dans une petite agence de voyages, Cap Madagascar, située juste en face de chez moi, dans le 11e arrondissement de Paris.

Des années que je me promettais d'y entrer, un jour, sur un coup de tête, pour partir le plus loin possible de tout ce bruit, cette pollution. Paris commençait à ressembler à la cour des Miracles, avec ces mendiants et ces dingues qui parlent tout seuls, partout dans la rue.

Je n'avais qu'à traverser la rue et je me retrouvais à Oulan-Bator.

Le voyagiste, avec qui je bavardais parfois, en buvant une bière au Royal, le bar du coin, était sympa. Lui, Malgache pur jus, trouvait cool de me vendre un aller (simple) pour la Mongolie, à bord d'un aéronef de la Turkish Airlines.

J'avais prévu de rentrer en Transsibérien…

Le dépaysement a commencé à l'aéroport d'Istanbul, où j'ai passé deux heures en transit, quand j'ai vu débouler l'équipe nationale de lutte de Mongolie, suivie de voyageurs russes, aux sourcils fournis, tous aussi costauds et bruyants les uns que les autres, car bourrés pour la plupart. C'était un avant-goût de Tachkent, en Ouzbékistan.

À moins que ce ne soit Bichkek, où je devais atterrir quelques heures en escale. Ce qui est certain, c'est que l'avion est passé au-dessus du Kirghizstan et du Kazakhstan. Et d'autres pays finissant par « stan » – peut-être même le Taboulistan –, peuplés de Kirghizes, vizirs, bachibouzouks et autres grands mamamouchis, humbles sujets d'Iznogoud… J'étais trop déphasé, quasiment en extase, pour être certain de l'endroit exact où je me trouvais dans l'espace-temps. Je planais littéralement, à tous les niveaux. Comme si j'avais fumé un joint. Je ne comprenais rien à l'anglais des hôtesses de l'air turques, ni à celui du pilote de ligne.

Tout ce qui m'intéressait, c'était d'arriver à Oulan-Bator.

Oulan-Bator… Oulan-Bator… je ne cessais de répéter ce nom dans ma tête. J'allais atterrir à Oulan-Bator, boudu cong !

J'ai vraiment compris vers où je me dirigeais quand je me suis retrouvé dans le triste hangar, mal éclairé, qui faisait office d'aéroport à Bichkek. Sur le tarmac, il y avait des avions de l'armée russe.

Le hall de transit était clairsemé de voyageurs asiatiques, aux airs de voleurs de poules, flânant ici et là, bavardant, ou dormant par terre en attendant d'embarquer. De rares échoppes, misérablement achalandées, faisant office de boutiques *duty free*, proposaient des objets hétéroclites, kitsch et mal rangés, le long d'un couloir éclairé d'une lumière pisseuse.

J'ai tout de suite trouvé le visage et l'allure générale des Mongols différents de ceux des Asiatiques croisés dans ma vie, que ce soit en Chine ou ailleurs. Les femmes avaient des pommettes saillantes, les traits fins, ciselés à la serpe, ou carrément des bouilles rondes, les joues pleines, et des yeux comme tracés au fusain noir, à la manière des Inuits. Les hommes, quant à eux, marchaient comme des cow-boys et avaient la mâchoire carrée, des têtes rondes, la peau cuivrée, des jambes arquées et des oreilles élimées, à l'instar des piliers de rugby.

Je sentais leurs regards en coin posés sur moi alors que je me baladais dans les boutiques en attendant de réembarquer, ou au contraire francs du collier, me défiant droit dans les yeux.

Les femmes, elles, m'ignoraient superbement.

Dans l'avion, j'ai discuté un peu avec mon voisin de rangée, un Allemand, musclé et chauve comme Mr. Propre. Calé contre le hublot, il m'a confié bosser dans une mine d'uranium. Son contrat s'achevait dans six mois. Il avait hâte d'en finir, mais en attendant il se faisait un max de blé. J'ai remarqué tout de suite qu'il avait enlevé ses chaussures. Ce qui n'est pas recommandé en cas de crash.

Je me suis imaginé survivre, avec lui, dans la steppe enneigée, comme dans *Le Territoire des loups*, un film avec Liam Neeson, que je venais de voir à la télé, avant de partir. Le héros finissait par se faire croquer, comme tous les autres passagers de l'avion. Brrrrrrrrr !

J'ai fermé un œil, le nez enfoui sous la fine couverture distribuée par les hôtesses de l'air, impatient de remettre les pieds sur terre.

– 7 –

Welcome to Ulaanbaatar !

Au bout d'une courte nuit sans sommeil, après avoir survolé des centaines de kilomètres d'étendues désertiques et de montagnes immaculées, nous avons enfin atteint la frontière mongole.

Il faisait encore nuit quand j'ai ouvert les yeux.

Des éclats de lumière, au sol, se confondaient avec les étoiles.

Peu à peu, du rose est apparu à l'horizon, qui a viré au rouge, comme pour un coucher de soleil. En bas, c'était tout blanc, comme si nous survolions encore des nuages. Puis nous avons atterri au Pays du Grand Ciel Bleu.

Vu de mon hublot, en approche de la piste d'atterrissage, je trouvais qu'Oulan-Bator ressemblait à une station de ski.

Jusque-là, je n'avais vu que d'immenses espaces

enneigés, apparemment vides, en tout cas dépourvus de toute trace humaine, voire de toute forme de vie, animale ou végétale. Puis est apparue une cité de fer, de bois, de verre et de béton. « Oulan-Baaaatoorr », a annoncé le pilote.

La ville du « héros rouge ». Un nom adopté en 1924, m'expliquait le *Routard* que j'avais acheté chez Gibert. Qu'on écrit aussi avec le « U », sans le « O », mais qui se prononce « ou ». En putain de Mongolie, mec ! Chez Gengis Khan, le guerrier casqué comme Goldorak. Rien à voir avec ce gros bâtard d'Albator ! Pardon, je m'égare.

Un pays lointain, où Joseph Kessel n'avait jamais mis les pieds.

Une destination qui me faisait rêver depuis l'enfance.

À la douane, pendant quelques minutes, de la sueur a coulé le long de mon dos. La marchandise allait-elle passer sans problème ?

J'ai croisé les doigts pour qu'on ne me demande pas d'ouvrir ma valise. J'avais encore les mains moites en récupérant mon passeport, sans encombre.

Lorsque j'ai foulé le sol d'Ulanbaataar (avec cette orthographe, c'est encore plus kiffant), j'ai eu l'impression de débarquer sur une autre planète. Je m'attendais à voir Pat venir à ma rencontre pour m'accueillir, mais c'est un petit jeune homme, râblé et court sur pattes, portant une sorte d'uniforme bleu nuit (on aurait dit un maton), qui s'est dirigé vers moi, sans hésiter. Ma haute taille lui avait sans doute été décrite par son patron. Il n'avait pas eu besoin d'écrire mon nom sur un panneau.

Ses jambes étaient arquées, comme celles des cow-boys.

Il a pris mon sac à dos d'une main et m'a fait signe de le suivre jusqu'au parking, où attendait un énorme 4 X 4 rouge.

À l'extérieur, l'air m'a paru froid, sec et piquant, mais supportable.

Ce matin-là, un grand soleil blanc irradiait la steppe enneigée, jusqu'aux montagnes qui encerclent la capitale. La lumière était si étincelante qu'elle m'aveuglait. J'ai enfilé mes lunettes de soleil pour mieux voir le spectacle. J'étais ébloui par la luminosité, comme par la sensation d'immensité dégagée par le panorama. J'ai voulu inspirer un grand coup, mais l'air glacé m'a brûlé les poumons.

Mon nouveau boss n'est pas sorti de sa voiture.

Son chauffeur a mis mon sac dans le coffre et m'a invité à monter derrière. J'ai découvert un type d'un mètre quatre-vingts, gras comme un goret. Pat m'avait annoncé peser quatre-vingts kilos, il en faisait vingt de plus. Nous n'avions pas utilisé de webcam, ni Meetic, mais tout de même… J'étais presque déçu, surpris par son physique ingrat. Il était plus bouffi que sur sa photo de profil. Il avait de petits yeux, rentrés mais vifs. Et sa voix m'a paru plus aiguë qu'au téléphone. Presque adolescente, ce qui ne collait pas avec son quintal de barbaque.

Le premier regard de Pat m'est d'abord apparu méfiant, puis il s'est détendu pendant le trajet jusqu'au centre-ville.

– Le climat mongol est rude, je te préviens.

Certains touristes ne supportent pas les intempéries, ni l'altitude de la capitale (mille trois cent cinquante mètres). Bienvenue en Mongolie ! Je ne te demande pas si tu as fait bon voyage. On s'en fout ! Je te présente Enebish, mon chauffeur et homme de confiance. C'est un excellent cavalier, amateur de chansonnettes dédiées à la gloire de son fier destrier, tu verras : il chante comme une casserole, mais c'est joli quand même. Enebish signifie : « Ce n'est pas lui ». Plusieurs noms mongols ont été créés pour tenter de tromper les mauvais esprits et la mort. Il y a aussi Terbish : « C'est pas celui-là », Bibish – rigole pas – « C'est pas moi », et Nergui : « Sans nom ». Autrement dit, Enebish est un sans-nom, à la fois respecté et mystérieux, puisqu'on ne peut pas le qualifier.

J'ai remarqué que Pat était simplement vêtu d'un jean, d'une chemise bleue ciel et d'une veste en cuir noir, malgré le froid.

Je n'avais pas eu le temps d'en placer une, qu'il a continué :

– Il y a 4 millions de chevaux pour moins de 3 millions d'habitants en Mongolie. Il faut que tu voies la fameuse course des 100 000 chevaux ! Imagine des milliers d'enfants, garçons ou filles, de six à douze ans, cramponnés à de petites boules de muscles. Depuis deux ou trois ans, ils ont tous des casques, mais toujours pas de selle, enfin rarement. Les cinq premiers chevaux arrivés, avec ou sans leurs cavaliers, sont honorés de plusieurs titres glorieux, mais le dernier cheval est aussi fêté avec beaucoup d'honneurs.

Les Mongols considèrent, à juste raison je trouve, que les cavaliers jouent un rôle mineur. Parfois, ils ne sont même pas conviés pour écouter les longues louanges traditionnelles. Tiens, bois cette vodka, cul sec, pour fêter ton arrivée, Ça va te donner un coup de fouet.

Puis Pat a répondu, en anglais, au téléphone, en ordonnant à Enebish, l'homme sans nom, de démarrer sur-le-champ.

J'ai tendu l'oreille. Il était question d'argent. De beaucoup d'argent. Il a fini par raccrocher et m'a soudain demandé :

– Pas de problème à la douane ?

– Nan, nan…

– Tu as pensé à m'apporter ce que je t'ai demandé ?

– Bien sûr.

– De la 5 A. ! Tu n'as pas oublié ?

– T'inquiète… J'ai bien précisé au charcutier.

– T'as compris pourquoi je t'avais dit de la mettre sous vide…

– Tu parles ! Ça daube grave.

– Normal, l'andouillette, ça sent la merde ! Combien tu mesures ?

Je n'ai pas eu le temps de répondre, Pat était déjà au téléphone avec un autre interlocuteur. J'avais d'abord cru à une plaisanterie mais Pat était réellement membre de la vénérable Association amicale des amateurs de l'andouillette authentique (A.A.A.A.A.), dite aussi 5 A.

Je voulais lui montrer ce que j'avais apporté pour sa femme et ses enfants, mais Pat m'a fait signe qu'on verrait ça plus tard. Il était moins cordial que sur Facebook. Le pote était passé en mode patron.

Je me suis tourné côté vitre fumée pour voir à quoi ressemblait la Mongolie. J'ai d'abord vu une route défoncée et des nids-de-poule, que le chauffeur évitait tant bien que mal en slalomant entre les ornières.

– C'est un des rares tronçons acceptables, a commenté Pat, qui m'observait du coin de l'œil. Le trajet de l'aéroport au centre-ville a récemment été élargi et amélioré, mais il y a souvent des inondations.

Nous roulions vers un paysage montagneux mais pas oppressant, comme parfois au pied des reliefs. Il y avait autre chose… Outre l'espace à perte de vue, cette clarté, cette limpidité m'attiraient. De loin en loin, je distinguais des collines aux arêtes émoussées par le vent ; la neige adoucissait cette impression de force sauvage. Je me sentais aimanté par cette promesse d'espace infini, de liberté.

À côté de cette steppe immaculée, la capitale-la-plus-froide-du-monde – Pat avait insisté sur ce point – vers laquelle nous roulions paraissait sombre, sale et crasseuse. Oulan-Bator ressemblait à un patchwork de tôle et de ciment déposés là par quelque géant brocanteur. Ou à une cité en chantier après la guerre. Comme si la ville avait été créée la veille, de bric et de broc, dans l'anarchie la plus totale.

En atteignant les faubourgs de la ville, j'ai remarqué deux immenses cheminées qui lâchaient dans le ciel une large fumée blanche, aussi épaisse qu'un nuage nucléaire. Il s'agit d'usines thermiques composées de deux gigantesques chaudières qui alimentent en eau chaude toute la capitale, grâce à des centaines de kilomètres de tuyaux.

– Mieux vaut ne pas habiter au bout de la ville, si on espère prendre une douche chaude aux heures de pointe, a commenté Pat, toujours au téléphone. Vladivostok est encore plus grise et moche. Ne te fie pas aux fumées des usines hydrauliques, ce n'est pas ça qui pollue le plus, ce sont les salauds de pauvres !

Il voulait parler des émanations de charbon de bois sortant des milliers de yourtes qui pullulent en banlieue de la capitale mongole. Je pensais qu'elles abritaient majoritairement des ex-nomades venus tenter leur chance à la capitale. J'avais lu et vu ça dans des journaux, avant de partir, mais Pat m'a briefé :

– D'abord, sache que normalement on dit *ger* (prononcer « guer »), pas yourte… « Yourte » est un mot d'origine turc. Mais bon, vu que t'es français, on va continuer à dire yourte, comme pour les touristes. Ne te fie pas à ce que tu crois voir et savoir. La Mongolie véhicule un tas de clichés qui ont la peau dure. De loin, ça ressemble à des quartiers misérables, genre bidonvilles, favelas, mais les enclos de palissades – appelés *khashaa* –, peintes en rouge et marron, abritent une population d'une grande diversité sociale. Je connais de nombreux artistes et intellectuels qui y vivent et n'en partiraient pour rien au monde. Un sondage, vers la fin des années 90, a montré que les pourcentages de voitures personnelles et de télés couleur y étaient plus élevés que dans la moyenne de la ville en dur. Mais c'est vrai que ça rappelle les « cases-la-misère », comme on dit à La Réunion, hein, toi qui as vécu là-bas ?

Je n'ai pas eu le temps de confirmer.

Pat m'a informé qu'on allait à la banque retirer des millions.

– Je paie mes employés en liquide. Tu vas m'aider à les convoyer, avec Enebish. Tu sais te servir d'une arme ?

– Euh…

(Pas eu le temps de répondre.)

– Attention ! Les Mongols sont des loups. N'oublie pas ça. Ils ne comprennent que le rapport de force. Au moindre signe de faiblesse, t'es mort ! Ne te laisse jamais intimider. Ne baisse jamais les yeux. Le regard du loup dit tout. Il n'est pas toujours beau, comme le croient les gentils écolos. (Pat se marrait). Il peut être effrayant quand il dévore sa proie. Les Mongols, comme les loups, n'ont aucune pitié. Sois puissant et ils te respecteront. Mets-toi bien ça dans la tête : la force du loup, c'est la meute et la force de la meute, c'est le loup.

À l'écouter, il vivait au milieu d'une harde, qu'il fallait mener à coups de fouet. J'ai évidemment pensé qu'il exagérait mais c'est exactement ce à quoi j'allais assister, à notre arrivée à son Q.G. « *Schnell !* », Pat a gueulé, en marchant à grandes enjambées, devant une rangée de gardes mongols, dans le même uniforme bleu (l'uniforme des pompiers locaux) que son chauffeur, Enebish.

– Certains font exprès de ne pas fermer un bouton de leur uniforme, par exemple, pour voir si je vais le voir et laisser passer. Ils me testent… comme des enfants. Des fauves, plutôt. Si je pouvais, tiens, je ne leur parlerais qu'en allemand. Comme les dompteurs au cirque…

Il ne lui manquait plus que le casque colonial et la schlague sous le bras.

Pat m'a ensuite parlé de son activité professionnelle, sous l'œil bienveillant d'Enebish qui scrutait mes réactions dans son rétro. Outre la mine d'or dont il assurait la sécurité, Pat était dans l'import-export de yourtes, dont il faisait commerce avec la France et quelques pays francophones, comme la Suisse, la Belgique et le Québec. Pour le reste, comme le dit la formule consacrée : « Moins j'en savais, mieux c'était… mais j'allais vite comprendre. »

Je voulais lui parler du cognac Pierre de Segonzac que j'avais rapporté de Charente pour… Pat m'a à nouveau coupé. Impossible d'en placer une. On verrait ça plus tard.

Tandis que nous étions secoués comme des toubabs dans un taxi-brousse, à cause de la route défoncée, il m'a conseillé de faire attention où je mettais les pieds, au sens propre, comme au figuré, quand je marcherais dans les rues de la capitale.

– Dans certains quartiers, les plus défavorisés, les plaques d'égout sont régulièrement volées. Et par temps de neige – autant dire six mois par an – on risque de tomber dans des trous béants, fumants comme des gouffres de l'enfer ! Tu as dû entendre parler de ces bandes de gosses abandonnés, qui errent dans les rues, comme des rats. Ils se réchauffent comme ils peuvent, la nuit, près des canalisations d'eau chaude. Certains se brûlent ou restent collés à la tôle, en s'endormant sur ces radiateurs géants. Ils meurent dans d'atroces souffrances.

Bientôt, nous avons longé de vieux bâtiments datant de l'ère soviétique, le long desquels marchaient des vaches maigres, tenues en laisse par des petits vieux, vêtus de la tenue traditionnelle, le *deel* (prononcer « dèl »), ce grand manteau de couleur acidulée, ceint autour de la taille. De loin, couverts de ces étoffes colorées qui paraissaient trop grandes pour eux, ils ressemblaient à des friandises en papillotes, juchées sur de minuscules pattes. De près, ils avaient le visage buriné comme de l'écorce.

Enfin, nous avons débouché sur une double avenue rectiligne, bordée de larges trottoirs, gris et défoncés également, qui menaient à la place Sukhbaatar, poumon névralgique de la ville. Plus nous approchions du centre, plus les magasins étaient modernes et en bon état ; comme partout, me direz-vous.... Mais ici, les gratte-ciel aux parois de verre avoisinaient les majestueuses portes d'anciens temples bouddhistes, dont certains avaient été reconstruits à la hâte.

Des boutiques de luxe, offrant le *nec plus ultra* de la mode et de la technologie, jouxtaient des bâtiments publics, récemment rénovés, et bariolés de couleurs vives, jaune, rouge, orange, vert, pastel, rose bonbon et bleu pâle, qui rappelaient les teintes chamarrées de la Havane et de Macao.

Autour de l'Opéra, c'était comme un décor de théâtre, avec ces maisons de poupées qui contrastaient avec la chaussée défoncée des boulevards alentour, où des bus et autres tramways, gavés de passagers jusqu'à la gueule, brinquebalaient poussivement dans des nuages de pots d'échappement sur de la neige fondue mêlée de boue. Aux carrefours, des haut-parleurs fixés sur des camions de police hurlaient aux automobilistes de dégager, dans un concert de sifflets, sirènes et coups de Klaxon. L'ensemble donnait une impression de grand bordel organisé. Un peu comme mon bureau et ma vie amoureuse. Et je ne vous parle pas de ma vie sexuelle dans mon bureau…

– 8 –

Le hululement du baron blanc

Un immense terrain de jeu s'offrait à moi.

Je m'imaginais traverser Oulan-Bator au galop et sabre au clair, à la manière du baron Ungern-Sternberg. En 1920, ce Russe blanc, combattant les bolcheviks, poussait des hululements en fonçant dans la steppe, comme pour chasser le loup. Pat m'avait recommandé la lecture d'un livre dédié à l'épopée en Mongolie-Extérieure de ce baron Ungern-Sternberg (1919-1921), écrit par un certain Dmitri Perchine, aux éditions La Lanterne magique : « Ungern vivait alors en solitaire et ne sympathisait avec personne ; cependant, parfois sans raison aucune, la nuit il rassemblait soudain ses cosaques, traversait au galop la ville tout en poussant des hululements et fonçait vers la steppe comme pour chasser le loup [...]. C'était incompréhensible. Ensuite, il rentrait, s'enfermait et restait seul [...]. Il ne buvait pas. N'aimant pas parler, il était toujours silencieux. C'était comme si quelque chose lui faisait défaut. [...] Il avait le goût du combat et avait foi dans le surnaturel, dans l'au-delà... Ungern était superstitieux. Dans les campagnes militaires, il était accompagné de lamas sorciers et de devins. »

À l'époque, Örgöö[1] – ancien nom de la capitale, rebaptisée « Urga » par les Russes du XIXe siècle – comptait 20 000 habitants dont 15 000 moines. Avant que les Soviétiques détruisent le patrimoine religieux, dans les années 30, et baptisent la ville Oulan-Bator (« héros rouge », je vous le rappelle).

Or donc, à peine débarqué de l'avion, j'allais convoyer des millions... de tugriks. Une devise faible, mais pas des billets de Monopoly.

On ne peut pas dire que je sois une baraque mais, vêtu de ma parka rembourrée, je paraissais costaud. Et avec mes Timberland aux pieds, je devais mesurer pas loin de deux mètres. Je me suis mis en mode mutique, comme je l'avais vu faire dans de nombreux films d'action. Manquait plus que l'oreillette et le micro inséré dans la manche.

Les employés, qui manipulaient d'énormes piles de billets pour les enfiler dans des trieuses-compteuses, se sont arrêtés net de travailler quand nous sommes entrés. Puis ils ont repris leurs activités quand ils ont aperçu Pat, qui avait l'air connu comme le loup blanc.

1. Le nom mongol était Khuree (Kürije / Kürijen) et plus précisément Ikh Khuree ou Da Khuree (« Grand Khuree »), littéralement « cercle », « enclos », ainsi que « monastère ». (Toutes les notes sont de l'auteur.)

Vers onze heures du matin, en sortant de la banque, j'ai frissonné. Avec ce froid, je commençais à accuser le coup. Pat m'a emmené boire un café (arrosé de vodka) à la caserne de pompiers, dont certains seraient mes futurs collègues à la mine d'or. Pat m'a aussi expliqué que des employés lui servaient également d'hommes de main pour aller « filer des coups de pioche », sur la gueule des casses-c…

Il m'expliquerait plus tard…

Avec le manque de sommeil plus le dépaysement, j'avais l'impression de rêver debout. Je me sentais balourd, flottant. Pat ne cessait de me relancer, comme pour me réveiller de ma léthargie. On aurait dit un enfant unique, heureux d'avoir un nouveau copain pour jouer.

Nous sommes passés à son bureau, qui donnait sur Peace Avenue, de son vrai nom mongol « Enkh Taivny Gudamj » (avenue de la Paix), où il voulait consulter ses mails et donner quelques directives à son assistante, Namunaa. Une sublime créature au regard envoûtant.

J'ai salué d'autres filles, toutes plus jolies les unes que les autres, à part la dircom qui ressemblait à Droopy : *« You know what ? I'm happy ! »* Mais il y avait aussi Ouyanga, « Harmonie », en mongol, qui arrondissait ses fins de mois en étant mannequin, ou modèle.

– C'est une de mes maîtresses, m'a glissé Pat.

Sous-entendu : « Touche pas à mon harem ! »

Ceci dit, il m'a proposé de m'installer dans son fauteuil de bureau, pendant qu'il faisait les cent pas, téléphone à l'oreille, donnant des directives à celui-ci, rappelant celui-là. Dès qu'il a eu deux secondes, il m'a décrit, de manière torrentielle, tout ce que nous allions bientôt faire. Je commençais à avoir la tête farcie. « Tiens, reprends une vodka, c'est bon pour ce que t'as ! »

Il était question d'aller dans l'Altaï, pour superviser les travaux de restauration de son auberge de Vansemberuu Zochid Buudal. Une manière d'hacienda, façon Fort Alamo, retapée par une de ses équipes.

– Tu verras, c'est à Khovd Sum, dans l'*aïmag*[2] de Uvs (tout à l'ouest), à quarante bornes au sud du lac Ashid, en suivant la rivière Khovd. Attention, ce n'est pas la ville de Khovd mais le village !

J'avais du mal à suivre, tant Pat m'inondait d'informations.

Il allait me présenter Diane, une trappeuse canadienne, vraie coureuse des bois, qui vivait là-bas depuis six mois – elle était justement de passage dans la capitale pour renouveler son visa –, avec les locaux qu'elle devait parfois affronter, à mains nues, pour se faire respecter.

On irait chasser le loup avec Batnasan, qu'il considérait comme son bras droit et allait bientôt me présenter.

– S'il y a un peuple qui respecte les loups, c'est bien le peuple mongol ! Il n'est tué que si c'est nécessaire, pour protéger les troupeaux des nomades. Et

2. « Province ».

traditionnellement, on détruit l'arme qui a porté le coup fatal, car elle est devenue maléfique…

Le fameux Batnasan, *alias* Wolfman, se chargeait de cette besogne, lorsqu'il rendait visite à sa famille. Il ne fallait pas s'y frotter. Bâti comme une montagne, il était l'un des rares Mongols – avec son chauffeur, Enebish – en qui Pat avait confiance. Au moins autant que son ami militaire, général de l'armée mongole, qu'il comptait aussi me présenter très vite.

Pat ne tenait pas en place. Un vrai moulin à paroles.

Comme sous l'effet de ses exaltantes visions, je voyais jaillir de ses yeux une lueur sacrée. Et moi, je commençais à avoir le tournis.

Il a continué, comme ça, à m'inonder d'informations, une bonne heure, sans prendre le temps de répondre à mes demandes de précisions. Si un nomade me proposait de boire de l'*aïrag*, ou l'*arkhi*, leurs boissons alcoolisées traditionnelles, sous une yourte, je ne devais jamais refuser. Mon hôte allait m'offrir son lit, si besoin, comme le gîte et le couvert.

– Imagine que la porte de chez toi ne soit jamais fermée à clé, laissant entrer, sans frapper, des inconnus à qui tu offres l'hospitalité, sans hésitation. Les Mongols de la steppe vivent comme ça. Les arrivants se font entendre en faisant « Hum hum ».

Vu la coutume et le climat, on ne laisse jamais personne dehors.

Enfin, il a donné l'ordre du départ et nous avons quitté la caserne.

Pat a de nouveau répondu au téléphone, avant que

nous remontions dans la voiture, où nous attendait Enebish, toujours au volant.

Et tandis que je commençais à piquer du nez, le chauffeur s'est mis à entonner des chants traditionnels, mélodieux je dois dire, que je ne comprenais pas mais qui me berçaient avec volupté.

J'allais m'assoupir lorsque nous sommes passés devant la gare, à flanc de montagnes (« sacrées », s'il vous plaît !), dans un décor de western.

D'un côté, je pouvais filer vers Pékin, en Chine, par le Transmongolien, m'a une nouvelle fois expliqué Pat. De l'autre, aller en Russie et à Moscou, où je pouvais prendre le célèbre Transsibérien afin de rejoindre Vladivostok (mon rêve à la Cendrars !), en faisant un détour par le Transmandchourien, moins connu.

Ça m'a redonné la pêche. Je me suis imaginé rentrer chez moi en train. Ou mieux, à cheval, tiens… Et pourquoi pas à dos de chameau !? Mon cerveau s'est emballé. C'était justement un des projets de mon nouveau pote-boss, qui avait remis ça, question parlotte. Car il venait, disait-il, de dénicher le dernier caravanier de Mongolie. Son idée était de créer la « caravane du livre ». La première bibliothèque itinérante, transportée à dos de chameaux de Bactriane (à deux bosses), et de yaks, pour apporter de la lecture – donc le rêve et l'ouverture sur le monde – de yourte en yourte. Enfin… de *ger* en *ger*.

À cette évocation, les yeux de Pat se sont enflammés. Il se voyait transbahuter des livres, dans la steppe, comme font les bibliobus chez nous et ce, jusqu'au désert de Gobi. Nous en profiterions pour distribuer du matériel scolaire aux enfants. Et patatras ! Quasiment la veille du départ, le vieux caravanier – qui ne suçait pas que de la glace – était mort d'une crise cardiaque. Opération reportée. Puis annulée. Qu'à cela ne tienne, Pat avait toujours de nouvelles idées en tête. Comme d'ouvrir une charcuterie en Corée du Nord ! Et pourquoi pas une librairie ? Il allait d'abord faire traduire en mongol Dumas, Saint-Exupéry, Daudet, Simenon, Zola, Hergé… Et puis créer les Journées culturelles franco-mongoles, et un magazine ! Une vraie usine à gaz. Ses histoires m'excitaient les neurones. Je l'aurais suivi au bout du monde. C'est d'ailleurs ce que j'avais fait.

Attiré par Oulan-Bator, soit, mais aussi par l'appât du gain. Une faramineuse masse de fric circulait en Mongolie[3]. Alors en troisième position, derrière le Qatar, Dubai et/ou le Kazakhstan, pour la progression exponentielle de son PIB, lequel a dépassé les 16 %, entre 2011 et 2013.

– Mais bon, relativisait Pat, vu le niveau de départ… ça me rappelle cette vieille blague : « Parti de rien et arrivé nulle part, il en tirait l'amère satisfaction de n'avoir à remercier personne ! »

Jamais je n'aurai palpé autant de billets de banque qu'à Oulan-Bator ! À moi les mines d'or et les amazones aux yeux de louves. En attendant, il me fallait d'abord

3. L'économie mongole a connu un véritable boom économique, grâce notamment à ses ressources minières et à sa proximité avec la Chine qui est un grand consommateur de matières premières.

déposer mes bagages au Zaya Hotel, situé au fond d'une cour, qui allait s'avérer un véritable coupe-gorge.

Vous avez un peu de temps ?

Alors laissez-moi vous planter le décor.

Pat m'avait trouvé une chambre au Zaya Hotel (qui vient du verbe *zaa*, montrer, prescrire, enseigner et signifie « destin »), davantage une *guest-house,* à vrai dire. C'était spartiate mais propre. Le mobilier était sommaire : lit, table, chaise, penderie, pas de télé. Les sanitaires, douches et toilettes, étant communs, je pissais dans une bouteille, pour ne pas avoir à traverser tout le couloir la nuit. Pour 20 euros, petit déj' compris, ma piaule donnait sur une ruelle, laquelle débouchait sur Peace Avenue, principale artère de la capitale, en plein centre-ville. Tout près du Department Store, leur Samaritaine, où j'allais m'approvisionner en eau minérale.

Dès la première nuit, j'ai été réveillé par des cris et des hurlements. J'ai d'abord pensé, dans mon demi-sommeil, à des chats. De gros chats… Des bêtes sauvages en tout cas. Je me suis levé pour regarder par la fenêtre, et j'ai assisté à une affreuse mêlée entre femelles à chevelures noires, toutes griffes dehors, que des mâles, aussi soûls qu'elles, tentaient de séparer.

Sur le sol enneigé, on aurait cru une gigantesque tarentule, prise de convulsions, se rétractant, s'ouvrant, se rétractant. Et ça hurlait et ça se tirait la crinière, et ça poussait des cris stridents, se cognait, poussait, tombait, se relevait, se rattrapait, cognait. Partait et revenait pour en découdre à nouveau. Une bonne dizaine de minutes, ça a duré. J'étais aussi fasciné que lorsque je regarde un documentaire animalier, sur les lions du Serengeti aux prises avec des hyènes. Même dans ma jeunesse, en banlieue rouge, je n'avais jamais assisté à un tel déchaînement de violence entre filles.

C'était de la bonne vieille baston des familles, style *free fight* en live. La dernière fois que j'avais assisté à une telle sauvagerie, c'était à la Foire du Trône, Porte de Vincennes, dans les années 80. Une descente de skins sur des New Wave. Les Gremlins de la Porte de Montreuil s'en étaient mêlés. Ils avaient fait alliance avec les zoulous. Les forains s'y étaient mis, la police avait débarqué. Bref, un massacre. Au bout d'un moment, il y en a une qui a rebondi sur une voiture et est restée K.-O. pour le compte. Son compagnon l'a prise sous un bras et ils sont partis, clopin-clopant, mais toujours en gueulant. Et toute la troupe a fondu dans la nuit.

Le calme est revenu. Je me suis recouché.

Le lendemain, Pat m'a expliqué qu'il tentait parfois d'intervenir, pour séparer les belligérantes, si elles n'étaient que deux. Sinon, jamais il ne s'en mêlait – et il me déconseillait de le faire – si elles étaient plusieurs, au risque de voir la meute de louves se retourner contre moi. La nuit suivante, rebelote. Cette fois, deux ivrognes en battaient un autre, criant, hurlant comme un cochon qu'on égorge. Ça résonnait dans toute la cour. C'était un supplice à entendre. Mais manifestement il n'y avait que moi que ça dérangeait. Personne ne bougeait, ni dans l'hôtel, ni dans les immeubles alentour. Je voulais agir mais sans savoir comment. Je me sentais impuissant.

J'ai bien pensé appeler les flics mais ça la foutait mal, à peine arrivé, et Pat m'avait expliqué qu'ils ne se déplaceraient pas pour une bagarre de pochtrons. Et puis, encore fallait-il qu'ils me comprennent... Je ne suis pas descendu non plus dans la cour. Trop dangereux. Il faisait moins vingt degrés, je n'étais pas dans mon pays, ne parlais pas la langue, et les mecs étaient chauds comme de la lave.

J'ai entrepris de siffler, gueuler dans leur direction, afin qu'ils sachent qu'il y avait au moins un témoin. En général, ça marche. Surpris, le ou les agresseurs ralentissent les coups, ça laisse le temps à la victime de se barrer, ou à d'autres spectateurs d'intervenir. Mais cette fois, en pleine curée, les deux ombres ont traîné leur victime dans un passage entre deux immeubles, hors de mon champ de vision, tirant leur proie à l'abri d'autres prédateurs.

Et merde ! J'étais pas Clint Eastwood... Ni un justicier.

J'ai refermé les fenêtres, mis des boules Quies et me suis rendormi.

Le lendemain matin, lorsque je suis sorti, à la première heure, il avait neigé. Le froid était sec et un soleil blanc arrosait la cime des collines alentour. J'ai enfoncé ma chapka sur mes oreilles, enfilé mes gants et me suis dirigé vers le passage, où j'avais vu le corps disparaître, en prenant garde de ne pas glisser sur le verglas, afin de constater les dégâts. Rien.

Pas une trace. Ni sang, ni chique, ni mollard.

Je pensais trouver un type évanoui. Donc mort de froid.

Mais la ruelle était déserte. À croire que j'avais rêvé.

Pourquoi je vous raconte ça, déjà ?

Ah oui ! Pour que vous compreniez le contexte.

Pat avait de grands projets pour moi. « Ils nous pissent dessus sans même nous faire croire que c'est la pluie », il disait.

Mais de qui parlait-il ? Un coup il s'agissait des Américains, une autre fois des Chinois. Quand il était ivre, Pat voulait toujours se battre et casser quelque chose, comme dans les westerns.

J'ai passé des soirées arrosées de bouteilles et flacons, « tu m'en diras des nouvelles », qui finissaient en désastre.

Un jour, nous sommes entrés dans un resto coréen, déjà bien éméchés.

Constatant notre état, et ayant reconnu Pat – qu'il semblait craindre –, le patron nous a dit :

– Vous pouvez tout détruire. Je ferme ce soir et je fais des travaux demain.

Ni une ni deux, Pat a pris une chaise qu'il a balancée contre les bouteilles derrière le bar. Il m'a invité à l'imiter et on a tout cassé : les tables, les chaises, les verres, les assiettes. On est même allés dans la cuisine, tout y est passé. Dehors, les passants faisaient un écart sur le trottoir. Étonnamment, la police n'a pas été alertée. Nous sommes repartis épuisés du resto dévasté.

Paraît que des gens paient pour se défouler comme ça, aujourd'hui.

Pat venait d'en inventer le concept.

Le lendemain, il m'a confié n'avoir pas aussi bien dormi depuis des lustres. Quel drôle de type, quand même.

Prenez un verre, je continue.

– 9 –

Pisdaa ! Tsa ! Tsa !

Ma deuxième mission – après celle qui consistait à jouer les gardes du corps – fut de convoyer un chargement d'or, comme à l'époque des diligences, sauf que nous étions à bord d'un Hummer rouge flambant neuf. Difficile d'être plus m'as-tu-vu. Mais qui aurait osé tenter de nous dévaliser ? Armés jusqu'aux dents comme nous étions, non seulement Pat et moi, mais aussi le géant néandertalien et Batnasan, le bras droit de Pat, gaillard de plus d'un mètre quatre-vingt-dix également.

Le petit Enebish, lui, était au volant.

Et où donc les éventuels braqueurs pourraient-ils se carapater ?

– Pas dans la steppe, en tout cas, a répondu Pat. Impossible de s'y cacher longtemps. À moins de creuser un terrier. Et que faire de l'argent ? À Oulan-Bator, et en général en Mongolie, par le jeu des familles, villages, régions, *gers*, tout le monde se connaît, ou presque, et tout finit par se savoir.

Du coup, il y a proportionnellement à la densité de population peu de grande délinquance en Mongolie, notamment dans la capitale. Faute de pouvoir s'échapper après un casse : cette simple idée me fascinait. Sans parler des prisons qui ont une sinistre réputation.

– Il existe, par contre, de redoutables filières mafieuses mongoles à l'étranger, a ajouté Pat, qui restait impassible comme si on avait transporté une cargaison de patates, alors qu'il y en avait pour des millions, dans le coffre.

Durant le voyage d'une bonne heure, aller-retour, sur des pistes cahoteuses, Pat a entrepris de m'enseigner les rudiments de la langue mongole. J'allais bientôt avoir besoin de baragouiner un minimum, disait-il.

– Ah ouais ? Et pour quoi faire ?

– Tu ne vas pas tarder à le savoir.

– J'ai déjà appris quelques mots, avec Solongo. Tu sais, la pute que tu trouvais moche ?

– Rouler des pelles : y a pas mieux pour apprendre la langue !

Tout en conduisant, Enebish n'en perdait pas une miette. Il commençait à comprendre le français, ça se voyait à sa mine réjouie. Et je commençais à m'habituer aux sonorités chuintantes de la langue locale – *ticket*, *ticket*, ils répétaient sans cesse dans leurs conversations (c'est du moins ce que j'entendais) : un peu notre « et donc »... Les Mongols produisent des sonorités que l'on n'utilise jamais chez nous. Des sortes de sifflements, chuintement, chu, shui, shi, khh... Des (k)h aspirés qui peuvent s'apparenter à la *jota* espagnole. Par exemple, pour dire Gengis Khan, prononcer « Djinjin rHan ». Pour dire *bayarxchlaa* : « merci », le premier mot que j'ai appris, suffit pas de prononcer « bayarlalaa », c'est plus compliqué que ça. Il faut aller chercher des sons nouveaux au fond de la gorge. Savoir dire « non » : *bishee*. Non ! C'est important.

Et *sain baï nuu* (« bonjour »), fastoche.

Plus que *bayarlalaa* (« merci », je le rappelle).

Au volant, Enebish acquiesçait pour m'encourager.

On s'est alors mis à déconner tous les trois, avec des subtilités comme : *nosu poulmat* (mitrailleuse à morve, ou morveux) ; *pisdaa* (putain !), emprunté au russe ; *boux nimou* (trou du cul !) ; *bovni ouss* (poil de bite !) ; *alni ouss* (poil de chatte !). Ha ! ha ! ha !

Enebish était mort de rire, au point d'avoir du mal à tenir le volant, tant il se tenait les côtes.

– Ça peut servir, a noté Pat, avec un chauffeur de taxi malhonnête, par exemple.

Nouvel éclat de rire d'Enebish.

Je préférais m'en tenir, pour le moment, au sobre : *baïchya* (au revoir) ; *yarka tembé ?!* (qu'est-ce que tu veux ?!) ; *tchin guéré* (tout droit – toujours dans un taxi...) ; *dzu* (gauche) ; *baron* (droite) ; *xzos !* (stop !) ; *yama yatéra timbé* (ça suffit) ; ou *bi chambda aerta* (je t'aime). Succès auprès des filles, quand je dirai ça.

Tous les jours, en passant me prendre à mon hôtel, ou en m'y raccompagnant, Enebish me faisait réviser mes rudiments de mongol : bonjour / *sain baï nuu* (ou *nô*) ; au revoir / *baïchya* ; merci / *bayartla* (ou *bayarlalaa*) ; pardon / *outchlaré* ; Comment vous appelez-vous ? / *Tani ner kem vé ?* ; Quel âge avez-vous ? / *Ta khidin nasta vé ?* En échange, je lui enseignais les bases du français : « putain ! merde ! enculé, fait chier »... et « merci ». Sans oublier, bien sûr, « bonjour, je t'aime, pardon », etc. Cela semblait moins dur à prononcer pour lui que pour moi : *Tsa ! tsa !*, il me faudrait des années, avant de communiquer dans la langue de Gengis Khan, mais j'avais noté le principal dans un petit lexique de base.

Enebish le chauffeur et moi, on allait bien se marrer quand le chef ne serait pas là. C'était un jeune type bienveillant et toujours sur le coup, attentif. Je l'ai constaté un soir en entrant, bourré, au Zaya Hotel. Il s'était assuré que le hall d'entrée n'était pas fréquenté par une bande de zombies ivres morts – comme moi et à peu près tout le monde, à la tombée de la nuit. Ou bien le jour où je suis allé m'acheter des vêtements chauds au marché de Narantuul, *alias* Khar Zakh, dit le « marché aux Voleurs ». Une sorte de Barbès / marché aux puces de la Porte de Montreuil, mais puissance dix. « Attention aux pickpockets !, il m'avait prévenu. Ne jamais se laisser choper par le bras ! » Or, je ne voyais pas comment un mongolito allait s'y prendre pour me piquer un portefeuille que je n'avais pas sur moi. J'avais placé mon fric dans ma ceinture à fermeture et double fond.

Le b.a.-ba du bourlingueur. Qu'il vienne y glisser sa main…

Je n'étais pas un touriste, merde !

Issu d'une famille modeste de nomades, Enebish montait à cheval et pratiquait la lutte, comme tout Mongol digne de ce nom.

Un jour, après avoir chanté les louanges du cheval qu'il avait élevé mais resté au pays, dans sa région, il m'a dit ceci : « L'air frais du paradis est celui qui souffle entre les oreilles d'un cheval. »

Ce jour-là, au marché aux Voleurs, je m'étais trouvé un nouvel *anda*, un « frère juré », comme ils disent là-bas.

Enebish, le petit cavalier sans nom, que j'imaginais encourager son cheval avec des *gooug ! Gooug !*

Et des *tchoou ! Tchoou !*

Tchin-tchin !

À la vôtre, au fait.

Vous pouvez laisser la bouteille ouverte.

Ça démarre maintenant !

– 10 –

Last chance saloon au quartier français

Un soir, Pat m'a invité à l'accompagner pour fêter la médaille de retraité de l'armée mongole d'un ami dont il m'avait parlé.

Ça avait lieu dans un établissement qu'il m'a présenté comme étant le « Cabaret de la dernière chance » d'Oulan-Bator. Il n'en fallait pas plus pour aiguiser ma curiosité.

Une large enseigne rectangulaire, fixée à deux gros poteaux plantés droits mais mal équarris, portait en hautes lettres rouges l'inscription : « Au Triskel[4] ». Située dans le mini-quartier français, près des universités et du Parlement, cette brasserie-crêperie bretonne – comme son nom l'indique – ne payait pas de mine (on aurait dit un resto d'altitude) mais réunissait, d'après Pat, les pires businessmen d'Oulan-Bator.

4. Du grec *triskelês*, symbole celtique qui signifie « à trois jambes ».

Dans la journée, c'était le lieu de rendez-vous de la bourgeoisie locale – avec le Bistrot français, à deux blocs de là –, qui s'y retrouvait pour parler affaires devant une bonne galette.

Vers l'heure de l'apéro, les oiseaux tombés du nid débarquaient en quête d'un bon plan pour se refaire. À la nuit tombante, tous les désaxés de la ville venaient s'y livrer à d'interminables beuveries, aussi longtemps que ces têtes brûlées étaient en fonds, ou jusqu'à ce que le patron les jette dehors.

La façade du Triskel donnait sur une avenue très passante. Son escalier en bois débouchait sur une ruelle sombre, même lorsque le ciel était ensoleillé. C'est là que les comptes se réglaient, à grands coups de pied et de poing dans la gueule. À l'intérieur, les murs suintaient l'alcool et la sueur. Ça sentait aussi la testostérone, la pisse et l'adrénaline.

L'endroit tenait à la fois du Café du Commerce, façon *Brèves de comptoir,* et du Q.G. pour expats, en majorité français mais pas seulement, destiné à planifier des « affaires » en tous genres. On y parlait aussi bien anglais que mongol. Selon les clients présents, il en sortait de sacrée parties de rigolade, ou de belles empoignades. L'agora, sans queue ni tête de préférence, pouvait durer la nuit entière. Les conversations, au départ décousues, s'affinaient peu à peu et, une fois que la thématique était choisie par accord tacite, la parlotte revenait, après des heures de libation, à son point de départ, jusqu'à ce que l'un des débatteurs lâche prise, à cause d'un coup de téléphone ou une envie d'uriner.

Or donc, ce soir-là, le général Munkhnaran, grand ami de Pat, arborait fièrement un mur de décorations sur son uniforme bleu électrique. Et l'apéro s'est prolongé bien au-delà de l'heure du dîner, à coup de vodka cul sec, chaque verre étant arrosé de bière, pour faire passer. J'avais apporté de l'andouillette en guise de cadeau, mais je n'ingurgiterai rien de solide de toute la nuit. À la sixième vodka (cul sec !), j'ai mordu dans mon verre, sous les hourras des convives. Encouragé par Pat, j'ai ensuite allumé ma serviette en papier pour l'enfourner dans ma gueule. Les applaudissements et les cris ont augmenté encore. J'ai enlevé des bouts de verre de ma bouche, légèrement ensanglantée, et recraché du papier noir de suie qui m'avait taché les dents. C'était le signal, pour moi, d'aller prendre l'air.

Je me suis levé, tant bien que mal, pour aller me soulager à l'extérieur, les lieux d'aisances étant rarement libres aux heures d'affluence et d'une propreté douteuse. Au passage, Pat m'a coiffé de la casquette soviétique empruntée à son *anda* général. J'ai chopé l'andouillette qui trônait sur la table et me voilà dehors, par moins vingt degrés, bistouquette en main, cigare au bec, andouillette sous le bras, coiffé d'une large casquette de l'armée mongole – l'air digne, quoi –, en train de pisser au milieu des passants.

Une fliquette en civil qui passait par là s'est dirigée vers moi en baragouinant je ne sais quoi. J'ai su après qu'elle voulait que j'éteigne mon havane, à cause de la toute nouvelle interdiction de fumer à moins de deux cents mètres d'un établissement scolaire. Or, si nous étions bel et bien au cœur de la cité universitaire, j'en convenais, ce n'était pas une école maternelle ! Et il faisait nuit… Les écoles étaient fermées, bordel ! Sans compter que nous étions à deux pas de l'ambassade cubaine : un comble… Le paradis du havane. C'était bien la peine de parcourir des milliers de kilomètres, si c'était pour se faire emmerder par les interdictions comme en France ! Lorsqu'elle a menacé de m'embarquer, j'ai menacé, moi, de demander l'asile « éthylique » à Cuba.

– Qu'est-ce que tu fous ?!, m'a gueulé Pat, qui venait de sortir aussi pour voir ce que je fichais.

– Je suis un Blondin en hiver !, j'ai déclaré, en traversant la rue pour régler la circulation.

Sauf que les descendants de Gengis Khan n'essayaient pas de m'éviter, avec leurs bagnoles, entre deux « olé ! » : ils me visaient carrément. Il faut savoir qu'au contraire de l'homme de la pampa, « parfois rude mais toujours courtois », le Mongol de la steppe est du genre brutal et jamais gentleman. Il faut dire aussi que je me servais de l'andouillette comme d'un bâton de maréchal.

Bref, j'en tenais une bonne.

Pat a tenté de me convaincre de dégager la route, sous les huées et les coups de Klaxon des automobilistes écumants de rage. Mais comme je n'écoutais pas, il a fini par en attraper un par les oreilles, qui n'avait pas eu la présence d'esprit de bloquer la fermeture automatique de sa portière. Et tout s'est enchaîné.

À vrai dire, je ne me souviens plus très bien du reste de la soirée.

Je me revois secouer les plumes d'un petit Belge qui me faisait chier avec l'arrogance française (moi, grande gueule ?!), sous prétexte qu'à la question « combien tu mesures ? » j'avais répondu en le soulevant sous les bras, pour lui montrer « comment c'est là-haut ».

Il a protesté. J'ai lâché. Il est tombé. A râlé. J'ai grogné.

Il a détalé en couinant.

Pat était aux anges. Il a récupéré l'andouillette que voulait me confisquer la fliquette. Ah non, c'était le cigare qu'elle voulait ! J'ai brûlé ma parka et mes gants en le rangeant dans ma poche. Quel con ! Au lieu d'utiliser la neige pour l'éteindre. La neige ? Mais bien sûr ! J'en ai fait des boules que j'ai lancées sur les Mongols, au grand dam du patron du Triskel, effrayé à la perspective d'une expédition punitive. Qu'est-ce qu'on s'est marrés !

Mais tout ça nous a donné soif.

Pat et moi sommes rentrés rejoindre le général, à qui j'ai rendu sa casquette un peu cabossée, sous les yeux de ses amis hilares. Et rebelote : tournées de vodka-bière. Pat est allé asticoter un p'tit Français prénommé Alexandre, éducateur spécialisé, qui travaillait dans un orphelinat de mômes handicapés mentaux. Un doux dingue, mais pas crétin, venu des Vosges… à vélo !

– Faut le faire, venir en Mongolie pour travailler avec des mongols !

L'éducateur n'a pas moufté. Il avait peur de Pat, ça se voyait. Ce dernier s'en est pris ensuite à un Antillais qu'il taquinait en l'appelant « le Nègre », sous couvert de provoc' à la con.

Pat étant capable de provoquer une bagarre dans une salle vide à lui tout seul, je l'ai prévenu que si ça tournait au vinaigre, j'allais devoir m'interposer, et qu'en cas de baston j'avais choisi mon camp.

– Ce serait marrant, il a répondu. Mes gardes du corps n'oseraient pas te toucher, puisque tu es leur collègue et mon invité.

Et l'affaire s'était arrêtée là.

C'était l'un des rares Blacks de la ville, donc de toute la Mongolie.

Il a sorti un joint (de la paix) que nous avons partagé, et bu d'autres coups, avec le général Munkhnaran et sa bande d'officiers soiffards.

Juste avant de nous faire virer par le gérant du bar, Pat a jeté son dévolu sur un Écossais qui jouait merveilleusement bien du banjo.

Il lui a demandé de jouer pour lui… chez lui.

– Arrête de le taquiner, je suis encore intervenu. Tu ne vois pas que tu lui fais peur ?!

Faut dire que c'était pas Sean Connery. On aurait dit un nain de jardin.

Pat avait trouvé ce moyen pour que Zulaa, sa femme, oublie un peu cette énième virée, très tardive et alcoolisée.

– Et pourquoi tu ne joues pas de la cornemuse ? Et pourquoi tu ne portes pas de kilt, comme tous les Écossais ?, lui a demandé Pat, avant d'ordonner à ses sbires de l'embarquer dans le Hummer garé juste devant le bar.

Cette fois, je ne suis pas intervenu.

Et nous voilà partis, avec notre petit musicien tremblant, encadré par l'australopithèque édenté et moi-même, soit quatre mètres de haut à nous deux ! Quand j'y repense, nous l'avons littéralement kidnappé, ce barbu rondouillard. Un troll que Zulaa, princesse du chevalier Pat, a écouté patiemment, en robe de chambre, sans avoir l'air plus surprise que ça par la dernière lubie de son fantasque époux.

Lorsque le troubadour a eu terminé, il était trois heures du matin.

Zulaa s'est recouchée et le khan nous a donné congé.

L'Écossais a eu l'air soulagé quand Enebish et moi l'avons déposé au pied de son immeuble. Pat l'aurait sans doute assommé s'il avait refusé de jouer pour sa femme, tant il était déchaîné. Peu avant la fermeture, je l'avais vu jeter dans le coffre du Hummer la guitare d'un Canadien qui avait préféré abandonner son instrument plutôt que de nous accompagner dans cette folle équipée. Guitare que Pat lui a restituée, quelques jours plus tard, réparée et réaccordée, soit dit en passant…

Le lendemain, je me suis encore réveillé avec la gueule de bois.

Ma réputation était établie chez les expats.

J'étais au moins aussi fêtard que Pat.

Allez, on trinque !

– 11 –

L'expat' pas comme les autres

À quoi reconnaît-on un expat' français ?

1) Il n'arrête pas de critiquer son pays d'origine.

2) Il ne tarit pas d'éloges sur son pays d'accueil, tout en ne passant aucun défaut aux locaux.

3) Il se jette sur ses compatriotes comme si c'étaient de vieux amis.

4) Il passe son temps à évoquer les spécialités culinaires de son pays.

5) Il a un convertisseur de devises et un traducteur intégrés dans le cerveau.

6) Il se présente par sa nationalité et non plus par son prénom.

7) Il connaît par cœur les horaires des vols Air France.

8) Il aime exhiber les tampons sur son passeport.

9) Chaque premier dimanche du mois est le rendez-vous familial sur Skype.

10) Il ne cesse de réclamer des cigarettes ou des bouteilles de vin, achetées en *duty free*, aux amis de passage.

11) Il a tout en double : adresses, comptes bancaires, numéros de téléphone.

12) Noël, avant, c'était une réunion de famille, maintenant c'est une soirée entre copains.

13) Il ne sait pas pourquoi mais il regarde la météo de son pays d'origine.

14) Il est devenu schizophrène.

15) Il prévoit de finir sa vie sur place mais rentrera chez lui un jour. Même si c'est entre quatre planches…

Quand j'ai fait sa connaissance, Pat vivait en Mongolie depuis quinze ans. Après être arrivé à Oulan-Bator avec presque rien en poche, lui, ancien flic, s'est improvisé épicier-fromager en gros, avant de s'autoproclamer roi des extincteurs *(sic)*, et de la sécurité à la personne (garde du corps et gardiennage). Puis il s'est lancé dans le pari fou de monter une librairie française dans un pays qui comptait à peine une centaine d'expatriés en 2006.

En bon expat' qui ne se respectait pas toujours, Pat vantait les mérites de sa terre d'adoption, tout en taxant ses compatriotes d'assistés, vivant dans un vieux pays étouffé par les taxes et la bureaucratie, comme chacun sait… Ce qu'il oubliait de dire, c'est qu'il gardait précieusement sa carte Vitale dans son portefeuille et qu'il s'emmerdait comme un rat mort la plupart du temps. L'Hexagone et ses fromages lui manquaient.

Surtout l'hiver. Il prévoyait de rentrer, une fois qu'il aurait fait fortune. Ou de s'installer ailleurs. Dans un pays chaud. J'en avais rencontré des dizaines comme lui, surtout en Afrique et à Madagascar.

Officiellement, Pat gagnait sa vie en assurant la sécurité de mines d'or, tenues par des multinationales qui saccagent et dépouillent la « terre sacrée » de Mongolie.

Officieusement, Pat est également un « briseur » de grèves.

A priori, jamais je n'aurais dû sympathiser avec ce type.

Et pourtant…

C'était un patron paternaliste, à l'ancienne, capable d'octroyer cinq semaines de vacances à ses employés, alors qu'en Asie ça n'existe quasiment pas, les vacances, sauf au Nouvel An.

Je l'ai vu, un jour, reverser intégralement son salaire à une jeune employée qui venait de se faire voler son portefeuille dans une boîte de nuit.

Pat était généreux tout en étant obsédé par l'argent.

À force de dire qu'il s'en tapait, il finissait par ne plus parler que de ça, puisqu'il passait sa vie à tenter de récupérer ce qu'il avait perdu la veille, en le dilapidant sur des placements foireux ou en le confiant à des personnes douteuses.

S'il gagnait effectivement sa vie en envoyant ses sbires cogner sur des prolos locaux, il finançait également l'orphelinat d'un quartier pauvre d'Oulan-Bator avec ses propres deniers. Il achetait des vaccins pour protéger des milliers d'autres mômes (orphelins ou pas) des faubourgs de UB, quand il ne sponsorisait pas un club de boxe pieds-poings destiné aux gamins des faubourgs.

C'était un homme parfois violent mais au cœur d'artichaut.

Difficile à suivre, usant, mais attachant.

Si vous saviez comme il me manque…

Passez-moi la bouteille !

– 12 –

Les loups d'Oulan-Bator

Le jour de ma première vraie paie, soit plus de 500 000 tugriks, en cash – ce qui faisait une sacrée liasse de billets –, j'ai soudain beaucoup aimé ce pays. À ce train-là, j'allais être millionnaire au bout de deux mois, sans avoir rien fichu ou presque.

Pour fêter ça, je suis retourné au Triskel. Mais sans Pat cette fois.

Il était encore tôt lorsque j'ai débouché par la ruelle sombre qui donnait sur l'avenue des universités.

Le vent glacé soufflait fort, faisant grincer l'enseigne suspendue entre les deux poteaux, en partie gelée par le froid.

Éclairée d'une lumière blafarde, la salle principale était occupée par une dizaine de clients qui parlaient fort.

J'ai cherché un visage familier parmi ceux des

consommateurs excités par l'alcool ou hébétés, anesthésiés, mais je n'en ai reconnu aucun. J'ai commandé une bière.

Accoudé au bar, un gros bonhomme, brun, à l'air sympathique, se distinguait par son accent. Bien qu'il se dise d'origine portugaise, il s'enorgueillissait d'être canadien : mieux, un vrai Québécois de Montréal. Prénommé Pedro, il était accompagné d'un certain Santo, de provenance indéfinie, d'après son étrange accent. Ce dernier se vantait de partager sa vie avec une louve, qui le « protégeait », quand sa femme était absente.

– Le problème c'est que, quand je la sors pour pisser, les chiens veulent la bouffer.

Je me suis approché d'eux avec ma pinte entamée.

Pedro m'a proposé d'en prendre une autre, puis deux, puis trois et quatre. Vous devinez la suite…

Les meilleures cuites étant celles qu'on n'a pas prévues – et qu'on vous offre gracieusement –, je me suis à nouveau laissé emporter par l'ambiance typique des rassemblements masculins, désinhibés.

Sujet premier : les femmes et l'argent.

Toutes des putes, c'est bien connu, et sans odeur.

Enfin, je me comprends…

Deuxième sujet : le bizness.

Sans règles bien définies dans ces contrées lointaines.

Troisième sujet : les locaux, en l'occurrence les Mongols.

Des incapables, évidemment.

Quatrième : la France, sa politique, ses chômeurs, des paresseux.

Cinquième : l'Europe, le monde, les immigrés, réfugiés, terroristes.

À ce stade de la conversation et de l'ivresse, j'aurais dû tourner les talons et aller me coucher tranquillement. Mais, encore une fois, je n'ai pas écouté ma petite voix.

Nous avons été rejoints par d'autres habitués. Sont arrivés, dans l'ordre, un jeune géologue de Minium-France, prénommé Florent (beau gosse, cheveux blonds, souriant) et Alain Tournepiche (un nom pareil, ça ne s'oublie pas), qui bossait dans la restauration pour les mines d'or et d'uranium.

Me découvrant, les questions ont fusé : tu fais quoi ? Tu viens d'où ? T'es là depuis quand ? Quand j'ai répondu que j'étais un ami de Pat, il y a eu comme un blanc. Tournepiche a changé de sujet : bois un coup !

Impossible de payer ma tournée. Alain-au-nom-rigolo a commandé des Ricard. Rien de pire que de passer de la bière au pastis. C'est comme passer du rouge au blanc, tout fout l'camp !

Mais j'ai suivi. Pour voir… comme d'hab'.

Les tournées ont valdingué, comme les verres à kir.

Et tout s'est mélangé, les bons mots ont fusé au-dessus du comptoir à histoires. Pat avait eu beau me prévenir d'éviter ces « gros cons d'expats », je fraternisais allègrement avec la faune locale.

Un ex-boucher toulousain s'est mis à clamer qu'il allait éventrer un banquier belge qui l'avait « entubé ». J'ai proposé d'arranger ça, par l'entremise de mon pote Pat, à qui je téléphonai derechef.

– T'occupe pas de ça !, il a répondu sèchement. Sors de là, je t'envoie Enebish.

C'était la première fois que Pat me parlait sur ce ton. Il devait avoir ses raisons, alors je suis sorti sagement, sous prétexte de fumer un cigare, en attendant la voiture.

Sur le trottoir, je sentais posé sur moi le regard des passants et des automobilistes. Certains avaient du défi dans les yeux. D'autres semblaient simplement curieux.

Je me suis soudain souvenu qu'il était interdit de fumer dans la zone universitaire et que du haut de mes deux mètres, barreau de chaise en main, je devais ressembler à un martien, pour ces Oulanbatoriens. Qu'ils aillent se faire voir ! J'étais bien couvert, l'alcool me gonflait les veines. Je me sentais bien. J'ai donc continué à crapoter ostensiblement jusqu'à l'arrivée du Hummer.

Une fois bien au chaud, Enebish m'a demandé s'il pouvait mettre de la musique à la radio. C'étaient des chants traditionnels mongols, qu'il entonnait à grand cœur.

J'ai compté les étoiles jusqu'à l'appartement de Pat, à une trentaine de minutes du centre-ville, en me laissant bercer par la mélodie.

Une fois chez lui, le boss a mis les choses au clair.

Je devais respecter le « onzième commandement » : ne jamais s'occuper des affaires des autres. Et surtout, ne rien dire sur lui. Ce qu'il faisait. Comment il allait. Qui il voyait. Rien. Surtout pas au Triskel qui était, à l'entendre, un nid de vipères, un panier de crabes, de scorpions, des espions ! Il s'énervait tout seul. En a remis une couche. Un ramassis d'aigris, tous plus ou moins rangés des voitures, ayant fui la France, leur famille, ou leur bizness en faillite. Des has been en sursis, qui étaient là depuis des mois, mais ne tenaient jamais plus longtemps. Il en avait vu passer des dizaines, de ces abrutis venus se brûler les ailes en Mongolie. Ce con de Toulousain, qui en voulait au Belge, par exemple, n'avait toujours pas compris que l'autre était sur place depuis plus longtemps que lui. Ce qui faisait qu'il avait des relations haut placées dans le monde politique et celui des affaires. Ces deux-là allaient mal finir, Pat pariait là-dessus. En attendant il entretenait d'excellentes relations avec le banquier. Ça valait mieux qu'avec cet abruti de Toulousain qui ne savait même pas préparer une andouillette !

Avec des arguments comme ça, je n'avais qu'à fermer ma gu…

Pat ne m'en voulait pas. La preuve, il m'emmenait dans un lupanar. C'était le grand truc de Pat, ça : les bars à putes.

À notre arrivée dans le bouge, le tenancier chinois a fait une fixette sur mon cigare. J'ai eu beau lui expliquer qu'un havane ça ne se prête pas, surtout quand on l'a déjà dans la bouche, il n'en démordait pas : c'était le mien qu'il voulait tester.

– C'est pas un pétard, merde !, j'ai fini par m'emporter.

Il s'est vexé. Et c'est reparti pour un tour. Pat a alors sorti son vrai pétard, le Chinois s'est jeté sous le comptoir. D'où il a dû appeler des renforts avec son portable, parce qu'on a vu rappliquer un essaim de Gremlins pas contents. « Pas contents ! Pas contents ! », on s'est mis à scander, comme à une manif. Pat trouvait que ça sonnait mieux qu'« Insoumis ».

Et puis on s'est battus. Jusqu'à bouter les Chinois… hors de chez eux. Enfin, chez eux… n'allez pas dire ça à un Mongol !

Il a bien fallu laisser revenir les Chinois dans leur établissement de mauvaise vie. Parce qu'avec moins vingt-cinq, il ne faisait pas bon traîner dehors. On avait gagné sans pavoiser.

– De toute façon, la bière était tiède et les putes froides, a décrété Pat en claquant la lourde du claque.

Clope au bec, il est allé pisser contre un mur.

Je n'en revenais pas qu'il ne porte qu'une chemise et une veste en cuir noir avec ce froid. J'avais tellement faim que je me serais bouffé les doigts. Tout en urinant de concert, j'en ai profité pour le relancer sur l'affaire qui m'avait amené à Oulan-Bator.

– Je commence quand mon job dans la mine d'or ?

– Rhâââââ ! t'es chiant à parler tout le temps de boulot, a bavé Pat avant de renifler et de cracher par terre. Tu vas bien finir par le savoir, t'inquiète. Profite du temps présent, la vie est courte. J'ai une surprise pour toi !

Il a insisté pour que je me fasse sucer dans son Hummer. J'ai accepté pour lui faire plaisir, alors que je tenais à peine debout. Une fois dans la bagnole surchauffée, j'ai remis mes lunettes que j'enlève toujours pendant les bagarres. J'ai distingué une forme.

C'était une femelle que j'ai reniflée. Elle sentait bon.

J'ai ouvert ma braguette. Et rien.

Le lendemain matin, je me suis encore réveillé tout habillé sur mon lit, avec un mal de crâne qui m'a fait jurer l'impossible : « C'est la dernière fois ! » Mon voyage en Mongolie tournait à l'histoire sans fin. J'ai ouvert les rideaux de ma chambre. Malgré l'éblouissement, j'ai pu constater que c'était une belle matinée, claire et ensoleillée.

J'avais les lèvres collées, la langue pâteuse, et la sensation d'avoir un gant de toilette dans la bouche. J'ai bu un demi-litre d'eau avant de trouver la force de téléphoner à Pat pour lui demander un truc qui me turlupinait :

– D'où sortait cette fille dans la voiture ?

– Quelle fille ?, il m'a répondu.

J'ai pas cherché à comprendre.

– 13 –

Bison, bisou et cousin québécois

– Peuh ! Tous pourris, les journalistes !

Dès le lendemain, j'étais revenu au Triskel et le dénommé Santo venait de cracher par terre, en apprenant mon ancien métier. C'était un petit bonhomme maigre, au visage hâve et sans âge. Avec de petits yeux noirs et des cheveux teints, filasse.

Je n'arrivais pas à deviner d'où il pouvait bien venir.

Du Portugal, comme Pedro ? Sans doute pas.

Il y avait de l'Est dans sa voix. Mais aussi une pointe de Sud… De l'ex-Yougoslavie ? Des Balkans ? Russie ? De Roumanie, peut-être.

Quoi qu'il en soit, ce type ne m'aimait pas. Il avait la tronche du fourbe dans les mauvais films noirs. Regardant par en dessous, lançant des piques sarcastiques. S'adressant à moi, indirectement, il baragouinait un galimatias de récriminations à propos des « bobos gauchistes ». Avant de s'en prendre aux Roms : « De faux pauvres qui appliquent le même cérémonial que chez les riches, avec filtrage à l'entrée de leurs taudis… »

J'ai rétorqué que ces misérables avaient plus de raisons d'être prudents que les riches car on ne peut leur voler que leur vie.

– Tu as vu leurs voitures !?, a répliqué le Bulgare (car il était bulgare par son père, et italien par sa mère, d'où son accent si particulier).

Puis Santo s'est attaqué aux fonctionnaires, grévistes, syndicalistes, et encore aux chômeurs, aux femmes, aux Arabes, Noirs, musulmans, djihadistes, réfugiés, immigrés et même aux Grecs et aux Albanais. Une véritable diarrhée verbale.

Santo partageait sa table avec ce type qui avait des poignets aussi larges que des poteaux de clôture. Un sacré balèze, ce Pedro, portugo-québécois, que j'allais surnommer « Bison ».

J'avais grandi près de rades pourris, peuplés de barjots de bistrot comme eux, et je savais que je devais m'en méfier comme des garagistes et des plombiers.

J'ai voulu m'éloigner mais Bison m'a à nouveau proposé une bière.

Croyant détendre l'atmosphère, j'ai cru bon de déclarer qu'on était cousins.

– Tabernac' ! Faut que vous arrêtiez avec ça, maudits Français ! On n'est po' cousins ! Surtout moi qui suis portugais…

– *OK, keep cool,* j'ai répondu, lorsque Florent, le jeune géologue m'a présenté un mec d'une cinquantaine d'années, dont je n'ai pas compris le nom à cause du brouhaha, comme étant son patron.

Ce type n'avait l'air de rien (visage mou, léger double menton, cheveux ternes) mais il dirigeait Minium-France, filiale d'Atomin-Avéra, au cœur du scandale du siècle. Trop long à expliquer ici, renseignez-vous, lisez les journaux ! C'est de vos impôts, dont il s'agit…

Pardon ! J'ai encore trop bu. J'y reviens plus loin.

Il se trouve que Pat – enfin, ses hommes – assurait sa sécurité (je comprenais mieux pourquoi il préférait rester dans son coin, ce soir-là), téléphone à l'oreille, l'œil aux aguets, dans notre direction.

Le caïd de l'uranium était entouré d'une cour de jeunes collaborateurs obséquieux, occupés à le regarder passer à la télé. On pouvait voir sa tête sur les écrans installés aux quatre coins du bar. Il venait d'être interviewé par une chaîne de télé mongole et découvrait sa prestation, manifestement content de lui. Plus je l'observais, plus je lui trouvais une tête à claques. Pas de lèvres, taille moyenne, bedon paresseux, l'air satisfait de lui-même. Il affichait cet éternel sourire qu'ont aux lèvres les hommes convaincus, depuis l'enfance, de faire partie de l'élite. Un garçonnet blond le tirait par la manche pour partir. Sans doute son fils, parce qu'il semblait très mal élevé, vu la manière dont il parlait à sa mère, une blondasse au fort accent russe.

J'allais sortir fumer, lorsque la grosse voix de Bison m'a interpellé :

– Hey ! le journaliste, tu sais jouer au hockeyyy ?

J'ai répondu que j'avais vu quelques matchs, du temps où j'étais journaliste sportif. Du coup, nous avons vite sympathisé. Il paraissait vraiment cool, avec sa bonne bouille de « Portos », ses cheveux bruns bouclés et ses petits yeux noirs.

Emporté par sa bonne humeur, je l'ai taquiné sur son accent québécois :

– Tu sais que vous parlez vachement mieux l'*english* que nous, les vrais Français !

J'avais à peine fini ma phrase qu'il m'envoyait valdinguer sur trois mètres.

– Sans le zinc, t'aurais fini en Chine !, il a rigolé.

Comme je vous l'ai dit, Pedro paraissait fort comme un bison. Il pesait facilement cent trente kilos et aurait pu faire du sumo.

J'ai tout de suite analysé que, physiquement parlant, je ne faisais pas le poids si nous devions nous affronter à mains nues. À moins de le prendre en traître.

Si ça dégénérait, je ne pourrais que me mettre en « mode HLM ». Autrement dit, je lui ferais « manger ses morts » et lui maraverais ses glaouis à ce narvalo. Ce serait une kourave à la manouche, bien d'chez oim, dans le 9-3.

Autant prendre sa « bourrade virile » à la légère, malgré le sourire narquois de Santo qui croyait sans doute que je me soumettais.

J'ai laissé passer l'orage et, préférant prendre langue avec ce joyeux compagnon de libation, nous avons librement devisé à propos de nos us et coutumes respectifs.

Après tout, mon nouveau camarade de biture avait simplement voulu montrer comment on neutralise un joueur adverse au hockey sur glace. Ce jeu viril mais correct. Mon orgueil de mâle dominant pouvait supporter cet affront passager. Inutile de se fâcher pour si peu.

Je l'ai donc joué « amitié virile et sportive », en me frottant l'épaule :

– Tu voulais savoir si j'allais tenir sur mes cannes, pas vrai ? Je joue au foot, moi, pas au rugby, ce sport de voyous pratiqué par des gentlemen…

À ces mots, le Québécois s'est à nouveau rué sur moi pour me faire une clé de bras, tout en m'enfonçant les doigts dans les narines, avec son autre main.

– Pouce ! Pouce !, j'ai dit, lui tapotant sur l'épaule en signe d'abandon, comme lors des combats d'*ultimate fight*.

– Ça veut dire quoué, ço, pouce ?!, il a ri. On ne dit pas ço chez nous. Sauf pour faire du stop.

C'était gagné. En rétorquant par l'humour, donc la ruse, je l'avais mis en rogne.

– C'est balin, baindedant, je barle du dez. Du pouce lebé, je veux dire ? Allez, j'b'inclide. D'as gagné cede banche. Je d'offre une bière, cousin.

– J'suis pas ton cousin, j't'ai d'jà dit. Prends plutôt un cigare, dans l'humidificateur, sur le bar. C'est moi qui offre. J'vais t'apprendre quelques phrases bien d'chez nous, comme « frotter la porte du poète », ça veut dire « baiser » ! Mais tu peux dire aussi « enfourner le pain » ou « donner ta crêpe ».

Avant que j'aille fumer dehors avec Bison, Pat, qui avait lâché des yeux le patron qu'il était censé protéger, s'est approché pour me glisser :

– Mais pourquoi tu lui as pas cassé la gueule ?

Parce que j'avais écouté ma petite voix, pour une fois.

Et j'avais bien fait, parce que Bison pratiquait quasiment tous les sports de combat, depuis des années : boxe anglaise, boxe thaïe, pieds-poings en général, lutte, judo, arts martiaux, karaté, bref le *free figth* ; sans oublier le krav-maga, créé par Tsahal, l'armée israélienne.

Et pour cause, c'était un ancien militaire engagé, devenu professionnel. Autant dire un mercenaire. Un « affreux ».

Je m'étais fait un nouveau copain tueur.

Tout en savourant nos cigares, Pedro m'a confié travailler dans le *catering* d'une centrale minière, comme de nombreux expatriés. Ce qui comprenait le service de logistique, le service de traiteur, la construction, bref le service complet du campement. Son employeur, Ecolog International, était autrefois spécialisé dans la construction de camps militaires. Et vu qu'il y a moins de conflits armés, « contrairement à ce qu'on croit, à cause de la télé qui déforme tout », *dixit* Pedro, il s'était recyclé dans les camps de mine ou les champs pétroliers, selon la saison. À savoir des zones considérées comme « hostiles », du point de vue climatique. Il lui restait encore trois mois de contrat « à tirer », à Oyu Tolgoi (« colline Turquoise »), la plus importante mine du désert de Gobi. Après, il rentrerait chez lui, à Montréal, où l'attendait sa petite famille qui commençait à sérieusement lui manquer. Le climat de la Mongolie ne le dérangeait pas, puisqu'il ressemble à celui du Canada, mais il commençait à en avoir « marre des Mongols ». Pedro regrettait le conflit irakien.

Il m'a montré des photos sur son smartphone.

– Là c'est un pote serbe, regarde sa jambe (en charpie), ça le faisait rigoler, ce con.

Je lui ai demandé ce qu'il ressentait quand ça risquait d'exploser à tout moment.

– Comment t'expliquer… BOUM !!!

J'ai sursauté.

Il s'est marré.

Puis a ajouté :

– À Bagdad, c'était comme ça mais en PERMANENCE ! Depuis le moment où tu arrives sur le terrain, jusqu'à la fin. Tu comprends pourquoi on prend tous des trucs : alcool, drogue… C'est comme ça depuis que la guerre existe.

Il m'a demandé de la fermer, à propos de son « vrai » métier.

– Ou je te casse les jambes !, il a ajouté, mi-figue, mi-raisin.

Mon nouveau copain croyait m'impressionner, mais sous ses airs de brute épaisse j'avais décelé le rigolard, sentimental.

Un gentil père de famille qui pouvait frapper, torturer, tuer sur commande, si c'était bien payé. Pedro s'en vantait presque, comme si c'était un jeu vidéo. Pour lui c'était un boulot comme les autres. Il faisait son job et rentrait chez lui faire des câlins à ses enfants.

Pedro disait me trouver « différent » de mes compatriotes, qu'il trouvait « timorés » en général, avec leur bouche « en cul de poule ».

Qu'est-ce que je faisais en Mongolie ?

– Je travaille pour Pat, j'ai répondu, en prenant un air mystérieux.

J'ai lu dans ses yeux que cette information ne serait pas sans incidence sur nos éventuelles futures relations. Je risquais de l'avoir dans les pattes en cas de conflit d'intérêts.

Nos cigares terminés, on est retournés à l'intérieur.

Bison a tenté de me brancher avec son ami Santo, mais celui-ci ne me calculait toujours pas. J'ai regardé dans la direction de Pat, qui n'en perdait pas une miette. D'un signe, il m'a indiqué que c'était le moment de partir.

Dans sa voiture, garée en face du Triskel, Enebish dormait profondément, comme un bon chien attendant son maître.

J'en ai profité pour demander à Pat s'il avait reçu de nouvelles menaces, depuis mon arrivée. Il a répondu par l'affirmative, avant de donner un grand coup de botte dans la portière. Je lui ai demandé s'il voulait que je cherche d'où ça venait. C'était bien pour ça qu'il m'avait fait venir, non ?

– Trop tôt, il a répondu, avant de me proposer de me ramener à mon hôtel.

– Et la mine d'or, alors, on y va quand ?

– J'ai pensé à autre chose, de plus intéressant pour

toi, il a lancé, en tapant sur la vitre avant du 4 X 4 pour réveiller Enebish, qui n'avait pas bougé malgré le raffut.

Contrarié, j'ai préféré rentrer à pied, nonobstant le froid. J'aimais particulièrement longer la chambre des députés, traverser la place Sukhbaatar, sous les yeux de Gengis Khan, pour rentrer à mon hôtel. Cette marche d'une trentaine de minutes, entre le Triskel et ma piaule, me permettait de dessoûler un peu, en faisant le point sur la situation. Pat m'avait promis de l'or, de l'aventure et des grands espaces, et je passais mon temps à picoler dans un rade d'expats. Qu'est-ce que je fichais là, au juste ?

– 14 –

Nazis, p'tit flingue et ninjas

Quand Pat m'a prévenu que je risquais de croiser des mecs en uniforme S.S., j'ai cru qu'il déconnait. Mais, un jour, j'ai vraiment trouvé un groupe de nazis mongols sur mon chemin. C'était sur l'avenue de la Paix *(sic)* et pas pour le carnaval...

– À leurs yeux, Hitler était un nationaliste, plus qu'un idéologue sanguinaire, il m'a expliqué. Et la croix gammée, c'est une sorte de marque, un logo, plus qu'un insigne nazi. Que des juifs se soient fait exterminer par millions, ils s'en tapent. C'était loin de la Mongolie...

– Et question massacre, avec Gengis Khan[5], ils n'ont pas de leçons à recevoir, j'ai observé.[5]

5. On estime que les invasions mongoles ont fait entre 30 et 60 millions de victimes (la fourchette est large) pour la période 1207-1480 (comprenant les descendants de Gengis Khan), en Asie, Europe de l'Est et Moyen-Orient. L'Empire mongol couvrira à son apogée jusqu'à environ

J'ai ainsi pu constater, de visu, cet aspect « nazi cool » (si je puis dire) de certains Mongols, moins drôles que dans *OSS 117* version Jean Dujardin, en discutant avec un jeune graphiste prénommé Ganbaatar (« héros en acier », en langue mongole), que j'avais contacté pour publier une brochure sur le théâtre de marionnettes (il fallait bien justifier mon salaire). C'était un type branché, en jean et sweet-shirt, plutôt sympa. À un moment, alors que nous discutions, il s'est penché, pour attraper son sac au sol, laissant découvrir un tatouage : **NAZI**, écrit en grosses lettres noires gothiques sur son cou. Je n'en croyais pas mes yeux.

Je lui ai demandé ce que ça signifiait pour lui. Il m'a répondu qu'il était simplement « nationaliste ». Je lui ai alors demandé s'il savait pour les millions de morts, juifs, communistes, tziganes, homosexuels, pendant la guerre. Sans compter tous les combattants tués en Europe, en Afrique et en Asie. Il a répondu que si Gengis Khan avait également tué beaucoup de monde, il avait surtout réussi à unir le peuple mongol. C'est

33 millions de kilomètres carrés. À la fin du XIIIe siècle, il s'étend de la Méditerranée au Pacifique et de la Sibérie à l'Inde et à l'Indochine, mais n'inclut ni les territoires vassaux de l'ancien empire de Russie, ni l'Indochine. La Russie ne sera libérée du joug de la Horde d'or qu'en 1480 par Ivan III de Russie. Les Mongols sont dans le top 3 des dix plus grands conquérants massacreurs au monde, loin devant Alexandre, puisque Gengis Khan a envahi un vingtième de la planète. Une récente enquête de l'université d'Oxford, au Royaume-Uni, a révélé que près de 16 millions des hommes vivant aujourd'hui sur le continent asiatique auraient un même ancêtre mâle. Enquête selon laquelle cet aïeul commun ne serait autre que le grand empereur mongol Gengis Khan (v. 1167-1227) ou l'un de ses proches parents ayant vécu il y a désormais près de mille ans.

ce qu'avait voulu faire Hitler, comme Napoléon, a-t-il ajouté, croyant me faire plaisir.

« Il n'est rien de plus beau que de vaincre son ennemi, prendre ses femmes, s'accaparer ses richesses et monter ses chevaux », disait Gengis Khan. Voilà pourquoi Ganbaatar respectait tant le président russe :

– Poutine veut (re)bâtir un grand empire.

Avant son départ, je lui ai recommandé d'effacer ce tatouage, ou au moins de mettre des cols roulés, s'il venait en France.

Pat ne voyait en ces nazillons que des pantins inoffensifs, au contraire des ONG qui, à ses yeux, « freinaient le bizness » avec leurs « bons sentiments à la con ».

Je n'étais pas au bout de mes surprises.

Toujours au Triskel, Santo m'a interpellé :

– Hey ! le journaliste, faut que t'ailles dans les montagnes de Gobi enquêter sur les ninjas dans les mines d'or.

Venant de la part d'un mec qui ne marchait qu'au thé et à l'eau gazeuse (italienne), je me méfiais. Il devait se foutre de ma gueule, me chercher.

Comme je ne répondais pas, il a sorti un pistolet de sa poche et râlé :

– Ils nous font chier avec leurs nouvelles lois ! Après l'interdiction de fumer, les plaques d'immatriculation paires et impaires, les jours de pollution, voilà que les étrangers n'ont plus droit au port d'armes ! Regarde, j'ai enlevé les munitions, pour pas qu'ils m'emmerdent, s'ils m'arrêtent.

Comme il ne me menaçait pas personnellement, j'ai mieux regardé l'engin qu'il tenait entre les mains. Il s'agissait bien d'un flingue, noir et luisant, parfaitement huilé, placé dans un chiffon, comme il se doit. Plus précisément un Walther PPK – Polizei Pistole Kriminal. L'arme de la police allemande dans les années 30, nous a expliqué Santo :

– Les flics français en avaient dans les années 60. Mais je lui préfère le pistolet Tokarev, de fabrication russe, qui est un semi-automatique et qu'on peut facilement trouver depuis le conflit des Balkans, mais j'ai eu celui-ci pour un bon prix, alors…

Il s'est ensuite montré franchement graveleux, se vantant d'avoir récemment excité sa maîtresse avec un *gun*, a-t-il repris, en regardant Pat, bien droit dans les yeux.

– Ça nous fait un vagin en commun, pas vrai ? Une nuit, elle m'a demandé de le lui fourrer dans la chatte !

– Tu l'avais déchargé, au moins ?, a demandé Bison.

– Je l'ai chargé deux fois, oui ! Attends, j'ai mieux que ça. Regardez : le plus petit pistolet au monde !

Santo a sorti ce qui ressemblait à un « jouet » de cinq centimètres, « de fabrication suisse », surnommé le « colibri ». Bison a tenté de le lui prendre des mains. Le coup est parti. Bang ! Dans le pied du Belge, qui a hurlé avant de sauter sur place. Du sang sortait de sa botte.

Voyant ça, Pat m'a dit :

– Allez, viens, on se casse !

– Adieu le journaliste !, a lancé Santo comme si

de rien n'était en me voyant partir, le flingue encore fumant dans sa main.

– Pourquoi adieu ?, j'ai répondu, avant d'atteindre la sortie.

– Ne reste pas à Oulan-Bator, a poursuivi le Bulgare. Faut que t'enquêtes sur les ninjas…

– Les ninjas ? Quels ninjas ?!

– Mais méfie-toi des Chinois…

J'avais quitté les lieux, tiré par Pat qui voulait éviter la police, sous les yeux furibards du patron qui s'affairait sur le Belge, allongé au sol. Sur le chemin de l'Opéra national, où Pat comptait rendre visite à la fameuse maîtresse qu'il avait eue en commun avec Santo, une ancienne ballerine à l'Opéra de Mongolie, je lui ai demandé des explications sur cette histoire de « ninjas » et de Chinois dans les montagnes.

– Ce sont d'anciens prisonniers qui se battent contre des Mongols pour le contrôle de l'or, il a répondu brièvement, avant de me recommander de ne pas asticoter Santo, car on ne pouvait présager de ses réactions.

Puis, tout en marchant le long du Parlement gardé par des militaires en faction, j'ai demandé des précisions à Pat.

– C'est dans le désert de Gobi, à plusieurs centaines de kilomètres d'ici. Des multinationales étrangères récoltent différents minerais précieux, avec leurs gigantesques tractopelles, grandes comme des maisons de quatre étages. Tu verrais ça, c'est impressionnant !

Les roues font trois mètres de haut. Récemment, un énorme chien qui montait la garde dans la mine d'or d'une femme d'affaires chinoise s'est fait bouffer.

– Par les Chinois ?, j'ai demandé.

– Par les ninjas ! Tu as lu *Le Seigneur des anneaux* ?

– J'ai vu le film…

– Eh bien, la Mongolie, c'est un peu la Terre du Milieu. De Nulle Part ! Un truc entre le Far-West et le Mordor, le « pays noir » en sindarin. Ici, c'est la vie sauvage. Il faut se comporter en l…

– … loup, ça va, j'ai compris. Parle-moi plutôt de ce Santo. Il est dans quoi ?

– Le consulting…

– 15 –

Kung-fu et orpailleurs

Autant dire du bizness, comme tous les Occidentaux à UB. Même Emeric Legonidec, le patron du Triskel, sortait sa carte de Trade Consulting Services au premier venu.

Avant, on disait import-export, comme Pat.

Ce Santo m'avait intrigué avec son histoire de ninjas.

Je me voyais bien faire du consulting avec eux.

Leur vendre du cognac, par exemple.

Mais ces « ninjas » étaient beaucoup moins romantiques que les chercheurs d'or des livres de Jack London.

– Ils ont commencé à s'appeler comme ça entre eux, parce qu'ils transportaient les « battées » (des bassines) sur leur dos, m'a expliqué Pat. Notamment les enfants, qui pouvaient mieux circuler dans les galeries souterraines. Elles ressemblaient aux carapaces des Tortues Ninja du dessin animé.

J'étais déçu. Rien à voir avec la société secrète de guerriers-espions dans le Japon médiéval. Ce sont de pauvres bougres affamés, des mineurs amateurs, artisanaux, qui tentent de survivre en creusant, quasiment à la main, dans les détritus provoqués par les ravages de l'industrialisation. Un peu comme les S.D.F. et les personnes âgées dans le besoin, qui font les poubelles des supermarchés chez nous.

Ces orpailleurs du pauvre venaient de se rebeller contre l'autorité de Pat (enfin, celle de Minium-France, un de ses employeurs) à coups de pierres, de pelles et de pioches, dans le désert de Gobi, près de la frontière chinoise. Les gardes de la mine dont il assurait la sécurité étaient intervenus pour les disperser. Il y avait eu quelques blessés. En représailles, les ninjas menaçaient d'enlever le premier Occidental qui passerait par là.

Pour en savoir plus, j'ai interrogé mon ami, l'écrivain et éditeur Marc Alaux, tout juste arrivé à Oulan-Bator pour accompagner un groupe de scientifiques français en excursion.

Un « chic » type, Marc, malgré son aspect austère dû à sa coupe militaire. Long et fin comme une antenne radio, plutôt grand, la poignée de main ferme, souriant, il était âgé d'une quarantaine d'années et avait bourlingué une demi-douzaine de fois au Pays du Grand Ciel Bleu. Un fondu de Mongolie, qui avait pris part aux activités pastorales pendant les migrations saisonnières, vivant sous la yourte comme les nomades et ayant parcouru plus de six mille kilomètres – à pied, pas à cheval – à travers la steppe, de long en large. Lui-même ancien archéologue, il connaissait assez le pays pour y avoir consacré plusieurs livres[6].

Nous nous sommes retrouvés au premier étage d'une brasserie populaire située tout près du stade de Naadam (« jeu », en mongol, le plus grand événement traditionnel du pays), avec vue sur la salle de restaurant, en contrebas.

– Le gouvernement mongol a récemment tenté de mener une politique d'intégration et de légalisation, a commencé par m'expliquer Marc. L'idée était d'intégrer ces « ninjas » dans le système économique du pays en leur faisant payer des taxes. Évidemment, ils se sont révoltés. T'imagines l'ampleur du phénomène : ils sont environ cent mille ! Et le gouvernement emploie des types comme ton ami Pat pour tenter de les mater…

– M'a pas dit ça. Il reste mystérieux sur ses activités de « sécurité », entre guillemets. On les trouve où, ces ninjas ?, j'ai demandé.

– Essentiellement à proximité de mines exploitées par des multinationales. Les déchets produits par les mines industrielles sont une aubaine pour ces fourmis, qui peuvent extraire l'or sous forme de paillettes et de poussière d'or.

– J'imagine que c'est une galère, comme pour tous les orpailleurs dans le monde…

– Ils en chient, oui, car ça attire les malfrats et autres crève-la-faim. Ils vivent et travaillent dans des

---

6. Voir les remerciements.

conditions difficiles, dangereuses, à cause de l'effondrement des puits, des galeries. Sans oublier le climat, très rude, même l'été.

Un serveur mal embouché l'a coupé. Nous avons commandé deux pintes de bière. Au rez-de-chaussée, un groupe de jazz massacrait un standard de Louis Armstrong.

– Concrètement, ça se présente comment ? Et qui sont-ils exactement ?

– Ils débarquent d'un peu partout. Tu as compris qu'ils n'ont rien à voir avec les grandes compagnies ?

– Oui, oui.

– Parce que tu n'as pas l'air de maîtriser le sujet. Ils sont tolérés – de toute façon, impossible de faire autrement – mais n'importe qui ne peut pas s'improviser chercheur d'or. Je te vois venir… Ne t'avise pas de débarquer là-bas avec ta pelle et ton seau.

– Mais naaaan…

– Il ne suffit pas de creuser et de se servir. Ça se pratique souvent en famille : hommes, femmes et enfants. Certains exercent de manière permanente, d'autres, saisonnières. Ça ne nécessite pas de grands moyens financiers ni matériels, sauf en hiver. Avec leurs procédés manuels, les mineurs artisanaux sont moins rentables mais plus précis.

Je croyais qu'il était tabou de creuser la terre en Mongolie…

– Tu viens de mettre le doigt sur un des nœuds du problème, Jérôme. C'est comme lui faire du mal, blesser ses « esprits-maîtres ». Pour ce peuple, de tradition chamanique pastorale, je te le rappelle, l'orpaillage est une activité dangereuse. Symboliquement, creuser des trous dans le sol sacré constitue une activité impure.

– Voilà pourquoi leurs bottes traditionnelles, les *gutuls*, ont le bout arrondi et recourbé vers le ciel !

– Exactement. Pour ne pas risquer d'abîmer la terre. Les esprits tutélaires de la terre et de l'eau accordent aux hommes l'utilisation des ressources de la planète. En contrepartie, les humains doivent veiller à ne pas blesser les esprits…

– C'est celaaaaa ouiiiiiiiiiii.

– C'est très sérieux, trois années successives de *dzud* – un hiver particulièrement froid ou enneigé, parfois précédé de sécheresses – ont décimé les troupeaux. Plusieurs millions de têtes de bétail sont mortes. Beaucoup d'éleveurs, privés de travail, sont venus grossir les rangs des mineurs artisanaux et illégaux.

– Bon, merci Marc. Je sais ce qui m'attend, au cas où j'aurais affaire à eux.

– Fais attention à toi si tu vas là-bas, vraiment. J'ai entendu dire que ça fritait pas mal avec les Chinois.

– Je suis au courant, t'inquiète.

– L'or rend fou. Tu te prendrais une balle, ou un coup de pelle, à moindre mal…

– Je peux rêver quand même….

– On en reboit une ?

Cinq tournées plus tard… vous connaissez la suite.

– 16 –

Nazis, diamantaire et crêpe au sucre

Cette histoire de ninjas à la frontière chinoise m'avait donné des fourmis dans les jambes.

Je ne cessais de demander à Pat quand nous quitterions Oulan-Bator pour aller dans l'Altaï, comme il en était question à mon arrivée. « Ne sois pas si impatient, il me répondait toujours. On a le temps… »

Ce temps, que personne ne possède évidemment, commençait à me taper sur les nerfs. Je ne le voyais pas passer, ce temps, et je tournais en rond. Ce n'est pas cette Mongolie-là que Pat m'avait vendue.

Mais il n'en démordait pas, pour lui, je n'étais pas prêt. Je devais d'abord comprendre où j'avais « mis les pieds ».

En attendant, il a trouvé de quoi m'occuper.

Un beau matin, il m'a annoncé :

– On va lancer un magazine des francophones de Mongolie !

En sa qualité d'éditeur, il m'a nommé rédacteur en chef « à vie » ! Restait à trouver un titre au journal : *Sous la douche*.

– Et pourquoi *Sous la douche* ?, j'ai demandé.

Parce qu'il en avait eu l'idée sous la douche...

Tout Pat est dans cette anecdote.

Autant dire que ça concernait deux cents personnes, grand maximum, en comptant le Québécois Bison, le banquier belge, les Suisses et Africains des ONG, plus les dizaines d'étudiants mongols qui apprenaient le français pour devenir traducteurs ou guides touristiques.

Pat m'a proposé d'arrondir mes fins de mois en démarchant les entrepreneurs, pour leur vendre de la pub. Je n'avais jamais fait ça de ma vie, mais à UB c'était assez facile : tout le monde se connaissait et il y avait de la place pour tout le monde. Je me suis découvert des qualités de commercial que je ne soupçonnais pas, puisque j'ai récolté une dizaine de pages de com achetées pour un prix dérisoire en tugriks – 150 à 500 euros, grand maximum.

Ce n'était pas la fortune annoncée grâce à l'or du Gobi, car le peu de fric que je ramassais terminait dans les poches de Solongo, ma pute « Arc-en-Ciel », à qui je rendais visite régulièrement. Toute sa famille en profitait. Et voilà que je tombais dans le panneau. J'avais ma pute locale, un job, des potes de cuite, une routine.

Je tournais à l'expat'.

Et puis les choses ont commencé à s'emballer.

Un beau jour, très ensoleillé, à l'heure de déjeuner, j'ai vu arriver une limousine noire aux vitres fumées, qui s'est garée juste en face du Triskel. Je me suis approché pour faire un selfie, à partager sur les « réseaux soucieux ». Je trouvais l'image originale : une limo, garée près d'un camion rouge Coca-Cola, sur fond de petits vieux dans leurs habits traditionnels, adossés à un mur.

Le chauffeur était OK et j'avais le pouce en l'air, comme un con, lorsque j'ai remarqué les initiales « **S.S.** », inscrites sur la portière.

Et quand j'ai vu l'allure des cinq malabars qui en sont sortis pour entrer dans la crêperie, j'ai compris que ce n'étaient pas des membres du club des Saucisses Sèches.

Curieux, je les ai suivis à l'intérieur.

Installé seul à une table se trouvait un petit bonhomme, septuagénaire, aux cheveux blancs. Je me suis approché de lui. Des poils gris lui sortaient du nez et des oreilles. Ça devait être le diamantaire franco-israélien dont Pat m'avait un jour parlé. Il me l'avait décrit comme étant un lingot d'or ambulant, qui n'allait pas tarder à se faire plumer. Il avait une bonne tête à raconter des blagues. On a engagé la conversation.

J'ai fait mine de l'écouter, tout en surveillant du coin de l'œil le groupe de nazillons qui se livrait à une sorte de remise de médaille (les Mongoles raffolent de ce genre de cérémonial postsoviétique). Leur leader posait, avec ses hommes, pour la photo que prenait le gérant du bar. On aurait dit les membres d'un club de pêche à la mouche.

– Le pire, c'est qu'ils ne tombent pas sous le coup de la loi, a commenté le diamantaire, en dégustant sa crêpe au sucre. Pour la jeune démocratie mongole, il s'agit de « libre expression ».

– Vous les avez donc remarqués ?, j'ai demandé, faussement calme, alors que je sentais les pulsations de mon cœur augmenter.

– Bien sûr, a répondu le diamantaire, sans lever le nez de son assiette. Et il est hors de question qu'ils gâchent notre déjeuner. Vous connaissez la loi de l'emmerdement maximum (LEM) ?

– Euh, je crois savoir, oui, pour l'avoir expérimenté plus d'une fois dans ma vie.

– S'il existe au moins deux façons de faire quelque chose, et qu'au moins l'une de ces façons peut entraîner une catastrophe, il se trouvera forcément quelqu'un, quelque part, pour emprunter cette voie, a repris le bijoutier.

– Je crois, moi, à la solidarité. À l'humanité.

– Hitler était humain… comme sa clique.

– Oui mais regardez, lorsqu'il y a une catastrophe, les gens s'entraident !

– On l'a vu avec la Solution finale et la bombe atomique, effectivement. Tout ce qui est imaginé par l'homme sera fatalement réalisé un jour.

– Mais non, l'instinct de survie de l'humanité l'emportera toujours sur la barbarie. Inch'Al Marx !

– Ha ! ha ! ha ! Très bon, ça. Vous croyez en Dieu ?

– Non, mais je sais qu'il croit en moi…

– Qu'est-ce que vous lui diriez, si vous alliez au paradis ?

– « Remboursez-moi, je n'ai rien compris. »
– On dirait du Woody Allen…
– Eh non, c'est de Jean Cocteau.
– Vous êtes juif ?!
– Pas à ma connaissance. Pourquoi me demandez-vous ça ?
– Parce que vous avez de l'esprit. Comment vous appelez-vous, jeune homme ?
– Jérôme Beauregard. Et je ne suis plus si jeune que ça, vous savez…
– Tout est relatif… Vous pourriez être mon fils. Par rapport à moi, vous êtes jeune. Que faites-vous en Mongolie ?
– Je commence à me le demander, figurez-vous…
– Vous connaissez l'histoire de la svastika qu'ils sont si fiers d'exhiber, ces guignols ?
– C'est indien, au départ, si je me souviens bien…
– Oui, c'est un symbole très ancien, dont on trouve les traces dès le néolithique, il y a plusieurs milliers d'années, avant même l'invention de l'écriture. Ces idiots de nationalistes mongols ne savent même pas ce que ça veut dire…
– Si on allait leur expliquer ?
– Ha ! ha ! ha ! Décidément, vous êtes drôle. Venez dîner un soir. Ma femme est mongole. Elle connaît les bons plans pour acheter des pulls en cashmere…

J'allais répondre que je connaissais déjà le nouveau roi du cashmere, en la personne de cet Italien amateur de jeunes putes, lorsque les nationalistes se sont soudain dirigés vers notre table. Je me suis raidi, poings fermés sur mon briquet et un trousseau de clés, afin de ne pas risquer de me briser à nouveau les jointures, en cas de besoin, mais ils sont passés devant nous sans nous jeter un regard.

D'où j'étais assis, je pouvais les observer discrètement.

Les deux plus grands (un mètre quatre-vingt-cinq environ), qui étaient aussi les plus costauds, avaient les oreilles en choux-fleurs, un menton large et les cheveux coupés ras. Sans doute d'anciens lutteurs.

Le plus balèze, et sans doute le plus niais, portait un jogging rayé en forme de pyjama. L'autre, un jean délavé et un blouson en cuir beige, sur tee-shirt noir orné d'un pendentif. En y regardant mieux, j'ai constaté qu'ils avaient tous une croix gammée autour du cou. Même les deux plus petits, dont les crânes étaient carrément rasés, comme ceux des moines Shaolin. Lookés rock-sportswear, ils encadraient leur chef, Bold Sambu, grand, brun, cheveux coupés moins court, mâchoire carrée.

Vêtu d'une veste en cuir noir, d'un polo blanc et d'un pantalon noir, il tenait dans ses mains une sorte de coupe décorée d'une croix gammée, qu'il présentait au barman d'un air triomphant.

– Dire que ce sigle est avant tout un symbole désignant l'éternité, ou la bonne fortune, a observé le diamantaire, en me proposant du cidre.

À en juger par leurs carrures, tous devaient pratiquer un sport de combat. Et deux d'entre eux avaient des pognes aussi impressionnantes que celles de Bison le Portugo-Québécois. Autour d'eux tournicotait le gérant du bar, aux petits soins.

M'apercevant, il vint me souffler à l'oreille :

– Ne faites surtout rien pour vous faire remarquer, je vous en conjure. Je t'offre la « complète » et une bière.

– Mets-moi plutôt une San Pellegrino, alors. Et une autre crêpe au sucre pour monsieur...

– Non merci, a soufflé le diamantaire. Un café suffira.

– Prenez ce que vous voulez, mais ne vous faites pas remarquer. Restez calmes.

Le bijoutier n'ayant pas l'intention de stresser malgré la nervosité du patron, je me suis concentré sur son histoire.

Daniel. G était né en 1941, en France, de parents juifs français. Il avait échappé de peu aux camps de la mort, grâce à des Justes qui l'avait caché à la campagne jusqu'à la fin de la guerre. Peu après sa majorité, il était parti en Israël pour aller vivre dans un kibboutz, où il était tombé amoureux de sa première femme, récemment morte d'un cancer du sein. Il avait demandé la nationalité, fait son service militaire de deux ans, participé à la guerre des Six Jours. Bref, il en avait vu d'autres. Ce n'étaient pas ces fantoches qui allaient lui faire peur. Il était venu en Mongolie pour faire des affaires et il était déjà sur un gros coup. Le gisement d'or se partagerait à 50/50 avec une femme d'affaires chinoise, surnommée la « Milliardaire rouge », dont il avait fait la connaissance à Anvers.

Nous allions nous lever de table pour partir lorsque Batnasan, *alias* Wolfman, le vrai bras droit de Pat, est arrivé.

Les cinq nazis se sont levés comme un seul homme pour le congratuler avec respect. Un instant, j'ai cru qu'il en était.

Mais pas du tout. Le soir même, Pat me racontait sa singulière histoire.

– 17 –

Le boxeur au petit nez

Âgé d'une quarantaine d'années, Batnasan était l'un des rares Mongols qui auraient pu – et dû – décrocher une médaille olympique, en boxe, catégorie poids lourds. C'était à Atlanta, en 1996, il avait vingt ans.

Batnasan a découvert qu'il avait du punch, à l'adolescence, lors de bagarres consécutives à l'absorption abusive de vodka. Chaque fois qu'on se moquait de son petit nez, le type tombait pour le compte. Il faut dire que Batnasan a été favorisé par la nature. Presque aussi grand que moi, il était beaucoup plus musclé et large d'épaules. Ses jambes, puissantes et bien campées dans la terre, avaient presque la largeur de mon torse. Quant à ses mains, c'étaient deux battoirs qui se transformaient en marteaux-pilons.

Mais il avait un petit nez. Dont il ne fallait surtout pas se moquer…

Or donc, apprenant la chose, un prof de sport l'avait inscrit d'office à la salle de boxe.

Mais Batnasan ne rêvait que d'élever des yaks dans la steppe, et ainsi prendre la relève de son grand-père, un chaman réputé. Il se voyait davantage en « poète du vent », en accord avec la nature, qu'en boxeur au Madison Square Garden de New York. Mais c'était sans compter l'appât du boxing-business, et l'appel de la ville.

Poussé par un père qui ne s'en sortait plus avec son élevage et qui rêvait d'un meilleur avenir pour son fils, il a été pris sous l'aile d'un manager ukrainien. Entrevoyant un destin à la Mike Tyson, il l'avait emmené à Moscou, dans le but de l'entraîner afin qu'il devienne, un jour, le successeur d'un des frères Klitschko. Vladimir, futur champion du monde, amateur (olympique) et professionnel.

C'était la première fois que Batnasan sortait de son pays et même de sa région natale, Gorkhi Terelj, dans la grande banlieue d'Oulan-Bator. Ils avaient voyagé en train parce que l'avion coûtait cher et ça tombait bien parce qu'il en avait la trouille.

Grâce à son punch, Batnasan a très vite battu tous les champions locaux, catégories mi-lourds, puis lourds-légers, enfin il est passé dans la catégorie reine, celle des poids lourds.

Ce que ne savait pas son manager, c'est qu'avant chaque combat, pour oublier la peur – tous les boxeurs éprouvent l'appréhension de monter sur le ring –, il s'enfilait une rasade de vodka, en cachette. Ça lui donnait un coup de fouet. Et l'envie de punir celui qui osait se moquer de son nez.

Deux ans après son arrivée à Moscou, lors d'un entraînement pendant lequel il servait de sparring-partner, il mettait sur le cul le fameux Vladimir Klitschko. Voyant ça, son frère Vitali, qui était présent dans la salle – et allait devenir l'homme politique que l'on sait en Ukraine –, proposa de l'aider financièrement, à condition qu'il n'affronte jamais son jeune frère. En bon joueur d'échecs qu'il était, Vitali projetait d'en faire une star de la boxe, en Allemagne tout d'abord, puis en France, en attendant l'Amérique. D'ici là, son frère se serait retiré des rings.

Tout était prévu… sauf l'imprévisible. En effet, le « Gengis Khan des rings » allait disparaître mystérieusement, aussi vite qu'il était apparu, malgré les commentaires d'un ancien champion français devenu consultant, qui avait pronostiqué « la réussite au plus haut niveau de ce boxeur venu d'ailleurs ». La steppe manquait trop à Batnasan. Il buvait de plus en plus avant les combats, au point de sentir la vodka quand l'arbitre le séparait de son adversaire. La commission de discipline a fini par lui tomber dessus. Le scandale a éclaté juste avant qu'il ne s'engage pour le titre suprême olympique, à Atlanta.

De crainte d'être la risée de ses compatriotes s'il retournait au pays, Batnasan s'était enfui dans le désert du Nevada pour rencontrer un chaman venu du Colorado. Ce vieil Indien Navajo lui avait ordonné de rentrer chez lui parce qu'il avait reçu le « don ».

Le don de guérisseur.

Celui de chaman.

Batnasan ne voulait pas être chaman non plus mais il savait qu'il risquait de contrarier un esprit.

Apprenant que son grand-père se mourait, il était rentré en Mongolie. Après le décès de l'aïeul, le père de Batnasan avait vendu le troupeau de yaks et les chevaux pour aller s'installer en banlieue d'Oulan-Bator.

Sans bétail, Batnasan s'était retrouvé coincé en ville.

Pat l'avait engagé, d'abord comme garde du corps, à condition qu'il arrête de boire.

Voilà comment Batnasan était devenu son homme de confiance.

Il n'avait, *a priori*, aucune sympathie pour les nationalistes.

C'étaient les nazis qui le vénéraient, lui, pour sa réputation de boxeur au punch dévastateur.

Me voyant assis avec le diamantaire près de ses compatriotes nationalistes, il s'était montré cordial, le temps que l'on sorte du Triskel sans encombre. Faut dire qu'il en imposait.

C'est du moins ce que j'avais cru comprendre.

– 18 –

Les Loups de la Nuit, la chèvre et le karaoké

Suite à cette rencontre avec le diamantaire, plutôt que de continuer ma route pour aller justifier mon salaire au théâtre de marionnettes, qui faisait office de rédaction, je me suis caché à l'angle de la rue, et j'ai allumé un cigare.

Des années que je rêvais de faire ça. « *Follow this car !* » j'allais ordonner au taxi pour qu'il suivre la limo des nationalistes.

J'ai finalement stoppé un automobiliste, à qui j'ai tendu un billet avant de lui faire des signes. *Go ! Go !*

Au bout d'une quinzaine de minutes, dans les embouteillages d'UB, le corbillard S.S. s'est garé devant le Kill Rock Café, un bar situé quasiment en face de l'ambassade de Russie.

Il servait de Q.G. au club de *bikers* locaux. Les Loups de la Nuit, c'était leur nom, avaient pris pour modèle leurs homologues russes, fans de Poutine, qui eux-mêmes singeaient les Hells Angels. Leur idéologie était des plus sommaires. Ils avaient dans le collimateur les Occidentaux en général, jugés à la botte des Américains, et les Européens en particulier, trop mous, selon eux, pour résister aux invasions immigrées : en particulier les terroristes islamistes.

Sur le plan local, ils se chargeaient du service d'ordre de leur leader nationaliste, Bold Sambuu, reconnaissable à son casque de l'armée allemande, qu'il portait sur une longue queue-de-cheval, noire et brillante, quand il juchait sa Harley décorée d'avenantes têtes de morts. Ses hommes, une trentaine environ, optaient plus modestement pour des chapkas en forme de têtes de loups.

Hiver oblige, ce jour-là, les motos étaient restées au garage.

Je savais où ils créchaient, ça pouvait servir.

Ma chambre d'hôtel étant tout près, plutôt que de faire semblant de travailler, je me suis octroyé une sieste.

La nuit tombait lorsque mon téléphone a sonné.

C'était Pat, qui me proposait… d'aller skier !

Pourquoi pas, tiens ? La station d'Oulan-Bator, en proche banlieue, restait ouverte en nocturne. Avec cette bise glacée, la neige serait sans doute parfaite. Et puis comme ça on pourrait parler de ma future mission.

Les Mongols au ski, ça vaut le déplacement. Comme ils n'ont peur de rien (façon Vikings), ils foncent tout schuss. Sans casque, jusqu'en bas de la piste quand ça redevient plat. Mieux vaut savoir slalomer. Je suis assez bon skieur, mais allez éviter un Mongol en Mongolie !

Après une ou deux descentes, j'ai préféré siroter une bière avec Pat au bar en bas de « la » piste. Batnasan, et un ami prénommé Ermuun, nous ont rejoints pour dîner dans un resto-karaoké, où ma version, très personnelle, de *Ça plane pour moi* de Plastic Bertrand a connu un franc succès.

Tandis que Batnasan s'égosillait sur un tube mongol, Pat m'a pris à part.

– Ne t'approche pas trop des nazis.

– C'est Batnasan qui t'a dit ça ?

– C'est petit, UB…

– Sympa, ce diamantaire.

– Trop, oui. Tu as vu *La Chèvre* ?

– Le film avec Pierre Richard ?

– Ce mec a la poisse, il passera pas l'hiver…

– 19 –

Faux départ, vrai chaman

Voilà, en résumé, comment se sont passées mes premières semaines à Oulan-Bator. Je picolais au Triskel, cuvais, me battais dans les boîtes à putes. Rendais visite à ma pute. Autant dire que je menais une vie trépidante. À ce train-là, ce n'est pas riche que j'allais finir, mais alcoolique et gras comme un loukoum.

Et puis, un jour, Pat m'a invité chez lui à manger un cassoulet. Avec « d'authentiques saucisses de Toulouse », avait-il précisé.

Comme à l'accoutumée, Enebish est passé me prendre à mon hôtel.

Dans la voiture, il a mis sa musique traditionnelle et nous avons débarqué dans la « zone interdite ».

Un lieu hallucinant, le quartier présidentiel, entouré de grillages et de gardes armés, situé près d'un monument datant de l'ère soviétique, très apprécié des Mongols, au pied duquel ils viennent en famille se prendre en photo. Il jouxte un parc d'attractions – le Disneyland mongol –, fantomatique l'hiver, puisqu'il n'ouvre que trois à quatre mois par an. Le reste du temps, il se transforme en royaume des glaces.

L'appartement de Pat était situé au troisième étage d'un immeuble comme on en voit dans les stations de ski françaises, style Pierre et Vacances. Contreplaqué, simili-bois sur béton armé. Il comportait cinq pièces : une grande entrée qui donnait sur la cuisine, à droite, et sur le salon-salle à manger tout droit. Un couloir menait aux chambres et au bureau de Pat.

Après que nous nous sommes déchaussés, Pat m'a fait entrer dans la salle commune où se trouvait une large table basse en bois, entourée de grands canapés en cuir marron. Le mobilier était fonctionnel et de bon goût. Les teintes chocolat rendaient l'ensemble chaleureux, accueillant. Les fenêtres de son appartement donnaient sur la résidence présidentielle, à portée de voix, dans une cuvette qu'entouraient les fameuses « montagnes sacrées ».

Constitué d'immeubles luxueux, le quartier réservé aux officiels et aux invités de marque était boudé par de nombreux ministres, peu enclins à vivre sous la coupe du Président, alors qu'il possède tout le confort dont peuvent rêver les privilégiés de la nomenklatura. Outre ce superbe appartement, d'une centaine de mètres carrés, Pat disposait de dépendances au sous-sol, comprenant piscine, Jacuzzi, salle de musculation, salle de jeu, billard, salle de ciné, etc. Les ministres étant aux abonnés absents, c'était lui, ses enfants et amis de passage, dont moi, qui pouvaient profiter de ces installations modernes.

Il fallait montrer patte blanche pour entrer chez Pat. Un garde et un berger allemand surveillaient l'accueil.

– Un lynx vient parfois manger dans l'écuelle du chien, s'amusait Pat. On n'a pas le droit de le tuer, parce que « le sang ne peut être versé dans la Vallée sacrée »…

Depuis les fenêtres de son appartement, Pat apercevait parfois des meutes de chiens errants qui crapahutaient dans la plaine enneigée. La nuit, il les entendait aboyer contre les loups rôdant plus loin dans les collines.

– C'est chiant !, il a râlé. Ça réveille les enfants.

Puis il a changé de ton :

– On va partir à la « campagne », comme ils disent ici. Tu vas découvrir la vaste steppe.

– Pour quoi faire ?, j'ai demandé.

– C'est le début de la débâcle, comme à chaque fin d'hiver. À la fonte des neiges, j'aime bien aller écouter l'herbe pousser.

– Sérieusement… qu'est-ce qu'on va faire ?

– Nous allons consulter un chaman… Un vrai !

– Mais pour quoi faire ?, j'ai répété.

– Pour nous protéger.

– De quoi ?

– Des mauvais esprits.

– Putain Pat ! Tu m'as fait venir pour enquêter sur un meurtre. À quoi tu joues ?

– Quand j'ai déboulé en Mongolie, j'étais comme toi. Je n'y croyais pas. Mais lorsqu'un vieux type, bizarrement habillé, que je n'avais jamais rencontré de ma vie s'est mis à évoquer mon grand-père breton… j'ai tendu l'oreille.

– Ça ne me dit pas quel rapport ça a avec le cadavre de la montagne et les menaces que tu dis avoir reçues.

– Je ne veux pas qu'il t'arrive des bricoles. Ça risque de chauffer, bientôt. Tu remarqueras que les chamans sont discrets. Ils ne s'en vantent pas. Personne ne veut être chaman. C'est pas un « métier », c'est une activité psychologiquement dangereuse. Si l'esprit les choisit, ils n'ont d'autre choix que d'accepter. Ils sont pour ainsi dire désignés. On peut les consulter sur rendez-vous. Leur corps n'est qu'un outil, un réceptacle. Ils font don de leur personne car ils risquent de perdre non seulement des années de vie, mais eux-mêmes. Leur plus grande crainte est de ne jamais revenir.

– D'où ?, j'ai demandé.

– De l'autre monde, l'autre côté de la porte… Là où il y a des esprits.

– Pourquoi eux ?

– Parce qu'ils ont la clé. C'est comme s'ils avaient des portes à ouvrir. Tenues par des démons, des entités malfaisantes. Mais aussi de bons esprits positifs, qu'il faut honorer, rassasier.

– Mais s'ils sont si forts que ça, pourquoi on n'a pas de chaman, en France ?

– Détrompe-toi. Nous avons des guérisseurs, coupeurs de feu, rebouteux… Une Française est chamane : elle s'appelle Corine Sombrun. C'est la première Occidentale à accéder au statut d'*udgan*, terme mongol qui désigne les femmes ayant reçu le don. Sur YouTube, on peut la voir en transe, hurler comme une louve.

– J'aimerais bien voir ça.

– Ça fout les chocottes, je te préviens.

– Même pas peur !

– Tous les Mongols connaissent un bon chaman. Et tous les touristes veulent rencontrer un « vrai » chaman ». Du coup, tout le monde dit en connaître un « vrai bon ». Mais, d'après moi, dès qu'un chaman parle d'argent, c'est que ce n'est pas un vrai... Allez, viens. On se casse !

Et nous voilà partis, à une cinquantaine de kilomètres au sud de la capitale, pour pêcher sur la Tuul (ou Toula), dans la province de Töv. Courant sur plus de sept cents kilomètres, dans la partie centrale et au nord de la Mongolie, ce fleuve est considéré comme sacré. Là, durant quelques jours, dormant sous la yourte, nous avons également chassé (enfin surtout Batnasan, le tueur de loups) et essentiellement mangé et bu, à flanc de coteaux, sans nous préoccuper du temps qui passait.

Un soir, au coin du feu, désinhibé par la vodka, Pat s'est livré :

– Je ne suis plus bon à rien, je sens que la fin approche.

– Tu as reçu de nouvelles menaces ?

– Non, je le sens, c'est tout. Et c'est pour bientôt.

– Ne t'inquiète pas, vieux loup, j'ai répondu. Ça ira mieux demain.

Mais je me trompais.

Ça n'irait pas mieux demain.

Car le lendemain, il serait mort.

C'est du moins ce qu'allait avancer le chaman.

La « chawoman », en vérité, que nous étions allés voir, sur les conseils de Batnasan. Nous avons marché deux heures, par-delà les montagnes sacrées, jusqu'à une yourte occupée par une vieille femme rabougrie, portant un manteau en zibeline, qui ressemblait à une sorcière.

Pour la cérémonie, elle a revêtu un autre long manteau, en peau, recouvert de longues lanières colorées de tissu torsadé. Ensuite elle a enfilé un grand chapeau à plumes, avec des franges qui lui cachaient le visage et les yeux. C'est pour la protéger des mauvais esprits qui voudraient l'atteindre, m'a soufflé Pat. Enfin, une assistante lui a tendu une guimbarde dont elle a joué, avant de frapper sur un tambour à un rythme régulier et rapide, en dodelinant de la tête, tout en tournant sur elle-même. Chbong ! chbong ! accélérant, la chawoman, entrée en transe, psalmodié des phrases aux sonorités gutturales, et remué des colifichets et des osselets, qui sautaient en rebondissant sur une sorte d'écharpe en peau de renard. Avec une espèce de plumeau qu'elle agitait, elle chassait les mauvais esprits. Il devait y en avoir un paquet parce qu'elle remuait de plus en plus, jusqu'à sautiller sur place. Je me suis senti peu à peu bercé par le rythme. Sa scansion m'hypnotisait, m'envahissait par tous les pores. J'avais l'impression que l'atmosphère se « solidifiait », que le son me traversait.

Mon cœur battait au rythme de la chawoman, toujours accompagnée de son tambour. J'ai soudain eu chaud, très chaud. Jusqu'à transpirer. Un flot de sons et de paroles incompréhensibles est sorti de sa bouche. Une voix étrange et forte, presque grotesque, mais je n'avais pas du tout envie de rigoler.

J'ai senti mes babines se retrousser, une truffe me pousser à la place du nez et mes pieds se sont transformés en pattes griffues.

J'ai eu envie de hurler comme un loup : aaaaahhhooouuuu !!!!

Et je me suis retrouvé nu, les pieds dans la neige (sans avoir froid), pendant que la chawoman parlait en mongol ancien (c'est Pat qui me l'a expliqué plus tard), d'une voix gutturale. Elle a annoncé que mon ami allait devoir nous quitter pour toujours et que c'était moi qui allais l'aider à passer de l'autre côté. Sans plus de précisions.

Mais Pat ne mourrait pas le lendemain.

Ni le surlendemain.

J'en déduirais que ce n'était donc pas une bonne chawoman.

Ou alors ça lui pendait au nez, comme il l'insinuait lui-même.

– Allez, rhabille-toi, on se casse ! Sinon, tu vas devoir décapiter un cheval…

Sur le chemin du retour, perdu dans mes pensées, j'ai tenté de comprendre ce qui m'était arrivé.

Un esprit aurait voyagé dans le corps de la vieille

femme pour s'y exprimer. Son corps, devenu le médium, aurait communiqué avec l'entité (l'esprit) et interprété ma demande.

J'avais donc posé une question ?

Je ne me souvenais plus de rien.

D'après Pat, la vieille avait combattu une entité démoniaque qui me taraudait depuis mon enfance et elle en était sortie victorieuse.

Du coup, j'étais destiné à faire le bien.

– Comme Jésus ?, j'ai demandé.

– Ha ! Ha ! Ha ! Comme Che Guevara, si tu préfères.

– Décidément, ce voyage en Mongolie ne se déroule pas comme je l'avais imaginé.

– T'es déçu ?

– Nan, désarçonné.

– Gaffe, c'est la pire chose qui puisse arriver à un homme, dans ce pays de cavaliers.

– 20 –

Wild Girl ou la coureuse des bois

Dès le lendemain, j'étais remis en selle par un texto de Pat : « Rappelle-moi ducon ! »

Ce que je fis derechef, vu que c'était lui le chef.

– Hey grand ! Devinette mongole : « Je n'ai pas de jambe mais viens de loin. Je n'ai pas de bras mais ferme la porte. Qui suis-je ? »

– Le vent !

– Bien joué.

– Solongo me l'a racontée sur l'oreiller.

– Comment elle va, ta pute ?

– Soigne ton langage, Arc-en-Ciel est mon rayon de soleil…

– Demande-la en mariage !

– Quand je vois comment elles finissent par vous mener par le bout du nez, vos femmes mongoles, je me méfie…

– Je t'ai calé un rendez-vous avec une squaw encore pire.

Il s'agissait d'une trappeuse canadienne (du Québec), Diane Kane, dite Wild Girl… D'après Pat, elle connaissait mieux les ninjas que Batnasan lui-même, avec qui nous allions partir en mission dans le désert de Gobi. Une mission ? Enfin !

Il ne pouvait pas m'en dire plus par téléphone. Mais il a pris le temps de me briefer sur cette Diane qui aurait parcouru plus de six mille kilomètres à pied, depuis la frontière chinoise jusqu'aux confins de la Sibérie, en passant par le vaste désert de Gobi et les montagnes de l'Altaï. Elle avait partagé le mode de vie des nomades, en digne « fille de la steppe », prenant part aux tâches pastorales, aux fêtes traditionnelles et aux migrations saisonnières. Si bien qu'elle parlait couramment leur langue. Par chance, elle était justement de passage à UB, où elle était venue récupérer son nouveau visa de trois mois.

Une squaw pisteuse à nos côtés, ça m'allait bien.

Je devais absolument la voir.

Pat m'avait déconseillé de la provoquer au bras de fer, ou d'avoir un geste équivoque envers elle, et *a fortiori* une parole irrespectueuse. Elle n'était pas commode.

Diane vivait depuis des mois dans une sorte d'hacienda, propriété de Pat, destinée aux touristes, au fin fond de l'Altaï. Une région montagneuse (autrement appelée « les Montagnes d'or »), qui s'étend au sud de la Sibérie, sur deux mille kilomètres, longe le Kazakhstan et déborde sur la Chine et le Gobi. Là-bas, loin du monde dit civilisé, elle guidait les touristes de passage, chassait, pêchait, comme les coureurs des bois, jadis.

C'était vraiment loin de la ville où elle allait le moins souvent possible.

D'ailleurs, si Diane avait accepté de me rencontrer, c'était pour Pat… et les ninjas.

Rendez-vous fut donc pris, pour le déjeuner, dans une gargote située au sud du district de Bayanzürkh, pas loin du marché de Narantuul, le « Marché noir », ou marché aux Voleurs (leur cour des Miracles), dont je vous ai déjà parlé. Là où les trottoirs n'existent plus et où la police passe rarement. Ce quartier, éloigné du centre-ville, est perdu au milieu d'un enchevêtrement de casemates en bois, et de yourtes crasseuses, cernées de palissades, le tout parsemé d'un fatras de câbles électriques apparents. Pour y accéder, il faut marcher dans la boue, le long de fossés où reposent des cadavres gelés de chiens, morts dans la nuit, et ne pas craindre de croiser des silhouettes à la démarche houleuse.

Pat m'avait conseillé de partir en avance, parce que les habitants de ce faubourg ne connaissaient pas les noms, encore moins le numéro des rues. Le réseau étant capricieux, inutile de compter sur le GPS.

Le boui-boui où Diane m'attendait était aussi sombre qu'une caverne. J'ai dû me baisser pour ne pas me cogner la tête à l'entrée. À l'intérieur, c'était chaud et humide comme dans la gueule d'un fauve.

Un fauve aux dents cariées, tant ça puait la tripe de mouton avariée. De la buée s'est formée sur mes lunettes de sorte que, le temps que mes yeux se réhabituent à la lumière tamisée, il m'a fallu dix bonnes secondes pour distinguer Diane qui m'attendait au fond de la salle, dos au mur, comme dans les westerns. J'ai à peine enlevé mes gants et ma chapka qu'elle s'est dressée de toute sa hauteur pour venir à ma rencontre et me broyer la main.

– Enfin un homme à ma taille ! (Boudu ! Quel accent… Le même que Bison.)

Perchée sur ses chaussures de montagne, elle atteignait le mètre quatre-vingt-cinq facile. Si j'avais dû l'embrasser, j'aurais eu l'impression de rouler une pelle à un mec.

Elle a dû lire dans mes yeux parce que, en faisant craquer les jointures de ses doigts, ce qui est déjà insupportable chez un homme, elle a ajouté :

– Mais je te préviens, je bouffe de la chatte. Même saignante, ça ne me dérange pas… Ta queue, tu peux te la mettre derrière l'oreille.

Le temps que je cale ma parka sur mon dossier de chaise, elle m'avait semble-t-il jaugé. Diane me rappelait ma sœur, qui cherche toujours le moindre détail à relever : une mèche de cheveux, un truc dans le nez. Alors moi aussi j'ai cherché la petite bête, pendant qu'elle trifouillait dans son sac à dos. J'aimais bien son visage. Il n'était pas joli mais beau. Oui, c'était un beau visage décidé, éclairé par de grands yeux clairs, qui me faisait penser aux affiches, en contre-plongée, de la propagande nazie, ou stalinienne, qui vantaient les mérites de la jeunesse conquérante. Diane avait de grands yeux couleur noisette et des cheveux coupés court, tirant sur le châtain. Son regard, franc, était mis en valeur par un front large et dégagé. Elle avait un grand nez mais qui allait parfaitement avec l'ensemble. Ses lèvres étaient fines et son menton, en galoche. Une légère cicatrice lui barrait le menton, côté droit.

Cette jeune femme avait la bonne mine de celle qui est habituée à vivre dans la nature, au grand air. Elle souriait – mais pas hypocritement comme font souvent les Américains en exhibant leurs dents blanches. Par contre elle parlait fort comme la plupart de ses cousins du continent, et elle avait un corps imposant. Diane était ce qu'on appelle une belle plante, ou une femme plantureuse, selon les goûts. Pat avait précisé « carrossée comme un tracteur ». Ses bras étaient aussi larges que mes cuisses, et ses cuisses, aussi épaisses que mon torse. J'exagère à peine. Si elle m'en collait une, j'allais la sentir passer. Elle avait un physique de joueuse de volley-ball, ou de deuxième ligne de rugby. Pareille aux athlètes des pays de l'Est de la glorieuse époque du dopage imposé. C'est vrai, je l'imaginais bien conduire un tracteur, filmée en contre-plongée. Levant les bottes de foin, d'une main de fer, au soleil couchant. Attention : femme alpha.

Une fois qu'elle a eu trouvé ce qu'elle cherchait dans son sac, elle a relevé la tête et est allée droit au but :

– Tu sais te servir d'une arme à feu ?

– Pourquoi, je devrais ?

Elle a sorti un sac en plastique dans lequel se trouvait un flingue.

– T'es folle ! On pourrait nous voir…

– On est en Mongolie, t'inquiète…

– Tu me prends au dépourvu, c'est tout. Je ne pensais pas en avoir besoin.

– J'aime bien le pistolet automatique Sig Sauer SP2022, longtemps utilisé par votre police, mais celui que je préfère c'est le Glock. Tu connais ?

– Oui, bien sûr, j'en ai souvent entendu parler mais, pour ne rien te cacher, c'est la première fois que j'en vois un en vrai.

– Pat m'a pourtant dit qu'on est presque collègues. Que tu étais une sorte de flic…

– Une sorte, c'est ça. Deux mots qui changent tout. Je suis détective public.

– Comment ça, public ?

– Je t'expliquerai… ou pas.

– J'ai une carabine et un fusil dans mon campement de l'Altaï, a repris Diane. Mais pour ta mission chez les ninjas…

– Ma mission ! Que sais-tu à propos de cette mission ?

– … c'est ça qu'il te faut. Je te le prête, elle me dit en me tendant le flingue par-dessus la table.

– C'est pas un jouet, ça ne se prête pas, putain !

– C'est juste au cas où… Là-haut, dans les montagnes du Gobi, on ne sait jamais ce q…

– Ce que quoi ? C'est pas dans l'Altaï qu'on devrait aller ?!

– Tu verras ça avec Pat… Les ninjas font la loi. Ça devrait bien se passer mais, on ne sait jamais, avec les repris de justice chinois…

– Les quoi ?!

– Bon, tu me diras quand t'en voudras. En attendant, tu m'excuses, mais faut que j'aille couler un bronze.

Elle était donc aussi poète à ses heures…

J'ai profité de son absence aux gogues pour dégainer mon smartphone et taper *Glock* sur Google (coup de bol, il y avait du réseau) : *Excellent pistolet de combat ou de défense qui dans son domaine de compétence (0 à 25 m) est à la hauteur de sa réputation tant en précision qu'en sécurité d'emploi. Port agréable, grande capacité de cartouches, entretien des plus simples, démontage sommaire génial et ultrarapide. C'est une arme idéale pour un port constant qui ne rouille pas et qui n'abîme pas les vêtements.*

Manquerait plus que ça : une arme à feu qui abîmerait ma parka toute neuve ! Suffit d'exercer une pression sur la détente, expliquent-ils (naaannn ??!). Et de déclencher le coup (vraiment ?!). Il y avait même des photos.

– Une bonne arme, j'ai opiné d'un air entendu, lorsque Diane est revenue s'asseoir.

– Le Glock a une réputation de flingue en plastoc mais, si la coque est bien en plastique polymère, la culasse et le canon sont en acier, évidemment il ne passe pas les portiques de sécurité…

© *Glock GmbH*

– Finalement, je le veux bien.

J'en revenais pas qu'elle me file ça comme si c'était un stylo !

Après m'avoir affirmé préférer les semi-automatiques (ce qui me faisait une belle jambe) qu'elle utilisait dans la police montée, nous avons commandé à manger : mouton bouilli et bière coréenne pour deux. Puis elle a entrepris de me raconter sa *life*.

La *story* tenait en quelques phrases : sa mère était de Montréal, son père, d'Ottawa, la capitale du Canada, donc anglophone, d'où sa tendance aux anglicismes, comme vous l'allez voir. Diane avait exercé la fonction de flic, avant de recevoir une balle dans l'estomac et une autre dans la jambe, lors d'une fusillade après un casse raté. C'était une ancienne championne de tir, experte en arts martiaux.

Elle avait aussi été lutteuse à la fac et championne universitaire de judo.

En la regardant, je comprenais mieux pourquoi les lutteurs mongols sont quasiment torse nu. D'après la légende, une femme aurait jadis battu des hommes lors d'un championnat réputé. Depuis, les combattants doivent prouver qu'ils n'ont pas de seins…

Elle avait fait des études de géologie puis d'archéologie.

– Mais à moins de se prendre pour Indiana Jones, va gagner ta vie avec ça !, elle a commenté. À part devenir prof, je ne vois pas. Et moi j'ai besoin d'air, que ça bouge !

Une ancienne amie de fac lui avait proposé de rejoindre les forces de police.

– Ils recrutaient des femmes, ça tombait bien, jusqu'à preuve du contraire, j'en suis une. J'ai fait ça quelques années. Le problème, c'est que ma petite amie est partie en taule pour trafic de drogue. Ça la foutait mal ! On m'a tiré dessus une paire de fois, tu sais. C'était le moment d'arrêter ce boulot dangereux.

Après la séparation d'avec sa « blonde », Diane s'était retirée dans les bois pour retrouver les « vraies valeurs » de la nature. Ses seuls amis étaient les bêtes sauvages qu'elle « trappait » pour avoir de quoi manger. Mais un soir, une émission de radio sur la Mongolie lui a donné envie d'y « aller voir ». Une fois à Oulan-Bator, Pat l'avait engagée pour « gérer » sa résidence touristique dans l'Altaï. Suffisait d'y croire…

Diane m'avait raconté ça en tétant sa cigarette électronique, ce qui lui donnait l'air d'un pirate des Caraïbes, pipe au bec.

Ses histoires de bourlingue m'avaient donné envie de boire un coup de ratafia ! Je lui ai proposé d'aller prendre un verre ailleurs.

Tout en marchant dans les rues glissantes et cabossées des faubourgs d'Oulan-Bator, je l'ai interrogée sur les ninjas qui me fascinaient tant.

– Ils sont apparus après le départ des Russes, au début des années 90. Notamment après la fermeture d'une mine de charbon dans le nord du pays. Devenus chômeurs, les ex-employés ont décidé de travailler pour leur propre compte dans les galeries. Des centaines de Mongols se sont mis à recycler des sédiments d'or.

La brasserie près du stade de Naadam ferait l'affaire pour continuer la soirée. Je lui ai proposé de nous installer au balcon, comme l'autre fois avec mon ami Marc Alaux, pour avoir vue sur le groupe de jazz qui s'échinait toujours à massacrer le même standard de Louis Armstrong. J'ai commandé deux bières qu'on a sifflées d'un trait.

Diane a tenté de me brancher sur la politique de solidarité participative et la nécessité de manger bio, mais je l'ai coupée :

– Donc, tu serais d'accord pour m'accompagner chez les ninjas ?, j'ai demandé.

– Oui, tout dépend pour quoi faire…

– Je ne sais pas encore, mais j'ai envie d'aller voir ce qui se passe là-bas…

– Si c'est pour les aider, je viendrai volontiers, a répondu Diane.

– Comment ça, les aider ?

– Pat leur a promis de convaincre la Chinoise de travailler avec eux.

– Quelle Chinoise ?

– La « Milliardaire rouge » : une banquière incontournable dans le bizness des minerais précieux. Celle qui s'est alliée avec l'ami diamantaire de Pat pour refourguer l'or racheté aux ninjas, t'es pas au courant ?

– Si, si… bien sûr. Tu connais bien le monde des orpailleurs, d'après ce qu'il m'a dit.

– Oui, j'ai entendu parler d'un gisement faramineux dans les montagnes de l'Altaï.

– Sauf que c'est à l'ouest, j'ai observé. Et que les ninjas dont on m'a parlé sont dans le Gobi, au sud…

– Tu sais que le gobie est un poisson ?

– Ne change pas de sujet : on parle bien des ninjas du Gobi ?, j'ai insisté.

– Oui, oui, bien sûr… Il faudrait louer un petit avion pour survoler la zone à basse altitude.

– Un drone serait l'idéal. On va demander à Pat.

– C'est quoi ton boulot, au juste ?

– Je suis une sorte de détective je t'ai dit… mais public, pas privé.

– Ça n'existe pas !

– Maintenant si ! C'est moi qui l'ai inventé. Nous serons accompagnés par Batnasan, son bras droit. Un tueur de loups, ça ne te dérange pas ?

– Ne me prends pas pour une de ces gourdes bobos ! Je suis écolo, mais je n'idéalise pas les loups... Ils sont sadiques, figure-toi. Parfois, ils se contentent de bouffer juste un morceau de leur proie, alors qu'elles sont encore vivantes, en train de hurler d'agonie, puis ils se barrent sans les achever. Ils ne prennent même pas la peine de les égorger. Une meute peut décimer une trentaine de bêtes dans un troupeau...

– Comme les requins...

– Non, comme les orques plutôt, qui sont intelligents et joueurs comme les dauphins. Les requins ne jouent pas avec leurs proies. Pour en revenir au loup, c'est un des prédateurs les plus performants du monde animalier. Imagine le loup solitaire qui se tape cinq kilos de viande crue à lui tout seul...

Je préférais ne pas imaginer, non. Diane s'est ensuite lancée dans le récit de randonneurs américains bouffés par des grizzlys. Dégainant son iPhone, elle a insisté pour me montrer les photos d'une victime dont les membres inférieurs avaient été à moitié déchiquetés, laissant apparaître ses couilles. Ça m'a rappelé les photos du cadavre bouffé par les vautours que Pat m'avait envoyées.

La manière dont elle s'appesantissait, fascinée, par les dégâts provoqués par les ours m'a dérangé. Diane était du genre à ne pas rater les reportages sur les crimes des pires *serial killers*.

L'alcool aidant, elle s'est rapprochée de moi, penchée sur la table, comme si c'était un secret, et m'a chuchoté :

– Je peux décoder le rééquilibrage alimentaire de ton terrain, en fonction de ta signature énergétique, si tu veux.

– Euh… nan merci, ça ira !

– 21 –

L'étrange virée à Terelj

Je devais me lever tôt, le lendemain matin, pour aller récupérer une amie de Pat à l'aéroport Gengis-Khan. Une promesse (idiote) que j'avais (bêtement) faite, lors d'une énième cuite.

Il faisait encore nuit lorsque Enebish est venu me chercher en voiture à mon hôtel. Les rues d'Oulan-Bator étaient désertes et glacées. Il a chanté ses ritournelles à la gloire des chevaux mongols jusqu'à l'aéroport. Je ne savais rien de cette femme que j'allais chercher, à part qu'elle était russe et s'appelait Héléna.

Elle arrivait de Moscou et parlait français avec un accent à faire « bander un moine bouddhiste », *dixit* Pat. Par exemple, elle adorait « se titiller la gaufrette » en conduisant.

J'étais pas frais, mais quand j'ai vu débarquer cette petite rousse, d'une quarantaine d'années, au regard perçant, j'ai eu l'impression de recevoir un seau d'eau glacé de plein fouet. On aurait dit une danseuse étoile. Légère et fière comme un cygne. Je lui ai donc fait signe.

Héléna n'a pas eu l'air surprise de me voir, panneau en main, en lieu et place de Pat, et n'a fait aucun commentaire lors des présentations d'usage, ni dans la voiture, ni pendant le trajet de retour.

Tandis que nous regagnions la capitale sous le soleil levant, Enebish s'est remis à chanter des classiques de son pays. J'appréciais ses mélodies, tout comme Héléna qui a préféré écouter le chauffeur plutôt que d'engager la conversation.

C'était tout simplement beau, harmonieux. Il n'y avait pas de malaise. Je me sentais bien. Sans ce réveil à l'aube, je n'aurais pas vécu ce doux moment de quiétude.

L'avion étant arrivé un peu en retard, nous avons atteint l'appartement de Pat sur les coups de huit heures trente. Une bouteille de vodka nous attendait, accompagnée de blinis, de caviar et de tarama, en guise de petit déjeuner. À midi, nous étions tous déjà bien entamés.

Pat nous a invités au resto pour fêter l'arrivée d'Héléna.

Mais, une fois sur la route, il a décrété qu'on partait pour un week-end à la « campagne ». Je devais m'entraîner à tirer à la « kalach », disait-il, en vue de ma prochaine mission… Nous avons eu beau protester, Héléna et moi, que nous n'avions pas de linge de rechange, ni de brosse à dents, il n'a rien voulu entendre. Il fallait savoir voyager « léger ».

On ferait des photos là-bas, pour nourrir ma légende, kalach entre les mains… J'ai tenté de lui dire que cette arme n'avait vraiment pas la cote en ce moment au pays, rien n'y a fait : « La steppe, ça ne se refuse pas ! », il a insisté. C'est donc accompagné de Pat, Enebish et Héléna (Batnasan et sa femme, Oyunaa, occupant une autre voiture) que nous avons pris la direction de Terelj.

Gorkhi-Terelj est un arc national naturel protégé, situé à une soixantaine de kilomètres à l'est de la capitale, et à mille six cents mètres d'altitude, dans une belle région fraîche et montagneuse.

Pat avait ordonné à Batnasan, originaire de la région, de passer prendre sa kalach et d'acheter une bouteille de vodka, que nous avons sirotée tout au long du voyage. Ce qui n'était pas une sinécure vu l'état du réseau routier. Pat, déjà bien éméché, renversait autant de vodka sur nos genoux que dans nos verres. Au point qu'après une heure de route j'ai dit stop, tant ça empestait l'alcool dans la bagnole.

J'ai demandé à sortir pour respirer et uriner.

– T'arrêtes pas de pisser, s'est moqué Pat, on dirait un p'tit vieux !

– Faut dire qu'on n'arrête pas de boire, aussi, j'ai rétorqué en sortant mon bazar, à quelques mètres d'Héléna, qui avait l'air d'apprécier le paysage.

Puis nous sommes repartis en riant et en buvant. À un moment, en utilisant son sacro-saint téléphone, Pat a demandé à Batnasan, qui ouvrait le convoi dans l'autre voiture, de prendre un raccourci.

Soudain, il nous a demandé de baisser la tête.

– Je ne suis pas en bons termes avec le propriétaire de ce terrain. Il pourrait nous tirer dessus… À couvert, je vous dis !

Héléna, qui était placée entre lui et moi, a obtempéré sans montrer de signe de panique. Au contraire, elle s'esclaffait de devoir pencher la tête sur la kalach placée entre mes jambes. Moi, je me fiais au calme d'Enebish, toujours aussi taiseux en présence de son patron.

Cette petite rousse à la frimousse mutine riait à mes blagues, qui ne volaient pourtant pas haut vu mon niveau d'alcoolémie, notamment quand je disais uriner pour marquer mon territoire. J'avais remarqué son petit coup d'œil rapide, l'air de rien, sur mon service trois pièces, lorsque nous nous étions garés le long du parc préhistorique, leur Jurassic Park local. Je pissais sous les yeux d'un dinosaure, kalach sous le bras. Tout était normal. J'étais en Mongolie, bourré à la vodka.

Du coup, j'en rajoutais dans l'humour potache-salle de garde. J'adorais l'accent russe d'Héléna. Et son regard pénétrant.

Alors que nous arrivions à un croisement, elle a demandé à Enebish de stopper. Elle avait repéré un fauconnier, assis sur un rocher.

– Il est là pour les touristes !, a pesté Pat.

Mais elle a voulu faire une photo de cet homme, de marbre, avec son visage cuivré. Il faut reconnaître qu'il avait de la gueule. D'une splendeur sauvage, à la fois naturelle et savamment étudiée, dans son accoutrement en peau de bête, couleur sable, coiffé d'une chapka de cérémonie. Le chasseur nous a proposé de faire une démonstration à cheval. Nous avons accepté, à condition qu'Héléna monte avec lui.

Ils sont partis dans la vallée, et nous avons pu observer la scène de chasse à la jumelle. Le fauconnier a lancé son rapace sur un renard qui n'a eu aucune chance.

Au retour, il l'a dépecé devant nous et a proposé la peau à Héléna, laquelle a décliné, arguant qu'elle aurait préféré un loup.

– Il faut au moins deux aigles pour capturer un loup, nous a expliqué le fauconnier.

Il pouvait nous arranger ça, avec son père et son fils.

– Non, ça ira !, a encore râlé Pat en le payant.

Au bout de deux ou trois heures, je ne me souviens plus très bien – ce que je sais, c'est qu'une deuxième bouteille de vodka avait été entamée –, nous sommes arrivés à destination. Il s'agissait d'une sorte de mini-village de yourtes, calé contre une falaise pour se protéger du vent.

Pat a proposé à Héléna de faire du cheval. J'ai répondu « sans moi » en expliquant que je ne voulais pas me couvrir de ridicule. Non seulement je n'avais pas monté depuis qu'un « pur-sang arabe » (j'en rajoutais) m'avait envoyé valser, une vingtaine d'années auparavant, en Tunisie, mais, avec ma taille, il m'était impossible d'avoir l'air digne sur les chevaux mongols. Pour lui prouver, j'ai cédé à la photo d'usage, sur laquelle j'ai l'air de Don Quichotte perché sur le mulet de Sancho Pança. Mes cannes traînent le long des jambes du cheval nain, qui paraît aussi petit qu'un poney du jardin du Luxembourg. Alors qu'Héléna, hilare, avait le gabarit idéal.

Elle s'en est donc allée chevaucher une bonne heure, accompagné d'un jeune cavalier aux yeux d'aigle.

Ce n'était pas en galopant dans la steppe que j'allais séduire cette jolie rousse russe. Mais j'étais bien décidé à prendre ma revanche lorsqu'elle aurait remis pied à terre.

Pendant l'absence d'Héléna, Pat m'a fait visiter le campement.

– Tout ça m'appartient, mais je ne viens jamais. Ne te goure pas de place, sous la yourte. Ça fait trois mille ans que ça dure ! Bon, évidemment, aujourd'hui il y a la télé. Mais, question promiscuité, rien n'a changé. Tu t'imagines vivre avec toute ta famille dans une seule pièce ? Pas moyen de lâcher une caisse tranquille ! Et j'te parle pas des câlins de papa-maman… À propos, t'as l'air de lui plaire à la russkof.

Je ne l'ai pas contredit.

C'est qui ? Elle fait quoi ?

Pat : Une amie… Du bizness.

Moi : Quel genre de bizness ?

En guise de réponse, Pat m'a montré la *ger* où nous allions dormir, elle et moi. C'était sa surprise du chef. Puis il a indiqué dans quelle direction nous irions chasser le loup, la nuit tombée.

Pat a ensuite tenu à rendre visite, comme le voulait la coutume, aux autres occupants du campement. Il n'y avait que deux autres visiteurs, puisque nous étions hors saison touristique. Deux étudiants, un Coréen et un Australien, qui occupaient une yourte envahie d'un grand désordre postadolescent. Pat est entré sans s'annoncer et, complètement beurré, il leur a ordonné, en anglais, de « ranger leur chambre ! ». Sans savoir si c'était du lard ou du cochon, les jeunes ont fait mine de s'affairer. Pat leur a expliqué que la tradition mongole exigeait qu'on partage le repas, voire la couche, si on manquait de place. Et, ajoutant l'action à la parole, il s'est rué sur l'Australien pour l'embrasser, « à la russe », sous les yeux effarés de son camarade. Je crois qu'il lui aurait roulé une pelle si l'étudiant ne s'était pas débattu, tel Skippy le kangourou, en prenant soin de bien fermer la bouche. J'étais plié de rire. On aurait dit un ours essayant de faire un câlin à son dresseur.

Batnasan est finalement intervenu pour s'interposer entre son patron, chancelant, bredouillant, et l'étudiant, pendant que je rassurais son ami, pétrifié à l'idée que ce soit bientôt à son tour de passer à la casserole. Je lui ai expliqué que nous avions trop bu et, pour le lui prouver, je lui ai demandé de nous prendre en photo, Pat et moi montrant notre cul… Au grand dam de Batnasan qui n'en pouvait mais.

Lorsque nous sommes sortis de la yourte des étudiants, le soleil avait disparu derrière les montagnes. Il commençait à faire froid.

Héléna a réapparu, enchantée de son équipée équestre avec le nomade qui portait beau la chapka en fourrure de loup.

Le jeune homme qui murmurait à l'oreille des chevaux et des belles étrangères a bien essayé de s'incruster, mais je l'ai gentiment viré en lui offrant le reste de vodka en guise de compensation.

Le dîner fut bref et encore très alcoolisé.

Nous n'avons pas tué de loup.

Mais Héléna l'a vu.

Me permettant ainsi de réaliser l'un des plus beaux fantasmes érotiques de ma vie sexuelle.

La nuit était bien avancée, lorsque nous nous sommes enfin retrouvés en tête à tête, Héléna et moi, sous la yourte.

Le poêle était allumé. Le dôme, subtilement éclairé d'une lumière tamisée. Il y avait une demi-douzaine de lits en bois, peints en rouge brillant, qui formaient un cercle. Ils étaient décorés de jolies fresques multicolores, et tous les lits étaient recouverts de couvertures blanches et moelleuses. C'était une invitation à se coucher, et plus si affinités.

Désinhibé par la vodka, je me suis planté devant Héléna que je dominais de deux têtes, et lui ai balancé :

– J'aimerais bien voir tes seins.

– D'accord, elle a simplement répondu.

Je me suis penché pour l'embrasser.

Elle a sauté dans mes bras et enserré mes hanches avec ses jambes. Nous nous sommes jetés à toute vitesse sur un des lits à disposition.

Une fois sous les couvertures en laine de yak, nous nous sommes déloqués à toute vitesse et nous avons fait l'amour.

Enfin, disons plutôt qu'on a baisé comme des bêtes.

Sauvagement : « Tire-moi les cheveux ! »

Langoureusement : « Ce que ta peau est douce. »

Bestialement : « Plus fort ! Plus fort ! »

Sensuellement : « J'ai l'impression de te connaître depuis toujours. »

À la pause-cigarette, Héléna m'a confié avoir eu envie de me « lécher le visage » tout l'après-midi.

Elle m'appelait son « Grand Loup ».

Je la surnommais « Biche fauve ».

Je me sentais bien en Héléna.

J'aimais sa peau, elle, la mienne.

J'aimais aussi son odeur et son énergie.

Ma langue envahissait sa bouche.

Ses lèvres fouillaient mon corps.

Elle se sentait bien sur moi, disait-elle.

Alors nous avons joué au bilboquet.

Elle a eu plusieurs orgasmes.

J'ai joui plusieurs fois.

Ce fut si intense et excitant qu'à un moment j'ai eu tellement chaud, l'air était tellement brûlant, que je suis sorti de la yourte, en sueur, afin de me rafraîchir. Pour un peu, je me serais roulé dans la neige.

Impossible de pisser, tant je bandais fort, la queue pointée vers les étoiles. J'ai eu à nouveau envie de hurler comme un loup : Aaahhooouu !!! J'étais à poil, mais je ne sentais pas le froid, pourtant bien en dessous de zéro. Une mare s'est formée sous mes pattes griffues. Je me suis aspergé le visage de neige, me suis lavé le corps et j'y suis retourné. J'avais encore faim d'Héléna. De lui mâcher les lèvres. De la dévorer. L'aspirer. Nous étions insatiables. Et pendant que les loups me répondaient, au loin, et que les chiens des villages alentour les engueulaient, Héléna s'est mise à me griffer et me lécher partout, encore et encore. Elle était chaude comme une pom-pom girl sortant du stade. Boudu ! Ce qu'elle m'excitait, avec ces mots russes glissés à l'oreille. J'ai repris la main, sans brutalité. Je l'ai retournée fermement. À quatre pattes, elle s'est offerte, en grognant comme une chienne. Je l'ai à nouveau couverte en la prenant par les cheveux.

Ça la rendait folle. Elle me réclamait d'être ferme et fort.

Nous avons refait l'amour. Encore et encore. Par-derrière, devant, sur les côtés. À LA PARESSEUSE, À LA COURAGEUSE, À LA PETITE CUILLÈRE, À LA BROUETTE JAPONAISE, COMME À LA GIROUETTE MONGOLE… que nous avons inventée.

Nous n'avons quasiment pas dormi de la nuit, d'autant plus qu'il fallait régulièrement alimenter la chaudière. Si je puis dire…

J'ai eu beau lui dire que c'était une corvée réservée aux femmes, c'est moi qui m'y suis collé, le nez dans la fumée.

On a fini par laisser tomber le foyer. « Prends-moi encore, mon Grand Loup ! », elle a répété. Elle était légère et souple comme une gymnaste. Nadia Comaneci sur ma poutre. Bon, allez, j'arrête… Il a bien fallu se reposer. Hors d'haleine. Comme sortis d'une lessiveuse. De Space Mountain !

Quand il a commencé à faire froid, nous nous sommes collés l'un contre l'autre. Lorsque Héléna s'est endormie, encastrée entre mes grand bras, j'ai réalisé que je venais de vivre la nuit la plus torride de mon existence.

Pat m'avait promis des filles sous ma yourte.

J'avais imaginé des Mongoles.

Mais à elle seule, cette ruskoff rousse en valait trois.

Héléna l'incendiaire valait le déplacement.

Pour tout ça, *spassiba*, Pat !

Vodka ?

Da !

– 22 –

Billy the Khan

– Rheum rheum !

Merde, tu fais chier, Pat !

Oups ! C'était pas lui.

Quelqu'un était posté devant l'entrée de la yourte, dans la lumière bleutée de l'aube. J'ai sorti mon bras ankylosé, coincé sous le corps d'Héléna, et levé la couverture pour sortir du lit.

Héléna a légèrement gémi.

La température devait friser zéro degré.

J'ai à nouveau entendu : « Rheum rheum ! »

Ne sachant trop quoi dire, j'ai répondu *sain baï nuu*[7] !

Lorsque la porte s'est ouverte, laissant pénétrer un courant d'air glacé, j'ai vu apparaître un petit

7. « Bonjour ».

bonhomme, chaudement vêtu et coiffé d'une chapka, qui s'est dirigé vers le poêle.

Tout en parlant en mongol, il m'a montré le long tuyau qui sert de cheminée et qui va jusqu'au sommet de la yourte. Nous avions laissé s'éteindre le feu. Erreur fatale : voilà pourquoi ça caillait grave.

À la place du bois, j'ai vu qu'il utilisait de la bouse de yak séchée comme combustible. Une fois sa tâche achevée, le petit Mongol s'est esquivé comme il était venu, et la température a rapidement atteint le niveau idéal pour un câlin du matin.

Je me suis recouché contre le corps chaud d'Héléna.

L'amour fut encore plus intense.

Nous nous sommes rendormis une heure, environ, puis j'ai eu envie de pisser. Le soleil était déjà haut quand je suis sorti pour me soulager, surtout pas derrière la yourte, comme me l'avait appris Batnasan, et assez loin pour ne pas risquer de me faire mordre par les chiens.

Le soleil faisait étinceler la plaine enneigée en contrebas.

Le ciel était d'un bleu limpide. Tout était immobile autour du camp. La montagne, qui nous dominait comme si elle nous contemplait, froide et sereine, n'était pas oppressante mais rassurante.

Je me sentais en paix. En harmonie avec la nature et moi-même.

Quand je suis retourné à la *ger*, Héléna n'était plus là.

J'ai compris qu'elle s'était éclipsée pour aller aux sanitaires, installés à une vingtaine de mètres, où je l'ai rejointe.

Après une toilette de chat, encore grisés par l'alcool et l'amour, nous avons retrouvé Batnasan et sa femme Oyunaa pour le petit déjeuner, constitué des restes de la veille.

Rien de tel qu'une bonne odeur de mouton bouilli, après une nuit blanche et les boyaux ravagés par la vodka, pour dessoûler.

C'est radical. Ça passe ou ça casse. L'estomac se retourne ou il encaisse. Nous avons encaissé. Affamés comme nous étions, l'amour combiné à la vodka, ça creuse.

Batnasan nous a informés que, vu son état, Pat avait préféré rentrer chez lui. Enebish l'avait raccompagné dans l'autre 4 X 4. À vrai dire, je m'en foutais un peu. Héléna concentrait toute mon attention.

Nos amis mongols savaient bien qu'on avait conclu, mais ils ont fait comme si de rien n'était. Je sentais que Batnasan était fier de moi. J'avais conquis la femelle russe.

Son boss n'étant plus là, j'étais le nouveau mâle alpha.

Son épouse, Oyunaa, a proposé à Héléna de l'aider à débarrasser et faire la vaisselle. J'ai offert mon aide mais elles l'ont refusée, préférant bavarder en russe (les Mongols ont souvent des bases) pour rigoler sous cape. J'imaginais bien le thème de la discussion. Ils nous avaient sans doute entendus. La nuit avait été torride.

Aussi, j'ai préféré m'éloigner.

Pendant que Batnasan trifouillait je ne sais quoi dans la voiture, j'en ai profité pour aller savourer la beauté du paysage.

Depuis notre *ger*, on pouvait voir à des kilomètres à la ronde.

Une forêt de pins, à l'est, m'attisait les naseaux.

J'avais envie de chasser, courir et grimper dans les arbres.

Batnasan m'a sorti de mes rêveries en venant vers moi, avec une arme sous le bras. Toujours en mauvais anglais, il m'a rappelé que Pat avait insisté pour qu'il m'apprenne à tirer à la kalach.

J'ai eu beau lui dire qu'on pouvait s'en passer, parce qu'il était trop beurré pour qu'on prenne cette idée saugrenue au sérieux, Batnasan n'a rien voulu savoir. C'était quasiment un ordre. Sans compter que je n'étais pas vraiment un « homme » tant que je ne savais pas me servir d'une arme à feu… N'ayant pas fait mon service militaire (réformé P3 pour un léger souffle au cœur), je n'y connaissais effectivement pas grand-chose en flingue, mais quand j'ai vu la pétoire j'ai su qu'elle n'était pas de la première jeunesse. Et évidemment pas la célèbre kalachnikov AK-47, avec son chargeur en virgule.

La crosse était rafistolée avec du chatterton.

Elle avait vécu mais elle avait de la gueule.

J'avais du mal à croire que Batnasan avait tué des loups avec ça.

Des hommes, par contre…

J'ai fini par accepter. Après tout, ça pouvait être amusant.

Mon entraînement consistait à tirer sur des bouteilles posées au pied d'un arbre, situé à une cinquantaine de pas.

J'avais tellement vu de westerns que je me suis pris au jeu.

J'ai visé, bien campé sur mes jambes, pressé la détente, et ça a fait feu.

Quelle expérience ! C'était grisant.

J'ai rejoué la scène du héros qui s'entraîne sur des cibles fixes.

Bang ! Bang ! C'était moi le plus rapide de l'Est.

Bang ! Bang ! J'étais plutôt doué, d'après Wolfman.

Je ne sais pas s'il disait ça pour me faire plaisir mais, dès le deuxième tir, j'avais mis dans le mille. J'étais Billy the Khan.

Moi qui m'attendais au recul, j'ai été étonné du bruit qui n'était pas aussi fort que je l'aurais cru. Pas du tout une grosse détonation, plutôt un bruit sec, comme un sac qui éclate.

J'ai enlevé mes gants pour mieux sentir la détente, en adoptant une meilleure position de tir. Bien orienté, stable pour résister à la puissance de feu. Je retenais ma respiration pour ne plus bouger et j'appuyais sur la détente : bang ! Pas si sensible que je le pensais, vraiment, cette détente. Bang !

J'étais surtout étonné par la force de l'impact : Bang ! Bang !

J'ai compris les dégâts que ça pouvait faire. Ce n'était pas une arme de fête foraine. J'évitais de penser au véritable objet de l'exercice : la mort d'un homme, ou d'un animal.

La détonation claquait loin dans la vallée, se répercutant, en écho, jusqu'au pied des montagnes.

J'ai réessayé plusieurs fois, sous les yeux de Batnasan qui me corrigeait. Lui touchait sa cible à tous les coups.

Héléna nous a rejoints, sourire en coin.

Elle m'a félicité, comme une maman encourage son fiston.

Son nouvel amant savait tirer.

Voilà une femme qui savait parler aux mecs.

Voulait-elle essayer ?

Niet. Inutile d'insister.

En fin de matinée, nous avons pris soin de récupérer les douilles et sommes rentrés à la *ger*, où nous attendait un déjeuner pantagruélique, préparé par la femme du petit bonhomme du matin, sous la yourte familiale. Porte située plein sud, la place du chef de famille au nord, face à la porte, donc. J'avais bien appris ma leçon. Pas de gaffe.

Le côté gauche, en entrant, pour l'homme, le droit pour la femme, dans la partie domestique, près du poêle (le feu, le foyer).

Ce côté de la yourte sert à faire la cuisine, au rangement, au travail.

La vie de famille se déroule au fond de l'habitation. Tout près de l'autel dédié au sacré. Les lits en bois sont poussés contre les parois.

Au menu : soupe de mouton bouilli (beurk !), garnie d'une grande quantité de lamelles de graisse blanche bien écœurante. *« Mongols like meat »*, m'avait prévenu Batnasan. Ils doivent en manger tous les jours, m'avait confirmé Pat. Comme les loups : « Supprime la viande à un Mongol, il devient fou ! »

Franchement, je ne raffole pas de la gastronomie mongole, mais j'aurais mangé un yak entier tellement j'avais faim ce jour-là. Certains morceaux de viande étaient tellement cuits, si coriaces à mâcher, que j'ai surpris Héléna les sortant de sa bouche pour les camoufler discrètement dans un mouchoir.

Nous avons tenté de discuter, tant bien que mal, en mélangeant mongol, russe, anglais et force gestes. Ces nomades étaient en voie de sédentarisation, puisqu'ils avaient construit un enclos en dur pour les chevaux. Ils déménageaient une fois par an, puis revenaient au même point. Leur campement comprenait trois ou quatre yourtes, selon le nombre des visiteurs. Y vivait une famille de six ou sept membres, dont une jeune fille qui faisait ses études à… Los Angeles !

Tradition oblige, j'ai eu droit à l'offrande du chef de famille, qui consiste à renifler une sorte de tabac à priser (leur coke locale ?!), censé dégager le nez. Ma Biche fauve n'a pas goûté ce privilège, réservé aux hommes, mais elle n'a pas craché sur l'*aïrag*, leur alcool maison, à base de produit laitier.

À la fin du repas, nous avons été invités à nous reposer sur leurs lits.

Je me suis endormi direct. Durant la sieste, je me souviens avoir rêvé que je chevauchais une licorne. Je me suis réveillé en me marrant, ce qui est plutôt rare. Mon cerveau alcoolisé avait transformé Héléna en cheval magique. Je l'entendais qui jouait dehors, avec des enfants.

Je suis sorti de la yourte, en prenant bien garde

de ne pas me cogner la tête et les pieds sous la porte d'entrée (ça porte malheur).

Héléna courait avec des fillettes et des chiots huskies.

En la regardant rire comme une gamine, j'ai soudain réalisé que je ne connaissais rien d'elle. Et c'était plutôt agréable. Je savais, par expérience, que les emmerdes commenceraient dès que nous allions jouer au petit jeu du « raconte-moi ton passé ».

Ne rien attendre. Prendre ce qu'il y avait à prendre.

Ça tombait bien, j'étais manifestement tombée sur un nympho de la fesse. Une obsédée du sexe.

Héléna avait le regard de celle à qui on ne la fait pas, ou plutôt plus… Ce devait être une ancienne sportive. Parce que son corps était à la fois flexible et ferme. Laxe, pour être plus précis. Ses articulations étaient d'une souplesse stupéfiante. Comparable à celles d'une contorsionniste. Alors que j'étais raide comme un procureur de la République.

J'avais particulièrement apprécié ses jolies petites fesses blanches et sa cambrure, son dos tacheté de rousseur, et ses seins si sensibles à mes caresses et succions qu'ils semblaient vivants, frétillant de plaisir. Et surtout elle était intelligente, drôle, sûre d'elle. Un sacré caractère. De la personnalité. Bien dans sa peau. Tout ce que j'aime.

Je n'avais qu'une envie : remettre ça, au pieu ou n'importe où.

La laissant jouer avec les enfants mongols, je me suis éloigné dans les bois tout près. Et j'ai bien cru voir un loup qui m'observait à une centaine de mètres.

À moins que ce n'ait été un chien, ou un renard.

Tandis qu'Héléna était repartie faire une balade à cheval avec le jeune Mongol, je suis allé me promener, seul, sur les hauteurs, au-dessus de la *ger*. Au bout d'une vingtaine de minutes, j'ai repéré un rocher au sommet d'une colline, sur lequel j'ai eu envie de m'asseoir pour regarder au loin.

Mes Timberland plantées dans la neige, j'ai allumé un cigare et admiré le paysage. Le point de vue était superbe. La plaine, étincelante de mille flashs, s'ouvrait à l'infini, comme une mer de sucre. Au large, le ciel et la neige se confondaient, et dans l'espace lumineux, à flanc de colline, un petit bois encerclait les yourtes abritées du vent.

Plus loin, je distinguais des forêts au pied des montagnes, jusqu'à la ligne d'horizon. Quelle pureté ! Cette clarté… Pas un signe de mauvais goût. Ni une mauvaise odeur. Aucun bruit incommodant. La beauté parfaite. C'était ce genre d'instant où l'on se demande pourquoi on gâche la majeure partie de sa vie en ville.

Quel contraste avec Oulan-Bator, où l'air était si dense, pesant. Lorsqu'on s'enfonçait dans la cité, une sorte d'obscurité désolée pesait sans mouvement au-dessus des hommes. Puis, le soir, le vent prenait le pouvoir et chassait les particules fines qui voilaient les étoiles.

Le moment était parfait pour dresser un bilan général et sentimental de ce voyage en Mongolie.

Je venais de rencontrer non pas une Mongole, comme l'avait promis Pat, mais une Russe. À part Solongo qui tarifait nos ébats, je n'avais tapé dans l'œil d'aucune femme du cru. Les clients du Triskel ne cessaient pourtant de m'exhorter à tenter ma chance avec une « locale ». Sous-entendu, un « bon coup », forcément, à fort tempérament. Mais rien à faire, comme si elles savaient que je n'étais que de passage, aucune n'avait cédé à mes avances. Il y avait bien cette étudiante en français, prénommée Ouyanga (ou Uyanga) – qui signifie musique, ou mélodie, voire harmonie, en mongol –, que j'avais surnommée « Sakura » parce qu'elle ressemblait à une Japonaise, qui me plaisait. Mignonne sans être exceptionnelle, elle avait un sacré caractère. Elle disait que les Parisiens avaient des « faces de cul », par exemple. Ce qui me faisait moi beaucoup rire, mais pas vraiment ses profs de français. J'aimais son franc-parler. C'était juste et bien observé : « Va donc, hé, face de cul ! »

Voilà ce que je lâcherai dorénavant, si on me cherche.

Mais elle était trop jeune. Ou plutôt, j'étais trop vieux pour elle. « Quand y a gazon, y a match ! », avait beau me répéter Pat, avec sa classe habituelle, cette petite n'était pas pour moi. À peine vingt ans. J'aurais pu être son père… Les miennes, de filles, commençaient à me manquer. À la longue, ça creuse un trou dans le cœur.

Lorsque je lui avais demandé ce qu'elle pensait de ma situation de célibataire, en Mongolie, par rapport à la gent féminine locale, la réponse de Sakura avait été sans équivoque. Je n'étais ni riche, ni installé.

Je n'avais pas de ventre attestant de ma prospérité. Donc je n'étais pas un bon parti. Sans compter que, comme Pat me l'avait fait observer, les hommes de la communauté française, ou coopérants et autres businessmen étrangers qui s'étaient maqués avec des « locales » (belles et attirantes de prime abord), se trouvaient confrontés, une fois la bague au doigt – bref la corde au cou –, à des louves dominantes. Or j'étais du genre loup solitaire, à qui l'on ne donne pas d'ordre, et qui n'en donne pas.

Et ça, les femmes mongoles le sentent d'instinct.

La plupart des Européens que j'avais pu voir en couple binationaux – outre Pat qui semblait avoir trouvé la perle rare – se faisaient littéralement laminer par leurs épouses, lesquelles finissaient non seulement par porter la culotte, mais aussi le chapeau, en cas de problème, puisque les sociétés créées par leur mari devaient être à leur nom (loi mongole oblige). Elles prenaient donc les décisions importantes pour toute la famille. Car, en Mongolie, on épouse non seulement une femme, mais une meute. Les mariages entre femmes mongoles et hommes occidentaux sont quoi qu'il en soit très mal vus. Il n'est pas rare que les épouses d'un « Blanc » se fassent traiter de putes, dans la rue.

La mienne de copine, Solongo, l'était déjà, pute.

Une partie du problème était réglé.

Mais bon, j'étais pas amoureux.

Avec Héléna, ce serait autre chose…

Concentrons-nous… Depuis mon arrivée, j'avais passé mon temps à picoler la nuit et cuver le jour. Je ne me souvenais même pas depuis combien de temps j'étais là. Trois semaines ? Un mois ? J'avais à peine vu la vraie Mongolie, celle des grands espaces. Depuis mon arrivée, je n'avais connu que les bas-fonds de la capitale, croisé que sa faune underground et la connerie des expats. Ma santé pâtissait de ma consommation de vodka et du manque de sommeil. Je m'étais bien marré, mais je me sentais épuisé. J'étais dégoûté de l'alcool. J'avais perpétuellement le cœur au bord des lèvres, la bouche pâteuse et le nez sec. Je mouchais, crachais, toussais, jurais. Je saignais souvent du nez. J'avais de plus en plus de mal à respirer. Je trouvais le climat de plus en plus difficile à supporter.

Pat avait eu beau m'expliquer que les Mongols étaient le fruit d'une longue lignée de loups triés sur le volet, je trouvais les autochtones chiants à côtoyer au quotidien. Toujours dans le rapport de force. Il fallait sans cesse être sur ses gardes. Les mecs avaient la manie de me provoquer, pour me tester, rapport à ma haute taille. À la longue, ça use. Il y avait toujours les bagarres, en bas de mon hôtel, à la sortie du Tse, une boîte fréquentée par les étudiants. Les videurs foutaient tout le monde dehors, vers deux heures du matin, mais la baston continuait dans la cour, à grand renfort de cris stridents, de coups de poing, de morsures et de griffes. Si j'étais couché, ça me réveillait et je ne pouvais plus me rendormir.

J'en avais ras-le-bol de cette odeur écœurante de mouton bouilli dans les cages d'escalier, de ces coups de jus (pour cause d'électricité statique) que je prenais sans cesse en ouvrant les portes des magasins, chambres d'hôtel, bureaux.

Je voulais du calme, de la douceur, du confort et de la chaleur humaine. J'avais envie de regarder le foot à la télé et le JT de 20 heures.

J'avais envie d'être chez moi. De buller dans mon canapé en mangeant du chocolat noir, entouré de livres et des magazines du week-end. J'avais envie d'acheter *L'Équipe* au kiosque et de le lire en buvant un café au zinc du coin. Je rêvais de baguette de pain chez le boulanger. Bref, j'avais le cafard, le blues de l'expat' en déprime.

J'étais mélancolique, nostalgique.

J'ai soudain eu envie de partir.

C'est la fin de l'hiver qui provoque ça, m'a expliqué Pat.

La plus mauvaise période de l'année en Mongolie.

Avec le dégel, en février-mars, le vent, le chaud, le froid, les microbes ressurgissent, sans oublier l'altitude : mille deux cents mètres dans la vallée tout de même. Avril approchait. Les filles avaient beau être de plus en plus sexy, bottées, moulées de cuir, la queue-de-cheval au vent, j'en pouvais plus, fallait que ça pète. J'étais sur les nerfs.

Ma petite voix me soufflait de déguerpir avant que ça ne tourne mal.

Je devais écouter mon instinct. C'était pas le moment de baisser la garde. Mais pouvais-je rentrer chez moi sans avoir vu les montagnes de l'Altaï ? Ni pris le train pour Vladivostok ?

Lorsque j'ai eu fini mon cigare, j'avais pris ma décision.

De retour à Oulan-Bator, j'annoncerais à Pat que j'allais mettre la pédale douce question libations. Et que j'allais passer du bon temps avec Héléna avant son départ. D'ailleurs, cette dernière m'attendait pour boire le thé, sous la yourte. Décidément, cette petite rousse me faisait de l'effet. J'ai soudain eu des pensées lubriques. Elle a dû avoir les mêmes, parce que en un clin d'œil nous nous sommes éclipsés pour trouver un coin tranquille. Plan cul ou plan love ?

– 23 –

Loup yeti ?!

Sur la route du retour à Oulan-Bator, pendant qu'Héléna et Oyunaa dormaient à l'arrière de la voiture, usant d'un français hésitant mêlé d'anglais, Batnasan m'a raconté des histoires de loups.

Ça tombait bien, j'ai toujours été fasciné par les loups[8].

8. La légende des loups dévoreurs d'enfants est basée sur des faits réels. Entre le Moyen Âge (1362) et le XXe siècle (1918), on a recensé 7 800 victimes de loups, attaquées ou dévorées. Sans compter les loups enragés qui s'en étaient pris aux adultes et aux enfants, sans discernement. La légendaire Bête du Gévaudan, au XVIIIe siècle, n'avait pas été la plus vorace. D'autres prédateurs avaient perpétré de véritables massacres aux portes mêmes de Paris. Un historien nantais (Jean-Marc Moriceau) a récolté le témoignage « visuel » de personnes – des bergers pour la plupart – dont les enfants ont été dévorés sous les yeux de leurs frères ou sœurs. Il s'agissait de périodes de famines, hivernales le plus souvent. Dans l'histoire de France, les loups ont davantage mangé de cadavres que tué des hommes, particulièrement pendant les guerres, comme celle de Cent Ans ou les conflits napoléoniens. C'est à ce moment qu'a été forgée la réputation du « loup mangeur

En apercevoir un, en France, c'était comme traquer le yeti.

Une amie m'a raconté en avoir croisé un, par hasard, dans le parc du Mercantour. Elle en parle encore, comme si elle avait vu le Messie.

L'idée reçue selon laquelle les loups n'attaquent pas l'homme est fausse. En ce sens, le film avec Liam Neeson, *Le Territoire des loups*, que j'avais vu juste avant de gagner la Mongolie, n'est pas si sensationnaliste qu'il en a l'air. Récemment une jeune femme, qui voyageait en autobus, était allée faire pipi, trop loin, dans la forêt. Le véhicule est reparti sans elle. Le temps que le chauffeur réalise son oubli et fasse demi-tour, il était trop tard : on l'a retrouvée dévorée.

Il n'y a pas longtemps encore, un motard, comme il y en a pas mal dans la steppe, avait eu un accident sur sa vieille IGE, de fabrication russe. Il s'était cassé la jambe au milieu de nulle part. On l'avait retrouvé à l'aube, en partie bouffé par des loups.

Puis Batnasan y est allé de son histoire personnelle. Quand il était enfant, une meute de loups s'était attaquée au troupeau de yaks de son oncle. Ce dernier avait atteint une louve d'une balle à la patte. Alors qu'elle boitait bas et que l'oncle allait l'achever, la femelle avait eu la vie sauve grâce à l'intelligence

---

d'hommes ». Le chercheur dénombre en France 1 100 agressions mortelles en quatre siècles, entre la Renaissance et la fin de la Première Guerre mondiale. Cela donne une moyenne de trois décès par an. Aujourd'hui, les attaques d'hommes sont extrêmement rares dans le monde – et inexistantes dans l'Hexagone depuis le retour du *Canis lupus*, en 1992. Sa population atteint à peine la centaine d'élément.

et l'esprit de sacrifice de son compagnon, qui s'était interposé pour que sa femelle ait le temps de s'enfuir.

D'après lui, le plus gros loup trouvé en Mongolie mesurait deux mètres de long et pesait cent kilos. Mais la plupart font entre quarante-huit et cinquante-cinq kilos. Leur fourrure est fauve ou grise. Dans le semi-désert de Gobi, c'est leur animal totem.

Il m'a ensuite raconté une anecdote qui donne une bonne idée de la mentalité mongole. Un cousin à lui, prénommé Nogi, engagé dans la Légion, s'était fait opérer du bras en France suite à une blessure de guerre. Au lieu de rentrer au bercail il était resté à Paris, où il était devenu S.D.F. Après avoir retrouvé sa trace grâce à une connaissance, Batnasan lui avait proposé de payer son billet d'avion – avec l'aide de Pat – pour rentrer au pays. Mais sa femme, Oyunaa, s'y était opposée. D'après elle, si on aidait un Mongol en difficulté, on en faisait son esclave, redevable à vie : mieux valait mourir dignement, comme un loup, plutôt que de survivre comme un chien qu'on attache. C'était une question de fierté, d'honneur, plus que d'orgueil. En échouant, loin du pays, Nogi avait déjà perdu la face. Sélection naturelle oblige, il s'était exclu lui-même de la meute. Batnasan entendait cet argument mais il avait hésité. Pouvait-il ne pas aider son cousin ?

– Encore faudrait-il être sûr qu'il veuille rentrer au pays, j'ai commenté. Parce que si c'est pour être S.D.F. à Oulan-Bator, autant rester à Paris, il aura moins froid.

– *He can have a job*, a répondu Batnasan, en donnant un coup de volant pour éviter un nid-de-poule.

– *How can you help him* ?, j'ai demandé, en mauvais anglais.

– *I can ask Pat to hire Nogi.*

– Il pourrait l'embaucher ?

– *Yes* mais d'abord, je boxe son gueule et fait bisou.

– Ha ! Ha ! Ha ! Et après ?

– Après je *put* Nogi lui dans *carpet* ! Lui rester trois jours *inside, no food. Just drinking water.* Pour oublier vodka. Après *we go to see a chaman.*

– Pourquoi est-il parti de Mongolie : *why he leaved* ?

– *No work for Nogi in Gobi.*

– Hé hé, ça rime !

– *What* ?

– Nan, rien. C'est pour ça qu'il s'est engagé dans la Légion ? *He went to the army for money ?*

– *Yes, there is a lot of good soldiers in Mongolia.*

– Et donc, tu le fais revenir quand, ton cousin ? *When he comes back ?*

– *I don't know because I lost him... No news since two weeks.*

Le regard de Batnasan s'est assombri.

J'ai changé de sujet.

– À propos de soldats, je croyais que les Mongols détruisaient (*to broke... break ?*) l'arme qui avait servi à tuer (*to kill*) un loup (*a wolf...*) ?

– *My grandfather did it, before, long time ago... Today, it's too expensive. I just broke* le...

– ... le manche, la crosse de la kalach. Oui j'ai vu le Scotch.

– *Batnasan kill wolf only if no choice : necessity.*

Nous avons poursuivi cette conversation en franglais jusqu'à l'entrée de la ville. D'après Batnasan, si Gengis Khan avait pu lever une des plus grandes armées au monde, c'était parce que depuis la nuit des temps les Mongols s'endorment en entendant le hurlement des loups. Cette berceuse avait imprégné des millions de bébés jusque dans leurs gènes.

J'ai regardé dans le rétro pour voir si Héléna roupillait toujours. Elle avait la tête posée sur l'épaule d'Oyunaa, qui regardait défiler le paysage enneigé.

Au bout d'une heure de route, sur des pistes toujours plus escarpées, nous nous sommes arrêtés au niveau d'un *ovoo*. Il s'agit d'un monticule de pierres que domine un totem, orné de rubans bleu ciel. L'*ovoo* est dédié aux « esprits du chemin », m'a expliqué Batnasan. Le rituel consiste à en faire trois fois le tour par la gauche, dans le sens des aiguilles d'une montre. Ainsi, voyageurs (passagers de la planète) que nous sommes, pouvons-nous espérer nous attirer les faveurs des esprits ; si ce n'est des dieux... Ça a été le prétexte à l'ouverture d'une énième bouteille de vodka, dont Batnasan a envoyé une giclée en l'air, vers le ciel, en guise d'offrande. Vidée, la bouteille a été déposée contre le monticule de pierres ; les rubans bleus volant à tout vent me faisaient penser aux sacs en plastique qu'on voit parfois accrochés aux arbres. Bref, tout ça ressemblait un peu à une décharge publique. Mais ça, je n'ai pas osé le dire à Wolfman.

Je venais de passer un bon moment au sein d'une

famille mongole, à flanc de colline. J'avais découvert un bout de steppe, à Terelj, un territoire devenu un parc naturel protégé. Et voilà que je rentrais à Oulan-Bator accompagné d'une bombe sexuelle et d'un nouvel ami. Tout était trop beau, trop parfait.

Ma petite voix tentait de me dire quelque chose.

Mais je ne l'entendais pas.

Ou je ne l'écoutais pas, comme d'hab'.

Était-ce l'attitude de Pat, pendant le week-end ?

Sa disparition ? La séance de tir à la kalach ?

Quelque chose me chiffonnait, me déstabilisait.

Ou bien étais-je en train de tomber amoureux d'Héléna ?

– 24 –

Le repos de la guerrière

Peu de temps avant d'entrer en ville, Héléna a appelé Pat pour lui dire qu'elle préférait aller à l'hôtel plutôt que de rester dormir chez lui. Prétextant ainsi qu'elle pourrait aller plus facilement à ses rendez-vous professionnels à pied.

Pat aurait pris acte de sa décision, sans faire aucun commentaire.

J'emploie le conditionnel, car aujourd'hui je me demande s'ils me disaient la vérité, l'un comme l'autre.

J'ai cru qu'elle voulait s'incruster chez moi et j'allais l'en dissuader, parce que c'était plutôt *roots*, au Zaya. Mais elle avait décrété, sans me consulter, que j'allais partager sa suite dans l'un des palaces les plus luxueux de la ville : le Chinggis Khaan.

C'était sa boîte qui payait, alors autant en profiter pour y faire des galipettes.

– Tu travailles dans quoi, au fait ?, je lui ai demandé.

– Si je te le dis je serai obligée de te tuer, elle a répondu.

– Ha ! Ha ! Ha !

– Je ne plaisante pas.

– Arrête, tu m'excites.

– Pense ce que tu veux. Officiellement, je suis chanteuse de jazz…

– Héléna, c'est bien ton vrai nom ?

– Héléna, Svetlana, Galina… ça dépend des circonstances.

Cette réponse sibylline me la rendait encore plus attirante.

Trois jours durant, j'ai été son repos de la guerrière.

Héléna partait à ses rendez-vous le matin, pendant que je restais au lit, pour dormir, lire ou regarder la télé. Quand elle rentrait, en début de soirée, on mangeait, buvait, et on baisait. Je n'avais même pas besoin de faire le ménage ni à manger.

Au bout de deux jours, épuisé, j'ai appelé Pat.

Le ton de sa voix et le rythme de son phrasé m'ont paru différents. Lui, si bavard ordinairement, m'a semblé sérieux, voire grave.

J'ai mis ça sur le compte d'une énième gueule de bois. Mais le fait qu'il ne me pose aucune question sur ma relation avec son amie russe me laissait perplexe. Il n'avait pas l'air surpris de me savoir au pieu avec Héléna et est resté évasif quant à sa disparition, en pleine nuit, de Terelj. Allait-il bien ? Oui, oui. Il était occupé. Pat n'avait pas non plus versé dans la gauloiserie, comme souvent entre mecs qui se vantent de leurs exploits sexuels.

Je savais qu'il pouvait se montrer gentleman à ses heures, mais j'imaginais qu'il allait m'interroger sur Héléna, au moins par curiosité. Ou alors c'était de la gêne de sa part. De la jalousie, peut-être ? Était-il vexé qu'elle quitte sa demeure pour coucher avec moi ? Peut-être avait-il essayé de se la taper, sans succès ? Ou bien c'était une de ses ex-maîtresses… Je me faisais peut-être des idées.

Sans doute était-il content pour moi.

Je le savais maintenant cyclothymique et lunatique, mais il avait le don pour provoquer un tas d'événements autour de lui : rencontres, sexes, bagarres… Et voilà que grâce à lui je couchais avec une gymnaste du cul. C'était un partageux. Pas un rival. J'avais quartier libre jusqu'à nouvel ordre, m'apprit-il. Que je me paie donc du bon temps.

Héléna occupait tellement mes pensées que j'en avais oublié Solongo, avec qui je commençais à prendre des habitudes. Ma relation avec elle était tout autant physique que matérielle, si j'y réfléchissais bien. La seule différence, avec Héléna, qui ne raquait même pas, c'est que c'était moi l'*escort boy*.

J'étais son sextoy.

Son gigolo et je trouvais ça rigolo.

Entre deux ébats, qui confinaient parfois à un combat, elle m'a expliqué être tombée amoureuse… de la Mongolie (ah ?), dès son premier séjour pour « affaires ». Nous parlions de tout, de rien, sans jamais évoquer son travail. Parfois, elle s'éloignait pour répondre au téléphone, en russe, dans une autre pièce, ou dans la salle de bains.

Je l'entendais alors parler tout bas, je ne comprenais rien… À son retour dans la chambre, elle disait que c'était son fils. Il vivait avec son père la plupart du temps.

Héléna avait sa vie. Moi la mienne. Basta.

La deuxième nuit au palace, dans la chambre faiblement éclairée par la lumière rouge des néons extérieurs, reprenant notre souffle, en buvant de l'eau, Héléna a tenu à me raconter, elle aussi, une légende mongole. Il est question d'un loup « bleu », inquiet, avide, jaloux, compétiteur, toujours insatisfait. Il ne cesse de se projeter dans l'avenir. Alors que le loup « rouge » se montre généreux, curieux des autres, plein de vie et d'amour. Il est beau et aime la nature. Il vit dans le temps présent. Un loup que nous avons chacun enfoui au fond de soi. Qui va gagner la guerre entre les deux ?

Tout dépend de celui que l'on va nourrir est la réponse.

Je n'ai rien dit mais je connaissais cette histoire, qui défilait souvent sur Facebook.

– C'est pour ça que je t'appelle mon Grand Loup, plutôt que loup bleu, elle a conclu. Toi, tu es rouge !

Le loup bleu, c'était Pat.

J'avais compris le message.

Vodka ?

Niet !

– 25 –

Il ne faut pas chatouiller l'ours russe

Lorsque est venu le jour de raccompagner Héléna à l'aéroport Gengis-Khan pour qu'elle prenne son vol de retour à Moscou, j'ai soudain songé que j'avais sans doute été son cadeau de bienvenue.

Une pute… Mais en échange de quoi ?

Plus grand-chose ne m'étonnait dans cette ville du bout du monde. Comme le fait que la police ait arrêté Héléna, juste après le sas de sécurité. Elle avait oublié une douille de kalachnikov dans son sac à main. Le portique avait bipé plutôt deux fois qu'une.

J'ai dû appeler Pat, qui a téléphoné à son ami, le général Munkhnaran, pour qu'il intervienne. Et tout s'est arrangé rapidement.

Héléna a dû payer une amende mais elle n'a pas raté son avion. Au téléphone, dans la salle d'embarquement, elle m'a expliqué avoir voulu garder un « souvenir de son Grand Loup ».

Moi qui croyais avoir affaire à une espionne !

Nikita ne se serait jamais baladée avec une douille de kalach dans son sac à main… Héléna roucoulait donc. Malgré ses airs d'indifférente aux sentiments, elle avait le béguin pour moi.

J'avais un ticket.

Ces trois jours sans alcool m'ont remis les idées en place.

Le lendemain, j'ai dit à mon pote-boss que j'irais sans doute bientôt la retrouver à Moscou. Pat a eu l'air déçu.

Il m'a presque supplié :

– Reste, tu commences à peine à connaître la Mongolie, à défaut de comprendre les Mongols.

– J'étais censé travailler dans une mine d'or, je te le rappelle.

– On s'apprêtait à y aller…

– Tu ne reçois plus de menaces, depuis que je suis là ?

– Si, si, justement… j'allais t'en parler.

– Trop tard. Je reviendrai, c'est promis.

– Promesse d'ivrogne…

Il pouvait parler, lui.

J'en pouvais plus de picoler.

La Mongolie me soûlait.

Je suais, pissais de la vodka.

J'avais surtout Héléna dans la peau.

Nous passions des heures à nous envoyer des sextos hyper chauds. N'y tenant plus, un matin à la première heure, j'ai acheté un billet pour Moscou. Sans la prévenir. J'allais lui faire la surprise. Un train partait le soir même.

J'ai mis Pat devant le fait accompli.

Il était furieux, voulait que je lui rende son argent, mais je m'en tapais.

Je n'avais plus qu'Héléna dans la tête.

Arrivé à ma place, dans le train, j'ai constaté que je devais partager mon compartiment avec trois étudiants russes en goguette.

Ils s'étaient étalés, de sorte que je ne puisse pas ranger mon sac.

L'un deux était assis à mon siège réservé.

« Vodka ? », il m'a proposé.

J'ai décliné poliment.

Je voulais ma place.

Comme ils ne bougeaient pas leurs affaires, j'ai tiré sur un sac qui a fait tomber la guitare de l'un d'eux sur sa tête. Il a gueulé en se levant.

J'ai grogné, en mode Mongol du 9-3, et me suis assis à ma place enfin libérée, mon sac sur les genoux. Aucun n'a essayé de se frotter à moi. Les heures ont passé. Ils ont continué à boire. Se sont habitués à ma présence. L'un d'eux a même proposé de mettre mon sac au milieu des autres. Puis, quand ses copains, goguenards, ont compris que j'étais français, ils ont voulu parler politique.

J'ai bien essayé de détourner la conversation sur le sport

et la littérature, mais ils tenaient à comparer nos présidents respectifs. À un moment, je n'ai pas pu m'empêcher de leur dire que Poutine, qu'ils le veuillent ou non, n'était pas un vrai démocrate. Manifestement, ça ne leur a pas plu. Le guitariste s'est mis à jouer en chantant du Vyssotski. Je leur ai dit que mes parents étaient communistes.

Ils se sont foutus de ma gueule :

– *Kio ne piot, tot chpion !*, a gueulé l'un d'eux, en me tendant la vodka.

– *Niet*, j'ai répondu fermement.

Alors ces cons m'ont jeté du train.

Il circulait lentement mais tout de même.

J'étais en pleine nature, seulement vêtu d'un pantalon, d'un tee-shirt et d'un pull en cashmere. J'ai bien essayé de monter dans une voiture suivante, en grimpant sur un marchepied, mais j'étais en chaussettes… Impossible d'ouvrir les portes. Je risquais de passer sous les roues. Alors j'ai marché, marché, le long de la voie de chemin de fer, autant pour me réchauffer que pour chercher un refuge.

Sans paniquer. Plus rien ne pouvait m'arriver après ce que je venais de vivre en Mongolie. Par chance, j'ai vu de la lumière au loin. Je commençais à ne plus sentir mes orteils.

J'étais tout près d'un village. Une famille de Sibériens m'a recueilli.

Ils m'ont versé du thé brûlant, tiré d'un samovar.

Puis ils ont sorti une bouteille de vodka.

Da ! J'ai accepté cette fois.

Ils m'ont proposé d'appeler la police.

J'ai préféré appeler Pat.

Qui m'avait déjà pardonné et que cette histoire a bien fait marrer.

« Celui qui ne boit pas est un espion », ça voulait dire en russe *(Kio ne piot, tot chpion)*. Héléna me l'a confirmé, le lendemain, à Moscou.

Pour l'anecdote, les trois histrions ont été arrêtés par la police, au terminus, en gare de Moscou. Et j'ai pu poursuivre mon voyage (le plus compliqué fut de me trouver des chaussures, pointure 47), vous l'avez deviné ; puisque j'ai retrouvé Héléna.

Laquelle a tenu à ce que je l'accompagne, le soir même, à son « tour de chant » dans une boîte de jazz. Je m'attendais à un genre de cave, comme à Paris. En réalité, c'était un bar de nuit, plutôt ringard, et je trouvais qu'elle chantait faux. Pour tout dire, j'ai eu l'impression de la déranger. Et sa datcha était belle mais il manquait quelque chose.

Une yourte, sans doute. On a bien pensé en installer une dans le jardin, mais nous avons vite laissé tomber l'idée. Cela prendrait plus de place qu'autre chose. La peau de bête devant la cheminée n'a pas fait l'affaire non plus. Ce n'était plus pareil. Je la sentais préoccupée. Ailleurs.

J'ai pensé que c'était le manque de vodka. Mais rien à faire. Même ivres, l'alchimie n'opérait plus. Le charme était rompu.

Je n'étais même pas déçu.

Ça ne se commande pas, ces choses-là.

De toute façon, le fait qu'elle me cache son vrai métier me turlupinait.

Les nombreux appels de son « fils » m'intriguaient. Je voulais en avoir le cœur net. Pendant qu'elle prenait sa douche, j'ai fouillé dans son sac, ausculté son téléphone et appuyé sur la touche rappel. Une voix d'homme a répondu en russe.

Était-ce lui, son (grand) fils ? Ou le père ? J'ai raccroché.

J'espérais que le type rappelle. Ça n'a pas raté. Et bingo : *Ya tebya lyublyu* (« Je t'aime »), disait la même voix. C'est l'un des rares trucs que je connaisse, en russe, avec *tovaritch*, *spassiba* et *vodka*… *Da !*

Mais j'ai vu *niet* dans les yeux d'Héléna, encore toute ruisselante.

– Tu as fouillé dans mon sac ?

– Tu as un autre mec ?, j'ai rétorqué par une autre question.

– C'est toi, mon amant, idiot !

– Tu es mariée ?

– Pas encore, non…

– C'est ton ex qui t'appelle si souvent ?

– C'est mon patron.

– Il est amoureux de toi ?

– Et toi ?

– C'est pas la question…

– Pourquoi tu me la poses, alors ? Allez, fous-toi au lit, on va faire un petit jeu…

Sans les mains ! Elle a proposé de le faire sans les mains.

Il y avait dans son regard une lueur que je ne lui connaissais pas.

Mais moi, grand couillon que je suis, j'ai accepté. Je me suis laissé embobiner. C'est le cas de le dire. Car ce sont les miennes, de mains, qu'elle a entravées. Pas les siennes. Quel naïf ! Jeu érotique mon cul !

Tandis que je m'occupais de son entrejambe avec la bouche (une de mes spécialités, demandez à Solongo), mains attachées dans le dos, j'ai senti ses cuisses se serrer autour de mon cou. J'ai d'abord cru qu'elle se contractait à cause de l'excitation. J'espérais qu'elle s'arrête avant l'orgasme, parce que je commençais à voir des étoiles. En réalité, Héléna m'étouffait littéralement avec ses cuisses, tel un boa constrictor.

Et au lieu de stopper quand je lui ai demandé, elle a continué de serrer en me parlant calmement :

– Ne t'agite pas comme ça, Jérôme. Tu vas bientôt t'évanouir. Ne résiste pas, ça fera moins mal. Fallait pas te mêler de mes affaires.

Pat m'avait pourtant prévenu pour le onzième commandement…

Je sentais ma jugulaire gonfler. J'ai essayé de la mordre, mais ses jambes s'étaient placées de manière à ce que mon cou soit coincé, côté profil, de sorte que je ne pouvais rien faire.

– Quand tu te réveilleras, je serai partie. Ne cherche pas à me revoir. Si tu veux qu'on t'oublie, il faut m'oublier. Je suis mandatée par des gens très puissants.

Elle ne desserrait pas son emprise malgré mes soubresauts et lorsque j'ai compris qu'elle ne rigolait pas :

– Pat leur doit de l'argent. Beaucoup d'argent. Ne retourne pas en Mongolie. Ça peut être dangereux.

Quand j'ai repris connaissance, elle avait disparu avec ses affaires.

J'ai trouvé un mot sur mon bureau : « *Mieux vaut être la tête d'une guêpe que la queue d'un lion* », *dit un proverbe mongol. Ton sentimentalisme te perdra. Ne fais confiance à personne.*

Baiser chaud, Héléna, ta Biche fauve.

La saloooope !, j'ai d'abord pensé.

Puis j'ai ri nerveusement.

Je me suis laissé le temps de digérer la situation.

J'étais vivant, après tout.

Puis j'ai rappelé Pat.

Cette fois, ça ne l'a pas amusé du tout.

Il avait à me parler, en tête à tête.

J'ai pris le premier vol pour la capitale mongole.

Deuxième partie

– 1 –

Faut que je te parle…

Le soir de mon retour à Oulan-Bator, Pat m'a à nouveau invité à dîner chez lui, en présence de sa femme, Zulaa, et de Batnasan, son bras droit.

Sa voix avait changé. Elle était voilée, plus faible qu'avant.

Avant quoi ? Il me tardait de le savoir.

Ni l'un ni l'autre n'a tout d'abord évoqué Héléna, chacun pour des raisons différentes. J'étais curieux de savoir les siennes, mais j'attendais le bon moment. Après le dessert, Pat m'a demandé de le suivre sur le balcon, avec mon verre et mes cigares, malgré le froid glacial. Il avait à me « parler »… Je l'ai suivi avec appréhension, parce que ça me rappelait mon ex qui, chaque fois qu'elle avait une mauvaise nouvelle à m'annoncer, me disait en préambule : « Faut que te parle. » La dernière fois, c'était pour me dire : « Je te quitte. »

Bref, ce « il faut que je te parle » était annonciateur d'emmerdes.

On entendait le hurlement des loups, derrière les montagnes sacrées. Le baromètre était largement en dessous de zéro, mais Pat semblait s'en moquer, seulement vêtu de son habituelle veste de cuir noir et d'une chemise bleu gendarmerie. Il faisait pourtant un froid mordant. La nuit était parfaitement étoilée.

Pat m'a réclamé un cigare, que je venais d'acheter à Moscou.

Je lui ai tendu un Partagas, en le prévenant qu'il devait le savourer, parce que ma boîte serait vite entamée, à cause du climat les cigares allaient devenir secs et cassants, donc infumables.

– Tout le contraire de nos femmes, hein ?, chaudes et humides !, a ajouté Pat.

Ordinairement j'aurais esquissé un sourire.

Mais il ne voyait pas la différence entre un *puro*, roulé à la main, et un vulgaire cigarillo, fabriqué en machine, avec des déchets de havane.

Il allait me le massacrer.

Encore un cigare donné aux cochons. Ça m'horripilait.

Pat a commencé par me briefer sur les affaires courantes.

Enfin, façon de parler, parce qu'il s'agissait de l'emprisonnement du patron du Triskel, pour « tentative de corruption », qui risquait de ne pas aller au bout de sa peine (sept ans). Pat allait lui envoyer de quoi améliorer son ordinaire, sinon il allait crever « comme un chien », abandonné de tous. Sauf de lui.

J'écoutais attentivement mais je m'en tapais comme

de mon premier Carambar, de son Breton bretonnant. J'attendais qu'il en vienne au fait.

Au lieu de ça, il se raclait la gorge, s'agitait, tournait autour du pot.

– Tu t'es bien amusé, la dernière fois, hein ?!, il a tenté, avec une légèreté feinte.

J'ai opiné, en tirant sur mon cigare, mais j'attendais qu'il me dise ce qu'il avait derrière la tête.

– Crache-la, ta Valda !

– Tu te souviens du diamantaire ?, il a fini par demander, en se massant le ventre.

– Bien sûr. Il voulait me présenter sa femme et me donner une bague en échange d'une pub dans notre canard.

– Ben ça attendra, parce que les *bikers* l'ont kidnappé.

– Les nazis ?

– Les nationalistes… oui.

– La police est au courant ?

– Bien sûr ! Sa conne de femme a porté plainte…

– Logique, non ?

– Elle n'aurait pas dû, ça va tout compliquer.

– Pourquoi tu me racontes ça ?

– Parce que je voudrais que tu ailles le récupérer.

– Pourquoi tu n'y vas pas toi ?

– Je ne peux pas bouger un cil sans que tout le monde le sache en ville.

– On ne peut pas dire que j'ai été discret, jusque-là.

– Justement, ça faisait partie du plan. Pour tout le monde, à UB, t'es l'ami fêtard de Pat. Autant dire un touriste en goguette. L'éléphant dans un magasin de porcelaine…

– Plutôt un mammouth dans une boîte à putes, ouais !

Pat s'est plié en deux de rire, avant de tousser.

Une toux grasse, inquiétante.

– Personne ne se méfie de toi, parce que tu n'es que de passage.

– Comme nous tous, mon pote… Pourquoi ce diamantaire t'intéresse-t-il autant ?

– Ça, désolé mais j'peux pas t'le dire…

– C'est le deal qu'il a conclu avec la banquière chinoise ?

– Comment tu sais ça ?

– C'est Diane, ta Calamity Jane canadienne, qui m'en a parlé.

– On ne pense qu'à l'or, ici ! Et aux minerais, en général, qui rapportent des tonnes de fric. Du blé, du flouze, de la caillasse ! Le nerf de la guerre, mon pote.

– Mouais… Et j'y gagne quoi, moi, dans tout ça ?

– Tu te paieras sur la bête.

Je n'aimais pas cette image. Je l'avais trouvé charmant, moi, ce diamantaire.

– Il y a une demande de rançon ?

– Faudrait demander aux ninjas…

– Tu viens de me dire que ce sont les nationalistes !

– Je t'explique : les nationalistes l'ont livré aux ninjas, qu'ils soutiennent dans leur lutte contre les Chinois pour extraire l'or du Gobi. Et les flics, acoquinés au pouvoir en place, comptent les points. Personne ne se bouge pour récupérer le diamantaire.

– Même pas sa femme ?

– C'est elle qui l'a vendu aux natios…

– Pourquoi elle aurait fait ça ?

– Pour hériter de ses biens, pardi ! Elle savait que les nazis allaient le vendre aux ninjas, pour faire chier la Chinoise.

– Elle n'avait donc aucune raison d'appeler la police…

– Exactement ! Les flics sont des Mongols avant tout, comme les natios et les ninjas. Tous unis pour emmerder les Chinois !

– Et nous on est des étrangers, des pièces rapportées, comme lui et la Chinoise…

– Voilà ! Ils nous assimilent aux Chinois. Quoi qu'on dise, quoi qu'on fasse. Je peux en témoigner : ça fait quinze ans que je vis ici.

– Quel rapport avec les photos du cadavre et les menaces que tu as reçues ?

– Ce sera à toi de me le dire…

Pat s'est ensuite lancé dans une logorrhée dont il avait le secret. Passant du coq à l'âne, il a évoqué la passion des Russes pour Mireille Mathieu, Pierre Richard et Gérard Depardieu – le grand ami de Poutine. Son fils, Guillaume, avait mal fini… À propos, j'aurais pu jouer le rôle de son fils, il a remarqué.

– De Depardieu ?!

– Du diamantaire, idiot ! Propriétaire d'une bijouterie à Anvers…

– Comment tu sais que je ressemble à son fils ?

– Tu pourrais être juif, quoi… Tu en as le physique, avec ton gros nez et tes cheveux crépus.

– L'humour surtout, hein, parce que avec ce genre de cliché, Pat ! Allez, sers-moi un coup, au lieu de dire des conneries.

Il s'est mis à parler de l'affaire Karachi et de la mise en examen d'un ancien Premier ministre pour détournement de fonds publics. C'était lui, Pat, qui aurait placé la bombe, pour couvrir son frère, membre des services secrets. C'est pour ça qu'il avait quitté la France. Bref, il noyait le poisson, j'y comprenais rien à ses salades.

Décidément, j'avais du mal à le suivre.

– Mais pourquoi tu me racontes tout ça ?

– Parce que je t'aime et que tu es mon ami. C'est un poids difficile à porter. J'ai tué beaucoup trop de gens dans ma vie… Ils viennent me hanter la nuit.

Et là il s'est mis à sangloter.

Je ne savais plus où me foutre.

Tout ce que j'ai trouvé à faire, c'est de remplir son verre de cognac, en tirant une taffe sur mon cigare.

– Restons en Mongolie, tu veux bien ? Tu m'as demandé de revenir pour t'aider à trouver qui te menace de mort, je suis là !

Mais il restait dans son délire. Cette fois, il fut question du rachat d'Atomin par Minium-France. Trois mines d'uranium mongoles acquises pour un montant astronomique. Toute la presse en parlait depuis des mois : le scandale du siècle ! 2 milliards d'euros, pour trois mines qui en valaient 500 millions au début des années 2000. Du jamais-vu ! Un vrai tour de passe-passe.

– Mais qu'est-ce que t'as à voir là-dedans ?

– J'ai servi d'intermédiaire pour le versement des rétro-commissions, dans le cadre du rachat.

Pat avait dit ça en se grattant l'aile droite du nez, ce qui signifiait, si j'en croyais mes cours de « synergologie », qu'il se jouait un problème « lié à son image ». La synergologie est une neuroscience qui consiste à étudier le langage corporel, autrement appelée « méthode de lecture de la communication non verbale », comme le font les mentalistes.

Apprendre à regarder Pat m'amenait à comprendre ce qu'il ressentait : ça pouvait aller du micromouvement de ses épaules, non conscient, qui ressemble à un tic, à la main dans les cheveux, rasés. Ici, le vrai Pat me parlait sous un masque.

– C'est donc une couverture, ton boulot à la sécurité des mines d'or ?

– Non, ça c'est mon gagne-pain quotidien, a répondu Pat. C'est le théâtre de marionnettes ma couverture…

– Pourquoi tu ne m'as rien dit ?

– J'allais t'en parler quand tu es parti…

– Je suis revenu, tu vois. Je t'écoute.

– L'opération était illégale. Et l'État mongol, actionnaire à 34 %, n'a pas été indemnisé à cette hauteur. Minium s'est fait niquer lui aussi, en achetant Atomin trop cher.

– Bref, vous vous êtes fait escroquer par plus escrocs que vous…

– … et je suis le lampiste qu'on rend responsable, en France comme en Mongolie. Surtout en Mongolie ! Alors que je me suis fait doubler par d'autres intermédiaires, bien plus puissants que moi. Tu devrais prendre des notes…

– Je t'enregistre depuis tout à l'heure, avec mon téléphone.

– C'est un triumvirat d'émissaires européens : un banquier belge, Paul Bouter, un milliardaire anglais, John Fourest, et Philippe Balkanzi…

– Le député-maire ?!

– Lui-même. Il a pris 5 millions dans l'affaire.

– Et toi, t'as pris combien ?

– Trois mois, avec sursis. Pour « faits présumés d'escroquerie, d'abus de bien social et de corruption d'agent public étranger ».

Il venait de se gratter la lèvre, côté droit, ce qui montrait qu'il remettait en cause le propos qu'il tenait.

– Et tu n'as pris que trois mois ?!

– Avec sursis, je t'ai dit. Faute de preuves.

– Étrange jugement, non ?!

– J'avais un bon avocat, comme on dit. On m'a protégé, en France, à condition que je la ferme. C'est plus compliqué avec mes amis mongols.

– Les menaces de mort viennent donc d'ici ?

– Sans doute téléguidées depuis l'Europe…

– Qu'attends-tu de moi, au juste ? À part t'accompagner dans les boîtes à putes…

– Je voudrais que tu sois mes yeux et mes oreilles.

– Et pourquoi pas ta queue ?

– Je déconne pas, là !

Pat avait mis la main sur sa bouche, comme font les alcooliques quand ils sont en manque. Et les menteurs.

– Personne ne doit savoir que je suis ruiné.

– On ne dirait pas, vu ton train de vie. T'arrêtes pas de claironner que t'es coté en Bourse…

– Si toi t'es endetté de 20 000 euros, moi c'est de 700 000 euros ! Rajoute un zéro ou deux, ça change tout. J'ai des dizaines d'employés à payer. C'est pour eux que je flippe. Et pour mes enfants et ma femme. Je lui ai promis de me refaire…

– Arrête, tu vas me faire pleurer…

Pat s'est frotté les yeux et la bouche, a remis son pantalon qui tombait comme il pouvait, au-dessous de son gros bide.

– T'en parles pas à Zulaa, hein ?! Ni à personne d'autre. Surtout pas au Triskel.

– C'est du bluff, ces menaces. Sinon tu serais déjà mort.

– Économiquement, je suis mort.

– Et si tu me mettais sur une piste, ça me ferait gagner du temps.

– J'ai bien une petite idée, mais j'aimerais que tu me la confirmes. Je préfère que tu gardes ton côté innocent. C'est plus efficace. T'as l'air d'un zozo mais tu retombes toujours sur tes pattes.

– Merci pour le zozo… Une fois que j'aurai trouvé le diamantaire, on fait quoi des corbeaux qui t'envoient ces menaces ?

– On leur pète la gueule !

– Tu veux dire les éliminer ?

– T'as vu trop de films… Mais c'est une idée : ça dépendra de qui c'est.

– Les commanditaires sont faciles à trouver, tu viens de me les citer : le banquier belge, le milliardaire anglais et ce bon vieux Balkanzi, dit le Niçois…

– Sont intouchables ! À part le politicard de mes deux, peut-être. Lui je veux le coincer sur un autre terrain. C'est là que tu entres en piste…

– Grâce à mon ancien métier de journaliste ?

– T'as tout compris ! On va foutre un grand coup de pied dans la fourmilière, depuis Oulan-Bator et, par ricochet, chez les lanceurs d'ordre, bien au chaud, en Europe.

Il m'a tendu son smartphone, ouvert sur un graphique économique, tout en parlant.

– Regarde, le boom économique va reprendre et pour ça il faut de la stabilité politique. La France a profité des dernières élections pour recapitaliser Atomin-Avéra pour 3 milliards d'euros !

– J'y comprends rien à tes chiffres… Rentrons, ça pèle grave sur ton balcon !

– T'as raison. Va dans mon bureau, je te rejoins. Faut que j'aille pisser. Tu verras mieux sur mon ordinateur. Mais ne vole rien, hein ? Je les connais les mecs dans ton genre… J'ai bossé à la BAC.

– 2 –

Le plus gentil des voleurs

Le pire est qu'il n'avait pas complètement tort. J'avais grandi dans le 9-3 et les habitudes prises dans les quartiers ne me quittaient pas. Sans aller jusqu'à dire que tous les banlieusards qui ont grandi en cité sont des voleurs en puissance, je dois bien avouer qu'à quarante balais passés il m'arrivait encore de piquer des trucs dans les grands magasins ou les stations-essence, par exemple, lorsque je m'arrêtais sur une aire d'autoroute. Des livres aussi, autant pour ne pas perdre la main, par jeu, que pour la montée d'adrénaline. Et souvent parce que j'étais fauché, tout simplement.

Pat avait décelé ce côté filou en moi. Ça ne faisait pas de moi un « malfaiteur », mais j'avais le potentiel pour viser plus haut. Jouer les brigands, fort de mon passé de boxeur de rue. J'aurais pu être braqueur, ou escroc. J'avais la tchatche, le bagout et, surtout, le sang-froid. Il savait de quoi il parlait puisque, adolescent, il s'apprêtait à taper une banque quand une grand-mère, qui veillait sur lui, l'avait ramené dans le droit chemin avec beaucoup d'amour.

Les bons flics se sentent proches des voleurs de mon espèce. Pas bien méchants. Un truc qui ne s'explique pas. On se comprend et on se reconnaît. Avec Pat nous avions des valeurs proches des voyous à l'ancienne. Ce n'est pas pour rien qu'il m'avait sollicité en tant que détective public.

Un crâne humain était posé sur le bureau de Pat. Une tête de mort pas comme les autres, puisqu'elle était coiffée d'une crête verte, à l'iroquoise. J'ai tout de suite pensé que c'était le crâne du cadavre bouffé par les vautours dans la montagne, qu'il avait maquillé et coiffé. Pat était capable de ce genre de délire.

Je me suis installé à son bureau et j'ai tapé « Mongolie économie » sur Google : Oulan-Bator s'engonçait dans la crise, après avoir vécu quatre ou cinq années miraculeuses de croissance. Ce qui n'était pas sans provoquer des dégâts. J'avais presque fini de lire l'article, lorsque Pat a fait son apparition.

– C'est chiant, hein ?, il a commenté, en posant son cigare à peine entamé et en partie explosé dans le cendrier.

Encore un excellent havane de gâché. Ce type était décidément une brute épaisse.

Mais je l'ai écouté poursuivre ses explications :

– Si ça ne tenait qu'à moi, tu sais, ces histoires de fric...

– On dit ça quand on en a...

– Je viens de te dire que je suis ruiné. J'ai été plusieurs fois millionnaire, tu sais. Mais l'argent est reparti aussi vite qu'il était venu. Je n'accorde de l'importance à l'argent que lorsque je le dépense. Si j'avais été économe, je n'aurais pas vécu le quart de mes aventures. Une mentalité étriquée ne permet pas de vivre quoi que ce soit de grand.

– Le problème, c'est qu'après une aventure il t'en faut une autre, toujours plus grandiose.

– C'est pas faux. Je m'assois, j'ai mal au dos.

Ce faisant, Pat a récupéré sa place à son bureau, moi je me suis installé de l'autre côté, sur un tabouret. Il a allumé une cigarette. J'ai récupéré son cigare à moitié fumé (on m'a appris à ne pas gâcher) que je comptais terminer pendant la conversation relancée.

– Tu n'as rien remarqué dans cette pièce ?

– Cette tête de mort, sur ton bureau, on ne voit que ça en entrant. C'est le type de la montagne ?

– J'aimerais en être certain...

– Mais, comment il a atterri chez toi, ce crâne ?!

– T'as vu, je lui ai collé une crête, faite avec de la paille à balai, et j'ai bruni ses joues avec du bouchon brûlé.

Il répondait encore une fois à côté, ça m'énervait de plus en plus.

– Si quelqu'un t'a envoyé une photo de ce mec mort, puis son crâne, c'est qu'il doit y avoir un lien avec toi.

– Je constate qu'un détective ça détecte…

– Sers-moi donc un autre flacon de ce nectar, au lieu de me flatter l'encolure. Qui te les a envoyées, ces putains de photos ?

– Un ami bien informé.

– Tu parles d'un ami…

– Je te les ai bien envoyées, à toi !

– C'est bien ce que je disais…

Pat a relevé d'un haussement d'épaules.

– Un ami mongol.

– Encore un *anda* ?

– Le général Munkhnaran est comme un frère pour moi, a confirmé Pat.

Il s'est figé tout à coup, comme si une mauvaise pensée venait de lui traverser l'esprit.

– De la branlette de caserne !, j'ai explosé. L'amitié, ça ne se déclare pas, ça se prouve. Comme l'amour ! Ton « ami », s'il dirigeait la sécurité militaire, il doit être bien renseigné… Il ne pourrait pas t'aider ? Plutôt que de t'envoyer des photos glauques !

– Il devait couvrir un homme politique. L'ex-président de la Mongolie, Baadmington Trucmuncheen… Machinchose, ou son rival, Tsakhiagiyn Edbergdorjimkana, ha ! ha ! De la victoire de l'un ou de l'autre aux prochaines élections dépend notre destin. Enfin, pas le tien ! Quoique… S'il savait quelque chose, il me le dirait.

– Écoute, Pat, tu m'as répété mille fois que les Mongols se comportaient comme des loups, pas vrai ?

– Oui et alors ?

– Alors, si c'est la ruse et le rapport de force qui priment dans ce pays, tu dois te méfier de tout le monde. Même de tes prétendus amis. Surtout s'ils font de la politique… Regarde, la femme du diamantaire.

Il s'est frotté les yeux, comme s'il avait déjà réfléchi à tout ça des nuits entières.

– On ne peut être trahi que par les siens, mon pote. J'en ai d'autres du même tonneau en rayon, si tu veux…

– Vas-y.

– « Celui qui n'est plus ton ami ne l'a jamais été », Aristote. Et : « Un véritable ami, c'est celui qui te connaît bien, mais qui t'aime quand même. »

– Je n'arrive pas à y croire…

– … que ton ami le général puisse te trahir ?

Pat a expiré, comme s'il avait reçu un uppercut en plein plexus. Il s'est repris en se passant les mains dans sa chevelure, pourtant quasi inexistante, comme s'il voulait caresser ses neurones en fusion.

Il a rallumé une gauloise en râlant :

– Tu ne le connais pas, comme peux-tu le juger ?

– Je te rappelle que j'étais au Triskel, à sa remise de médaille.

– Et alors ?

– Et alors j'avais trouvé sa manière de te regarder pas franche du collier…

– Ils ont tous ce regard-là ici. Mais figure-toi que j'ai également des doutes sur lui.

J'ai rallumé le cigare et repris :

– Il suffirait d'étudier la dentition du cadavre pour savoir de qui il s'agit.

– Faudrait déjà avoir une base de données… Et tu verrais l'état de leurs dents !

– Y a pas de médecins légistes ici ?

– Sans doute que si, mais les médecins n'ont jamais été mes amis. J'ai bien un pote flic mais il vient de prendre sa retraite.

– Tu sais quoi ? Oublie ton flic. Chaque chose en son temps. Tu m'embrouilles avec tes histoires de cadavre et de rétrocommissions. Le diamantaire m'intéresse plus. Je vais t'aider à le récupérer chez les ninjas, et ce ne sera pas une question d'argent.

– Tout est question d'argent, mon pote… Tu vas faire un joli coup de fric et une bonne action, d'une pierre deux coups.

– Laisse-moi terminer. Je vais t'aider parce que ça me plaît. Juste parce que ça me plaît. Je connais le diamantaire, je te connais, ça me suffit.

– Sam Suffit… hé hé ! Voilà qui est parlé, trinquons ! Tu pourrais négocier un reportage télé avec les ninjas, tu sais ! Diane t'accompagnera, comme prévu.

– Avec Batnasan, je préfère.

– Il viendra avec vous, comme prévu.

J'ai tiré une taffe du cigare et, pendant qu'il continuait de bavasser, je me suis levé pour quitter le bureau.

– Dès que vous aurez retrouvé le diamantaire, tu te paieras sur la bête. Tiens, prends quand même cet argent (il me tendait une liasse de biftons). C'est une avance. Attends ! Mais où tu vas ?

– 3 –

Grand cirque et tête de mort

Pisser.

J'étais juste allé pisser.

Et prendre l'air, par la même occasion.

Il pouvait se les carrer dans le cul, ses tugriks !

Son « tu te paieras sur la bête » ne passait décidément pas.

J'avais pris soin d'emprunter les escaliers (je préférais éviter l'ascenseur, à cause des coupures de courant) et constaté, à mon pas hésitant, que j'en tenais déjà une bonne. Enebish a dû s'en rendre compte, depuis la voiture où il écoutait sa musique, parce qu'il est venu à ma rencontre pour me demander si je rentrais au Zaya Hotel. J'ai répondu oui sans réfléchir.

Assis à l'arrière du 4 X 4 comme si j'étais le patron, j'ai repensé à notre situation : *Should I stay or should I go ?* Pat savait que je réprouvais certaines de ses méthodes, mais il appréciait ma compagnie et moi la sienne. Quand j'avançais que ce qu'il faisait n'était pas « moral », Pat me répondait que s'il ne le faisait pas lui (assurer la sécurité des mines), d'autres s'en chargeraient « en pire », et que c'était sa seule compétence. En l'occurrence, il s'agissait plutôt d'empêcher des pauvres de voler les riches (exploitants de mines d'or, d'uranium, d'argent, de cuivre et de diamants). Qui volaient eux-mêmes d'autres pauvres bougres. Est-ce que ça valait le coup de rester ?

Pat se disait républicain et patriote avant tout. Gaulliste… Ce qui, à mon sens, ne voulait plus dire grand-chose à l'heure de la « mondialisation ». Aussi, partant du principe qu'il faut observer l'adversaire de près, comme au judo, afin d'utiliser ses faiblesses pour mieux le contrer, j'avais étudié son comportement. Peu à peu, je m'étais attaché à lui, je devais le reconnaître, parce qu'il n'abusait pas du rapport de force avec moi. C'était lui le boss, mais il usait d'une laisse à rallonge, comme pour les chiens, afin de me laisser la latitude nécessaire pour gambader. J'avais l'impression d'être libre de mes mouvements, bien qu'il contrôle tout sans en avoir l'air. Si je n'étais pas à ses côtés, il m'appelait, parfois dix fois par jour, jusque tard dans la nuit, pour me raconter des anecdotes, me préciser quelque chose. Et comme il ne dormait que trois à quatre heures par nuit, ça pouvait être n'importe quand. Je devais couper mon téléphone si je voulais être tranquille.

Il avait compris que j'étais allergique à la hiérarchie.

J'avais moi-même fini par accepter Pat tel qu'il était, avec ses contradictions et ses coups de folie. « J'ai promis à ma femme d'être président de la République française », m'avait-il confié un jour, sans rire. Le pire est qu'il semblait capable d'y parvenir, un peu comme dans *L'Homme qui voulut être roi*.

La vérité, c'est que j'étais tombé sous son charme.

Il avait cette lueur dans les yeux que seuls les êtres vraiment vivants possèdent : pirates, braqueurs, artistes. Ce qui lui plaisait, c'était de démarrer une affaire, d'entreprendre, pas de boursicoter pour le seul but de « faire » de l'argent. Ce qu'il aimait vraiment, c'était l'ivresse de l'excès et de l'interdit. Comme un enfant.

Un soir, alors que nous étions confortablement installés chez lui, à siroter de la vodka, en regardant d'un œil un film avec Louis de Funès, il avait enfin commencé à se confier :

– Mon père était très dur. Il nous battait, mes frères et moi, à coups de ceinturon. On habitait une petite ferme, en Bretagne. Nous étions très pauvres. Chaque début d'année scolaire, il nous donnait chacun 10 francs et il fallait se débrouiller avec ça pour s'acheter des vêtements pour l'année, et je ne te parle pas des crayons, cahiers, tout ça. Alors on volait. Ou je mettais des vêtements qui sentaient le vieux. On m'a longtemps appelé « feux au plancher » à cause de mes pantalons trop courts. C'est rare que je parle de tout ça. C'est comme si ça n'avait pas existé. Comme si je n'avais pas eu d'enfance. Une fois mon père mort d'un cancer, ma mère nous a mis en pension. On se levait tous les matins à cinq heures pour courir et nettoyer l'école. C'était une sorte d'établissement militaire. S'il n'y avait pas eu mon grand frère, je crois que… Allez, on parle d'autre chose, ça me file le bourdon.

Tandis que j'allais lui demander de poursuivre sur son enfance en Bretagne, il s'est levé d'un bond, a ouvert la porte d'entrée de chez lui en grand et donné un *high kick* dans la gueule d'un type qui se trouvait sur le palier. J'étais stupéfait. Il avait fait ça tout en continuant à me parler, comme on se débarrasse d'un chien trop collant, en rut. Il s'agissait effectivement d'un prétendant de sa cuisinière qui avait pénétré la « zone interdite » du palais présidentiel afin de l'enlever, selon la tradition mongole…

Sauf que Pat n'était pas mongol et qu'il s'en tapait de la coutume locale, surtout que c'était l'ancienne nounou de ses enfants et qu'elle n'était pas d'accord pour se laisser kidnapper. La place de bonne était bonne chez Pat. Elle était nourrie, logée, et bien payée pour la Mongolie. Son boss avait donc violemment éconduit l'amoureux, avec son accord, mais sans savoir qu'il lui avait cassé la mâchoire, avant de reprendre ses confidences là où il les avait laissées. Le jeune con épris avait eu le culot de porter plainte. Pat avait eu gain de cause puisqu'il était chez lui. Voilà la violence dont Pat était capable.

Lui m'avait testé : suiveur, discipliné, respectueux de la hiérarchie, soumis ou dominant ? Résolument électron libre. Solidaire mais solitaire. Résolument pas un mouton. J'exerce toujours mon libre arbitre : « Interdit de me commander », c'était inscrit sur mon tee-shirt préféré. Pat avait écrit *Obey* sur l'un des siens.

Loup alpha, du genre pas dominable, je suis.

Même quand on se mettait minables.

Surtout quand on se mettait minables.

Car moi aussi, ça me rend con, la vodka.

– J'sais vraiment pas pourquoi tu bois cette merde, j'avais fini par lui dire un jour.

– C'est la seule façon de me soûler que j'ai trouvée, il avait répondu.

– Tu connais l'adage : « l'alcool n'est pas la réponse, il te fait juste oublier la question ». Ça va finir par te tuer, cette saloperie d'alcool blanc.

– Fais pas chier avec tes sermons. Vivre tue, c'est bien connu… On nous empêche de vivre pour pas qu'on meurt. C'est chiant. On nous informe que tout ce qui est bon, c'est pas bon : ça me rappelle les cathos pour qui tout ce qui fait du bien, c'est pas bien. C'est quoi cette course au risque zéro ? Faut interdire la mort ? Viser l'immortalité ? Passer sa vie à manger des endives sans sel arrosées d'Evian ? Je vais continuer à prendre des cuites sous la yourte, en savourant, clope au bec, de la graisse de mouton grillée. Passe-moi la bouteille, *anda* ! *Hermano bebe, que la vida es breve*, comme on dit en espagnol.

Ce soir-là, j'avais compris que si je remontais chez lui, on était encore partis pour se cuiter toute la nuit. Et que je m'en mordrais une nouvelle fois les doigts. Jusqu'à avoir envie de me les croquer, comme des gâteaux au chocolat Finger, engourdis par le froid.

Cette eau de feu me rendait dingue.

La vodka me donnait envie de soulever des voitures d'une main, de bondir par-dessus les montagnes, de boire des tonneaux entiers, de bousculer la statue de Gengis Khan, de me battre, cogner, provoquer, me colleter avec les autres mâles. Je sentais monter l'adrénaline. Grrrrrrrr, j'avais envie de mordre dans quelque chose. La nuit s'annonçait dingue. Un moment, j'ai eu envie de sauter par-dessus le balcon, pour aller tout casser chez le Président.

On m'aurait tiré dessus. Ou j'aurais fini en prison.

Non, cette fois je ne cuverais pas le lendemain.

Je n'aurais pas la bouche pâteuse et le crâne en fusion.

Ça n'allait pas se passer comme ça.

Ma petite voix m'a dit de me barrer sans donner d'explications.

De prendre mes jambes à mon cou, histoire d'éviter la case boîte à putes.

Et, tandis que la radio diffusait des ritournelles, qu'Enebish reprenait par cœur, sur le chemin du retour en centre-ville, je me suis repassé en boucle la conversation que nous venions d'avoir chez Pat.

– 4 –

Gardien de zoo et paillasson

Si j'avais bien compris, après la récupération du diamantaire dans le désert de Gobi, Pat comptait sur moi pour traquer ceux qui le menaçaient… depuis l'Europe. Je ne comprenais pas le rapport entre ce kidnapping, le cadavre de la montagne et les menaces ici en Mongolie. Je n'espérerais qu'une chose. Vu la taille modeste de la capitale, il ne devrait pas être trop difficile de trouver, sur place, qui avait fait quoi : « Tout le monde se connaît, ne cessait de me répéter Pat, et tout finit par se savoir. »

La Mongolie est un grand pays, par sa superficie, mais petit par son nombre d'habitants : moins de 3 millions, sur un territoire gigantesque, sans vraie structure clanique, et encore moins de solidarités. Où la fluctuation des intérêts immédiats décide de l'essentiel, donc du sort des alliances, entre les *gers*, les familles. Ça n'avait pas changé depuis Gengis.

Les ennemis de Pat devaient traîner leurs guêtres dans les mêmes bars et boîtes à putes que lui. J'allais tabler sur ce postulat. Mais quel cirque tout de même ! Dans quel foutu barnum je m'étais à nouveau embarqué !? Pourquoi étais-je revenu me fourrer dans ce guêpier ? C'est moi qui prenais le plus de risques, en allant récupérer le diamantaire chez les ninjas. Je ne tenais pas à me faire décapiter ou je ne sais quoi.

Pulsion de mort, ils appellent ça, les psys. Or, ce diable d'homme me rendait vivant. Des comme lui, on n'en croisait plus bézef. Le moule était cassé, aurait dirait l'autre. Je savais que j'allais dans le mur, mais j'y allais quand même. C'était excitant. Enivrant plutôt, si l'on considère les litres d'alcool que je m'étais enfilés dans le gosier depuis mon arrivée.

Je me voyais mal me défiler à nouveau. J'avais donné ma parole. Et, après tout, j'étais détective public, oui ou merde ?!

Pat tentait bien de ne rien laisser paraître, mais il était aux abois et n'avait pas d'autre solution que d'aller de l'avant. Comme la plupart des expats, d'ailleurs. Plus le temps passait, plus un éventuel retour au pays devenait compliqué. Au point où il en était – ancien millionnaire, proche de l'ancien pouvoir –, il ferait quoi en France ? Vigile dans un supermarché ? Gardien de zoo ? Maire de son village breton ? Exportateur de yourtes ? Garde forestier en forêt de Fontainebleau ?

J'étais rassuré de savoir que Batnasan, le tueur de loups, serait du voyage. On ne ment pas sur un ring. Ou alors pas longtemps. Le spectacle, la frime ne durent qu'un round ou deux. Celui qui a le punch l'emporte et basta. Ce type m'inspirait le respect.

Tout en regardant défiler les rues d'Oulan-Bator, désertes à cette heure et par ce froid, je me remémorais la tête de mort posée sur le bureau de Pat. Comment avait-elle atterri chez lui, au fait ? Pat s'en était sorti par une pirouette et ne m'avait pas vraiment répondu sur ce point. Je l'ai appelé depuis la voiture.

Pat n'a pas eu l'air plus surpris que ça :

– J'ai cru que t'avais la chiasse !

– Dis-moi, la tête de mort, comment elle a fini chez toi ?

– Déposée sur le paillasson…

– Par qui ?

– J'en sais rien, moi. C'est toi le détective !

– Ce ne serait pas le type que tu as viré de chez toi d'un coup de botte ?

– Va savoir… Mais je ne crois pas. Ça doit être la tête du cadavre de la montagne.

– Et tu dis ça comme ça ?! Comment peux-tu savoir ?

– C'est logique, sur la dernière photo qu'on m'a envoyée, on voyait un des hommes casqués le nettoyer.

J'étais sidéré par tant de nonchalance, on aurait dit qu'il parlait de sa dernière carie dentaire, mais j'ai préféré laisser couler et suis passé à autre chose.

– Au fait, t'as des nouvelles d'Héléna ?

– Nan et toi ?

– Elle a failli me tuer, j'ai répondu.

– Un grand garçon comme toi !?

– Elle aurait pu m'étrangler, j'te jure – ne me demande pas de détails – mais c'était en rapport avec toi.

– Je sais…

– Elle m'a conseillé de ne pas revenir en Mongolie. Elle dit travailler pour des gens puissants à qui tu dois de l'argent.

– Qui n'en doit pas, de nos jours ?

– Elle sort d'où, cette meuf ?

– Je sais seulement qu'elle chante du jazz. Et qu'elle travaille pour un grand groupe, anciennement SG Capital Europe, aujourd'hui Syntegra Capital, qui possède la marque de carnet Moleskine. Elle est commerciale chez eux. On a fait du bizness ensemble…

– Quel genre ?

– Je leur ai repris la franchise « Asie » sur la papeterie. On a signé le contrat mais ils peuvent toujours attendre le virement…

– Combien tu leur dois ?

– 500 000 euros. Pour fêter ça, on avait fait la fête. Et j'ai découvert une vraie nature ! Héléna aime les hommes et la vodka. Mais surtout la Mongolie et ses chevaux. Je lui ai parlé de toi. Ça a collé. Le reste, c'est votre affaire.

– Ne me prends pas pour un con. Tu nous as littéralement jetés dans les bras l'un de l'autre : c'est bien pour une raison !

– Mais pour votre bon plaisir, mes amis. Votre seule satisfaction.

Sur ce, il s'est raclé la gorge et a lâché le morceau :

– Je me demande si elle n'est pas mandatée par un des trois salopards dont je t'ai parlé : Paul Bouter le banquier belge, John Fourest le milliardaire anglais, ou Philippe Balkanzi, le politicien français.

– Les fameuses rétrocommissions sur l'uranium. Encore une fois, pourquoi tu ne m'as pas expliqué ça plus tôt ?

– Je voulais que tu prennes le temps de savoir où t'avais mis les pieds, je t'ai déjà dit.

– Le temps, ce sont eux qui l'ont maintenant. Quand des Suisses en arrivent à s'énerver, c'est que c'est du sérieux !

– Ha ! ha ! ha ! Elle est bonne, celle-là. Ils ont flairé l'arnaque du siècle, c'est sûr.

– La justice va faire son boulot.

– Tu sais ce qui me plaît le plus chez toi, Jérôme, outre ta franchise ? C'est ta naïveté ! Je pourrais les éliminer un par un mais, comme je te l'ai déjà expliqué, l'enquête de Tracfin remonterait jusqu'à moi. Ou les Russes, ce qui serait plus emmerdant.

– 5 –

On ne plaisante pas avec Gengis Khan

Le lendemain, je quittais à nouveau Oulan-Bator pour le désert de Gobi.

L'ambiance était étrange, ce matin-là. Il ne neigeait pas, il pailletait des lucioles comme tombées d'un nuage de vapeur irisée. Ces fines particules glacées, comme des confettis dorés, flottaient dans le ciel laiteux, plus gros que des flocons. Et ils tombaient avec une telle légèreté, ces flocons, que certains remontaient comme des plumes emportées par la brise.

Comme si on avait voulu tirer les rideaux sur cette ville improbable, le ciel se confondait avec la neige et un léger brouillard envahissait les rues, tel un prédateur silencieux. Par endroits, un halo argenté, pareil à un lingot d'or pâle, laissait deviner le soleil, voilé par la brume.

La température frisait les moins cinq degrés, autant dire qu'il faisait chaud pour la Mongolie.

C'était la fin de l'hiver, un jour de mars, tout blanc et sans vent. Oulan-Bator venait de fêter la journée du « Droit des femmes » et j'avais l'impression d'être le seul à ne pas avoir la gueule de bois.

Tout me semblait au ralenti, comme changé en pierre.

L'atmosphère était tellement vide, de sons et de mouvements, que le moindre choc, comme celui de nos semelles crissant sur le sol gelé, heurtait mon ouïe déjà aux aguets.

Cette ambiance feutrée, ouatée, donnait un côté surnaturel à cette matinée. Un instant, j'ai même cru sentir l'odeur de barbe à papa… J'étais moi-même enchanté par ce début de journée irréel, et pourquoi pas « magique », ou « féerique », mais sûrement pas *amazing !*, comme piaillait Diane, qui nous accompagnait.

La Canadienne, qui s'ingéniait à causer *english*, prenait des photos avec son smartphone, en évitant soigneusement l'adolescent obèse et rougeaud, couvert de guenilles superposées les unes sur les autres, pour se protéger du froid, qui errait sur le trottoir glacé, tel un somnambule, hypnotisé par je ne sais quel sort chamanique.

J'ai ressenti un malaise à la vision de cette silhouette boursouflée, marchant comme un zombie. Moi qui étais d'humeur guillerette, prêt à attaquer la rue comme un morceau de pain frais, j'ai eu un flash.

J'ai vu l'adolescent en transe exploser comme une tomate trop mûre et déverser son jus écarlate sur le sol immaculé.

Mais je me suis aussitôt raisonné. Tout allait bien. Nous partions pour le désert de Gobi, j'allais enfin voir du pays. D'ailleurs, le brouillard se dissipait à l'entrée des grandes artères de la capitale « la plus froide du monde »… Je pus bientôt apercevoir les collines lointaines qui s'estompaient à l'horizon, sous une enveloppe vaporeuse.

Or donc nous marchions, Diane, Batnasan et moi-même, en direction de la place Sukhbaatar, grande comme trois terrains de football, pour aller au rendez-vous fixé la veille par Pat. Enebish avait garé la voiture entre l'Opéra et la boutique Vuitton, face à la tour Blue Sky. Il fumait, assis, en nous attendant, sous l'imposante statue de Gengis Khan.

Avant que le chauffeur nous conduise à l'aéroport où nous devions embarquer à bord d'un petit avion de ligne intérieure, j'ai cru bon de plaisanter. Saluant le héros national, j'ai claironné fièrement que nous partions, comme lui, « à la conquête de nouvelles terres… ».

Batnasan, *alias* Wolfman, le tueur de loups, qui allait nous servir de guide, m'a rappelé à l'ordre :

– *You, never compare to Gengis Khan, who mean chief, leader in mongol.*

– Et même « empereur universel », a ajouté Diane.

Le message, prononcé sans agressivité, était néanmoins très clair : on ne plaisante pas avec le grand Gengis Khan.

Même pour flatter un ami, encore moins pour rigoler.

Un peu comme Voldemort, il est celui-dont-on-ne-doit-pas-prononcer-le-nom, alors que son image est partout : sur la route de l'aéroport (qui lui est dédié), comme sur les cigarettes et la vodka à son effigie.

J'ai obtempéré, en faisant mine d'humblement courber l'échine, histoire de montrer que je n'en pensais pas moins.

Batnasan, qui avait à nouveau saisi l'ironie de ma moue, s'est contenté de grogner. Si j'avais su… j'aurais fermé ma grande gueule.

Moi qui pensais qu'il allait nous porter chance, super Gengis (dont le petit nom, trognon tout mignon, était Temüjin), il faut croire qu'il a été contrarié par mon attitude désinvolte parce que, une semaine plus tard, j'allais me retrouver paumé dans le désert de Gobi. Avec à mes côtés le corps sans vie de Diane, le cadavre du bijoutier dans le coffre de la voiture et sans Batnasan, parti chercher du secours. Sans oublier les vautours et les loups qui s'approchaient dangereusement. Bref, j'allais être dans la merde.

Mais je vais encore trop vite.

Repassez-moi la bouteille !

– 6 –

Le Dersou Ouzala mongol

Une semaine après donc, je me retrouvais plantééé dans le dééééésert, depuis trop longtemps. Dans le *tsöl*, plus précisément (« désert » se dit *tsöl*, m'avait expliqué Batnasan, ou *els*, « sable »). Seul, enfin, seul pas vraiment, puisqu'il y avait le chien, Buck, et deux morts avec moi.

Je ne savais pas quoi faire des cadavres.

Impossible de les enterrer, je n'avais pas de pelle. De toute façon, la terre était gelée. C'était la fin de l'hiver, il faisait encore froid. Surtout la nuit quand le vent soufflait. Un vent intense, qui venait du nord et de l'est, par rafales régulières. En journée, lorsque le soleil brillait, ça allait encore. C'était supportable, ce froid sec. Mais lorsque la neige fondait, les dépouilles commençaient à se décomposer. Une odeur de détritus pourris empestait alors l'intérieur de la voiture, où je me réfugiais pour supporter le froid. Moi-même je ne me sentais pas très frais.

Batnasan était parti chercher du secours, c'est du moins ce que j'espérais qu'il ferait vraiment, et j'avais pour seul compagnon (vivant) un énorme chien rouge, que les loups rendaient fou de rage. Un chien qui commençait à me regarder bizarrement.

Lui aussi avait faim. J'essayais de relativiser, en chantant notamment, mais je « flippais grave », comme aurait dit ma plus grande fille.

Je m'agrippais désespérément à un tas de ferraille rempli de chair humaine. Je me sentais perdu, sur cet océan laiteux, sous un ciel boursouflé de nuages noirs, battu par les vents tourbillonnants de la steppe, où le vent semblait vouloir m'aspirer avec la neige.

J'étais coincé au milieu de nulle part, sans possibilité d'appeler à l'aide, puisque sans réseau, et j'avais la cheville foulée.

Surtout, j'avais faim.

C'est la première fois que je ressentais la faim à ce point-là.

Ce n'était pas le petit creux de onze heures du citadin qui se taperait bien un croissant. Mais une disette imposée. De celles qui donnent des vertiges si je me levais trop vite et torture les intestins. Les deux parois de mon ventre commençaient à se coller. J'avais de méchantes crampes d'estomac. Mes boyaux gigotaient, criant famine.

Il n'y avait que la soif pour me faire oublier la douleur de cette faim lancinante. Obsédante. Bouffer de la neige ne l'étanchait évidemment pas. Mon corps réclamait sa pitance. Mon cerveau ralentissait. J'avais la migraine, les extrémités glacées et des fourmis dans les doigts.

Les pousses de j'sais-plus-quoi que j'avais dénichées dans la terre, sur les conseils de Batnasan, et qui ressemblaient à des oignons ne suffisaient pas à me rassasier. Ce Dersou Ouzala[9] mongol m'avait appris à en tester la comestibilité, en le frottant sur ma peau, à l'endroit très fin et sensible du poignet. Mais je ne me souvenais plus de ce qu'il m'avait expliqué : si ça irritait je pouvais manger, à moins que ce ne soit le contraire. J'étais bien avancé. Je ne voulais pas finir comme le mec d'*Into The Wild*.

Le pire, c'était pendant la tempête. Le vent accentuait le froid polaire. Je me réfugiais alors dans la voiture et me collait au chien, qui puait encore plus que moi. Une odeur acide exhalait en effet de mon corps dès que je bougeais pour trouver une meilleure position. Tout l'habitacle empestait la putréfaction.

Je finissais par m'endormir mais jamais longtemps, comme les navigateurs solitaires qui font des microsiestes.

J'étais piégé dans une cuvette qui donnait sur une vallée escarpée.

Des collines, hérissées d'arbres maigres, entouraient mon campement forcé. Le rare bois que j'avais

---

9. *Dersou Ouzala* est un film soviéto-japonais réalisé par Akira Kurosawa, sorti en 1975, d'après le livre autobiographique éponyme de Vladimir Arseniev, publié en 1921.

trouvé aux alentours brûlait dans le feu que j'avais allumé près du 4 X 4 en rade.

Je n'osais pas m'aventurer trop loin, à cause des loups plus que des types qui nous avaient tiré dessus et avaient manifestement filé, après nous avoir mitraillés.

J'avais eu beau uriner, imité par le chien, tout autour de la voiture comme me l'avait également suggéré Batnasan, les loups, qui avaient senti l'odeur de chair en décomposition, nous tournaient autour comme des Indiens. La nuit, ils se rapprochaient toujours plus près du véhicule malgré le feu. J'étais sur leur territoire, il est vrai… C'est moi qui avais franchi les limites.

Je comptais les heures, attendant que le tueur de loups revienne les mains débordantes de victuailles. Moi qui m'attendais à me gaver de mouton bouilli, le plat quotidien des nomades de la steppe et de Gobi, je me maudissais de ne pas avoir acheté des barres énergétiques avant de quitter Oulan-Bator. Je trouvais que ça faisait trop randonneur-Pataugas, manquait plus que les bâtons de ski pour le trek. Je n'avais même pas pris de gourde. L'eau achetée par Batnasan au supermarché devait suffire à nos besoins pour deux jours, maximum. Deux bouteilles, tu parles !

Je pensais qu'on allait régler cette affaire en quelques heures et ça ne s'était pas du tout passé comme ça. Quand j'y repense, tout a commencé à aller bizarrement au départ de la place Gengis-Khan.

Pat était aux abonnés absents, Diane commençait à m'agacer, Batnasan m'avait rabroué, et le gentil

Enebish n'avait pas chanté dans la voiture qui nous amenait à l'aéroport.

J'avais quitté Oulan-Bator avec l'impression d'être dans l'œil du typhon.

Il n'y avait plus de ciel.

Tout était blanc.

Le sol, l'horizon et ma peau.

C'est ma peau que jouais dans ce désert blanc.

Oui, je sais, je vais encore trop vite.

Je vais toujours trop vite.

Mais la vie passe si vite.

De vie à trépas, il n'y a qu'un pas.

Passez-moi la bouteille et prenez un verre.

Que je vous explique.

– 7 –

La découverte du Gobi

Nous avons su où était le camp des ninjas qui détenaient le diamantaire grâce aux tuyaux conjoints des deux vieux amis de Pat à la retraite depuis peu : le général Munkhnaran et un flic réputé. Ne me demandez pas comment ni pourquoi, aujourd'hui encore des éléments de toute cette affaire m'échappent.

Ce que je sais, c'est que lorsque Pat m'a appris qu'on partait dans la province du Gobi Sud, à Ömnogöv' Aïmag précisément, où le diamantaire serait prisonnier, j'ai compris que Diane ne connaissait pas plus cette région que ma grand-mère. Son fief, c'étaient les montagnes de l'Altaï-Gobi... Elle n'aurait donc pas de contacts chez les ninjas, contrairement à ce qu'elle avait annoncé.

Autre mauvaise surprise, à part Batnasan il n'y avait personne pour nous accompagner. La société de sécurité de Pat était en sous-effectif. Il avait besoin de la totalité de ses hommes pour d'autres missions, notamment briser les os de grévistes, et se gardait Enebish pour le conduire, en plus des deux monstres qui lui servaient de gardes du corps. D'ailleurs, la nôtre, de mission, ne serait qu'une « formalité », d'après lui.

Pat avait affrété un avion. Un vieux coucou à hélice, du genre Antonov antérieur à la perestroïka.

Nous avions atterri à Dalanzadgad, considéré comme la « capitale » de la région. Une ville de 30 000 habitants, possédant un aéroport nommé Gurvan Saikhan (les Trois Belles), en référence aux montagnes les plus proches, culminant à deux mille cinq cents, deux mille huit cents mètres. Pas vraiment Roissy-Charles-de-Gaulle ni JFK, mais numéro deux du pays en matière de trafic aérien, pour sa proximité avec Oyu Tolgoi, et Tavan Tolgoi, où se trouvaient les principales mines du pays.

Quelques hôtels, au confort rudimentaire, et un minuscule musée sur la flore et la faune de la région complétaient le décor.

À peine avions-nous loué une voiture que Diane, décidément moins *roots* que je l'avais imaginé, se disait « charmée » à l'idée que certains itinéraires de la route de la soie aient traversé l'Ömnogöv'. Elle avait lu ça dans son guide Lonely Planet. Paraissait même qu'il restait des vestiges d'une muraille dite de Gengis Khan, sur la route de Nomgon. Elle trouvait tout *Oh my God !*, et je commençais à me demander ce qu'elle fichait avec nous, puisqu'elle parlait moins bien le mongol que Batnasan, forcément, lequel était le seul à connaître un peu le désert de Nogi... Euh, Gobi, la terre de naissance de son cousin disparu.

J'espérais que sa présence « féminine » (de femme-montagne !) adoucirait les ninjas les plus réfractaires.

Avant de prendre la route, Batnasan nous a appris qu'Ömnogöv' était l'*aïmag* (la province) le plus vaste et le moins peuplé de Mongolie, car la rareté de l'eau y rendait l'élevage difficile. C'est aussi l'un des *aïmags* les plus venteux et les plus arides. L'ensemble de la province est constitué d'une vaste plaine, recouverte de cailloux, caractéristique du désert de Gobi, vers l'extrême est, mais le centre et surtout l'ouest de l'*aïmag* sont beaucoup plus accidentés.

J'imaginais le désert de Gobi autrement. Il n'y avait pas de dunes mais des falaises de sable et des rochers enneigés. C'était un trou perdu poussiéreux, où les habitants étaient encore plus mal embouchés que leurs compatriotes d'Oulan-Bator. Nous étions dans la partie la plus orientale de l'Altaï, donc moins élevée qu'à l'ouest de la Mongolie, mais quand même avec des sommets vertigineux.

J'en aurais bien parlé avec Batnasan, mais il s'est tu pour conduire.

Six heures de piste, jusqu'à Bayan-Uul, ou Oyu Tolgoi, j'ai oublié. Ce que je savais, c'est que plus on s'éloignait de la capitale régionale, plus la piste était sinueuse, raide et escarpée. Un vrai sentier de chèvres ! Batnasan lançait la voiture à toute vitesse, pour avoir suffisamment d'élan et ne pas rester enlisé. Il évitait trous, ornières et autres pièges. La technique consiste à rouler rapidement pour que les pneus glissent comme sur de la tôle ondulée et ne patinent pas sur le sable. Parfois, Batnasan frôlait de mini-précipices, ce qui faisait crier Diane, de plus en plus recroquevillée sur son siège. Davantage encore lorsqu'il prenait des virages au cordeau, le long de petites montagnes aux flancs tranchants. Je l'ai un moment soupçonné de faire exprès pour la taquiner, mais pas du tout. Il conduisait à la mongole… virilement. Pour ma part, je n'étais pas du tout inquiet, contrairement à la Canadienne qui ne cessait de demander à Batnasan de ralentir, se plaignant d'être ballottée derrière. Ça lui faisait mal au cœur, disait-elle. Je lui ai proposé de prendre ma place devant, mais Diane a répondu que ça lui faisait encore plus peur. Batnasan a eu beau lui expliquer qu'il fallait arriver avant la nuit, elle a regimbé jusqu'à l'arrivée.

Pas une fois nous n'avons croisé une *ger.*

Ce n'était qu'une succession de formations rocheuses.

Batnasan avait l'air de savoir ce qu'il faisait.

J'avais confiance. Il était (presque) chez lui.

Histoire de passer le temps et de la détendre, j'ai rappelé à Diane le plan que j'avais imaginé.

J'allais jouer le rôle du fils du diamantaire.

Je venais au nom de sa femme, donc de ma mère…

Et si elle prenait le rôle de ma femme ?

Nous pourrions être en voyage de noces !

Bref, des touristes égarés…

Batnasan serait notre guide.

Lequel a pouffé en entendant ça et provoqué une embardée.

– Nan, même pas en rêve, a grommelé Diane.

Murée dans son silence, elle s'est vexée comme une gamine boudeuse. Au moins, comme ça on avait la paix.

Enfin, la paix, façon de parler.

Nous devions convaincre les ninjas que le diamantaire – mon père, donc – n'avait plus l'intention de travailler avec la banquière chinoise, leur ennemie intime. Il faudrait jouer serré.

Notre présence sur leurs terres pouvait être considérée comme un nouvel affront. Voire une provocation.

Question de fierté.

– 8 –

Entre chien et loup

Arrivés sur place, non loin de la frontière chinoise, peu avant la tombée de la nuit, nous avions quelques heures devant nous pour arracher le diamantaire aux griffes des ninjas et retourner à l'aéroport.

C'était à l'endroit même où la société Chalco, des houillères de SouthGobi, avait tenté de racheter les mines (or, diamants, uranium, etc.). Opération bloquée par le gouvernement mongol, qui avait fait adopter une loi limitant l'investissement étranger dans cette activité lucrative. Ce qui n'avait pas empêché un afflux d'ouvriers chinois sur les chantiers d'extraction d'or, provoquant une guérilla avec les ninjas locaux. C'est à ce moment-là, profitant des affrontements et de la confusion, que les ninjas avaient fomenté leur rébellion contre les propriétaires des mines. Les rares Chinois restés sur place étaient composés essentiellement de repris de justice… et d'employés de la « Milliardaire rouge ».

Le diamantaire avait alors débarqué, telle une gazelle prépubère découvrant la savane, au milieu des hyènes, buffles et autres éléphants rompus aux épreuves de la vie sauvage. Les ravisseurs n'avaient eu qu'à le cueillir comme une fleur. La zone était une véritable pétaudière.

Une fois descendu de voiture, Batnasan, d'un discret mouvement du menton, m'a montré deux sentinelles qui montaient la garde autour d'une cahute, devant laquelle brûlait un brasero. Il devait faire dans les moins vingt degrés. Les deux silhouettes, échines courbées, semblaient traîner leurs ombres, ridicules et inégales, comme pour les porter derrière les collines.

Diane a annoncé qu'elle restait au volant, sous prétexte de préparer notre éventuelle fuite. Batnasan a fait mine d'accepter, en gardant les clés de contact. Son calme était contagieux.

La lune était basse.

Les montagnes, hautes.

Mon humeur, moyenne.

C'était chaud, malgré le fond de l'air plus frais qu'un congélateur.

Une rumeur sourde venant de l'extrémité du camp a attiré notre attention. On entendait des hurlements, des encouragements, mêlés aux grognements et couinements de bêtes.

Batnasan m'a fait signe de le suivre jusqu'au hangar incandescent.

À l'intérieur, on se serait crus dans un sauna. Il faisait une chaleur moite, suffocante. Une fois la buée de mes lunettes effacée, j'ai distingué une foule bigarrée. On aurait dit qu'elle assistait à un match de foot, sauf que ça ne se passait pas dans un stade, mais dans une mini-arène, du genre de celles réservées aux combats de coqs. Et que ça aboyait, grognait. Il s'agissait d'un combat de chiens, organisé clandestinement. Ça sentait la sueur, l'alcool et le poil mouillé. L'odeur d'urine, de bave et de sang aussi. Les murs suintaient l'excitation provoquée par le spectacle. De la sauvagerie à l'état pur.

Des spots, fixés au plafond, jetaient une lumière criarde sur cette sorte de ring. Le sol en terre battue était parsemé de poils arrachés, ce qui donnait un drôle d'effet aux affrontements. Comme si des plumes volaient pendant les combats.

Autour de l'arène était disposés des parpaings et des planches qui faisaient office de bancs pour les tribunes. La majeure partie des spectateurs étaient des conducteurs d'engins, des ouvriers de maintenance et autres employés des mines. C'était une assistance bruyante et nerveuse, dont l'agitation montait au fur et à mesure que l'engagement s'éternisait, ou pas.

Quand nous sommes entrés, les spectateurs étaient fascinés par l'affrontement de deux molosses – l'un tout en longueur et noir, l'autre plus massif, gros et roux, gueules ouvertes –, chacun, exhibant ses canines acérées, mordait l'autre en grondant. Du sang coulait abondamment. Des éclaboussures de bave et d'hémoglobine atteignaient les premiers rangs du public vociférant. Un véritable enfer. Le vacarme était étourdissant. Ce qui fait que personne n'a remarqué notre présence, ni les armes que nous camouflions sous nos parkas.

Le grand chien noir boitait bas. Il avait la patte avant droite en charpie. Je me suis mis à regarder le combat, moi aussi, captivé par la puissance de l'énorme chien roux à crinière de lion. Il allait bouffer l'autre, ça ne faisait pas un pli. Soudain, j'ai réalisé qu'il ne s'acharnait pas sur l'un de ses congénères, mais sur un loup que, d'une torsion violente de la tête, il a renversé pour le plaquer au sol afin d'atteindre sa gorge ainsi offerte.

Combat terminé.

Clameur assourdissante.

J'ai senti mes tympans vibrer.

Fin des paris.

Un tonnerre de protestations a répondu aux huées.

Plusieurs boîtes de bière ont volé. Des bagarres ont éclaté. Vite stoppées par l'annonce du prochain combat entre un autre chien et un autre loup. C'était le concept. Le récent vainqueur a été rendu à son maître. C'était un petit bonhomme aux yeux de cendres.

D'un coup d'œil, Batnasan m'a fait comprendre que c'était lui le chef des ninjas. Comment il avait deviné ça ? Aucune idée. Mais c'était bien lui. Râblé comme un jeune faune, il se faisait appeler Nergui, ce qui signifie « Sans nom ». Une variante d'Enebish… À quelque chose près, toujours pour tromper les esprits funestes et maléfiques.

Une fois le calme revenu, nous avons suivi le chef des ninjas pendant qu'il comptait ses gains tout en marchant jusqu'à la sortie.

Deux de ses hommes l'accompagnaient.

Au bout d'une chaîne se tenait l'énorme chien rouge à qui il avait enfilé une muselière. Ce mastodonte étant aussi gros qu'un saint-bernard croisé avec un chow-chow, je me demandais comment ce petit bonhomme était parvenu à dompter une masse pareille. C'était un véritable monstre, qu'on appelle « quat'z'yeux », ou *dul*, en mongol, parce qu'ils ont de grosses paupières repliées. Son garrot arrivait à la taille de Nergui, qui l'avait équipé d'un collier étrangleur.

Batnasan s'est approché d'eux lentement, avant de s'adresser au chef des ninjas en mongol. Et Nergui l'a invité à parlementer sous sa *ger*. Sans moi.

Batnasan m'ayant confié son fusil, je me suis retrouvé dehors, armé jusqu'aux dents, face à deux ninjas également équipés, avec qui je ne pouvais communiquer autrement qu'avec des gestes. Voulaient-ils un cigare ? Je lisais oui dans leurs yeux, mais ils ont refusé.

J'en ai profité pour sympathiser avec le chien, attaché à un piquet, qui, à ma grande surprise, m'avait à la bonne, puisqu'il a remué la queue. Signe d'excitation, pas forcément de fraternisation, attention, je le savais bien pour avoir possédé des chiens dans mon enfance. D'ailleurs, je n'ai pas osé le caresser.

Le conciliabule a duré une bonne demi-heure.

Le temps de fumer un cigare, sous les yeux envieux

de mes deux camarades de grelottement – car ça caillait grave.

En sortant de la yourte, l'air contrarié, Batnasan m'a expliqué qu'il avait eu beau arguer que la femme du diamantaire était mongole, Nergui n'avait rien voulu entendre : c'était « une traîtresse, une pute ! ».

Batnasan lui avait alors dit que j'étais le fils du diamantaire, comme prévu dans le plan. Nergui avait alors accepté de me recevoir sous sa yourte.

Je me suis concentré pour ne pas commettre d'impair dans les rituels : rentrer du pied droit, sans cogner le seuil de la porte, ni avec la tête, malgré ma taille, garder ma chapka sur les oreilles, me diriger vers la partie gauche de la yourte, accepter le thé, évidemment, et la vodka proposée bras tendus, tremper mon annulaire dedans, mimer trois offrandes aux esprits dans trois directions différentes, ne pas tendre les pieds en direction du feu ni de mon interlocuteur, ne surtout pas le montrer du doigt, ça porte malheur, enfin renifler le tabac à priser qui pique le nez, atchiii ! Pas grave si j'éternue, ça les fait marrer, ça détend l'atmosphère. Ouf ! Premier round terminé.

On a repris la discussion, avec Batnasan à la traduction.

N'étant pas bon comédien, je n'allais quand même pas pleurnicher.

Il s'en tapait le coquillard, le ninja, de ma filiation supposée avec le diamantaire. Ce n'est que lorsque Batnasan lui a annoncé que je possédais soi-disant une bijouterie en Belgique qu'il a eu l'air intéressé.

Combien voulait-il, déjà, pour la rançon ?

Un million !

De tugriks ?

D'euros !

Pas con, le ninja.

Ni dollars, ni yuans, il connaissait le cours des devises.

Combien j'avais d'argent sur moi ?

Ça tombait bien, Pat nous avait justement filé un million.

De tugriks, ce con !

Autant dire *peanuts*.

On n'était pas sortis de l'auberge.

Enfin, de la yourte… Et merde ! De la *ger*, quoi.

Ça allait être la guerre. Inutile de « gertiverser ».

Le diamantaire ne serait pas libéré tant que « la Chinoise » n'aurait pas payé ce que les ninjas considéraient qu'elle leur devait pour avoir osé forer en terre mongole. Non seulement cette mystérieuse « Milliardaire rouge » possédait une mine d'or, mais elle était l'ancienne propriétaire de ce chien, soi-disant bouffé par les ninjas, selon la rumeur qu'ils avaient lancée pour créer la légende. Bref, elle était la cause de tout ce bordel.

Re-bref, les ninjas avaient piqué le chien pour le donner à becqueter au loup. Le problème, c'est que c'était lui qui les terrassait, les loups.

Croyant pouvoir négocier avec la Chinoise, le diamantaire s'était inconsciemment jeté dans la gueule des ninjas.

Il était venu seulement accompagné d'un interprète,

qui avait filé dès que ça avait bardé. Pas question de compter sur la police locale, qui fermait les yeux, ou les gardait ouverts selon la somme d'argent qu'on lui versait. Pour avoir voulu pactiser avec l'ennemi historique, le diamantaire avait dû passer un mauvais quart d'heure.

Nergui n'en démordait pas : le gisement d'or était sur la terre sacrée de leurs ancêtres. Les Chinois voulaient les voler. Comme les Caucasiens ! Les Européens, quoi, les Occidentaux, les Blancs… les longs nez !

Sauf les Russes. Ce n'était pas négociable.

Je dois reconnaître qu'en mon for intérieur j'étais assez d'accord avec lui. Et Batnasan n'en pensait sans doute pas moins, mais on exécutait les ordres donnés par Pat, notre khan : récupérer le diamantaire, coûte que coûte.

Pat qui m'avait suggéré de « me payer sur la bête ».

Il ne restait plus qu'à employer la ruse.

S'agissait de passer au plan B.

J'avais dans mon sac, avec la vraie-fausse kalach, une demi-douzaine de mignonnettes de cognac destinées à la dégustation que m'avait confiées mon ami producteur charentais pour vendre sa marque en Mongolie, plus quelques cigares qu'il me restait.

J'ai sorti mes bouteilles de Pierre de Segonzac, que j'ai offertes au chef des ninjas, en guise de cadeau.

– *It's not alcool, it's « algold »*, j'ai expliqué. *Cognac is the gold of the alcohol. Better than vodka ! Directly from Parisss !* Oh là là… *So good !*

Nergui en a distribué à ses hommes, qui se les sont enfilées en mois d'un quart d'heure. Et, je ne sais pas si la rumeur selon laquelle les Asiatiques ne tiennent pas l'alcool est vraie, mais ils ont vite été H.S.

Une fois qu'ils ont été ivres, j'ai demandé une « preuve de vie », contre un cigare en supplément.

Toutes les barrières de Nergui sont tombées : j'étais son *anda* pour la vie. Il nous a commandé de le suivre.

Accompagnés du chien-lion, notre petit groupe s'est dirigé vers la cahute que nous avions repérée en arrivant.

Batnasan fermait la marche, armé du fusil que je lui avais rendu. Nous avons traversé un camp d'une dizaine de yourtes d'où sortait une fumée noire, jusqu'à un flanc de montagne où se trouvait la cabane, si petite qu'elle ressemblait à des chiottes.

Elle en avait l'odeur, d'ailleurs.

Une odeur de détritus qui me rappelait la cour du Zaya Hotel.

Le chef des ninjas m'a fait signe d'entrer. Restant à l'extérieur, pour continuer à siroter le breuvage aux couleurs d'or, dont il vantait apparemment les mérites à la sentinelle restée en faction devant le feu de camp. J'imagine qu'il hésitait à partager parce que, vu leur ton, ils ont commencé à s'engueuler. Le garde paraissait très en colère. Son chef le rabrouait en retour. C'était tout bénef pour nous, cette zizanie.

Je me suis baissé pour pénétrer à l'intérieur de la casemate, faiblement éclairée par une ampoule extérieure. J'ai distingué une forme humaine qui gémissait dans l'obscurité.

Lorsque Batnasan l'a éclairée avec son smartphone, nous avons vu apparaître un long buste diaphane, presque phosphorescent, qui émergeait d'un tas de charbon.

On aurait dit un ver luisant géant.

Geignant.

Un spectre inquiétant.

J'ai reconnu le diamantaire.

– 9 –

La main dans le slip

– Monsieur ! (Je venais de réaliser que je ne connaissais pas son nom.) Vous m'entendez ? Monsieur !

– Muummmumm.

– C'est Jérôme… Jérôme Beauregard, vous me reconnaissez ? Voici Batnasan, un ami. Nous sommes venus vous chercher.

– Muuummm, il a répété d'une voix faible.

– On va vous sortir de là.

– Muuuummm.

– Ça va aller. On va vous porter.

– Preneu baguou dans mou chlip…

– Pardon ?

Je me suis penché vers lui pour mieux entendre ce qu'il voulait me dire.

– Prenez la bague dans mon slip…

Il délirait, le pauvre.

– Nous allons vous aider à marcher…
– Prenez la bague dans mon slip, je vous dis !
J'ai fini par comprendre ce qu'il voulait.
J'ai donc glissé ma main… dans son slip.
Et trouvé le bijou de famille.
– Vous la donnerez à m…
– À votre femme ?
– Nan, surtout pas… à mon fils !

Ça tombait bien parce que c'était moi son fils, cette nuit-là.

J'ai mis la bague dans la petite poche droite de mon jean, près de mes joyeuses. Comme ça, elle resterait au chaud.

J'avais mérité ce précieux.

Batnasan était témoin, c'était ma bague.

Mon putain de butin !

Du calme, Jérôme (oui, je me parle souvent) : il fallait sortir d'ici.

Le diamantaire était dans un trop sale état pour continuer à bavarder.

J'ai coupé la corde qui entravait ses mains avec mon Laguiole et lui ai fait enfiler ma parka afin qu'il se réchauffe un peu.

Batnasan l'a soulevé pour le charger sur mes épaules, il aurait ainsi les mains libres pour nous permettre de courir, en cas de besoin.

Le diamantaire était si léger et si faible que j'avais l'impression de porter un enfant.

Il agonisait dans ce trou depuis des jours, mollement

surveillé par ces ex-nomades qui faisaient office de gardes. Tout ça sentait l'amateurisme et l'improvisation. Une chance pour nous.

Nous allions jouer sur l'effet de surprise.

Batnasan a surgi de la cabane, comme un deuxième ligne de rugby sort d'un pack, et a assommé Nergui d'un seul coup de poing. Les autres ninjas étaient tellement soûls qu'ils n'ont pas eu le temps de réagir.

Batnasan les a tenus en joue en leur parlant en mongol, pendant que je m'éloignais en courant, avec le bijoutier sur le dos, pour rejoindre la voiture.

Comme nous arrivions au 4 X 4, à bout de souffle, Diane a décrété qu'elle ne voulait pas de « ça » près d'elle. Elle ne parlait pas du chien, qui nous avait suivis mais du malheureux diamantaire, dans un piteux état. Il était sale et sentait mauvais, mais tout de même. N'ayant pas le temps d'épiloguer (elle menaçait de descendre du véhicule), Batnasan a transporté le bijoutier dans le coffre, séparé par un hayon. Ainsi il pourrait respirer, ne serait pas enfermé pendant notre fuite. Batnasan a ensuite poussé Diane sans ménagement à la place du mort et démarré en trombe.

Moi, je me suis glissé derrière, à toute vitesse, pour tenir la main du diamantaire, en espérant que les ninjas, encore capables de se tenir debout, ne nous tirent pas dessus.

Dans la précipitation, je n'avais pas remarqué que le chien avait sauté dans le coffre. Je crois que c'est à ce moment-là que le cœur du diamantaire a lâché.

Il a dû avoir peur. J'ai senti sa main devenir toute molle. Impossible de l'examiner plus attentivement. Batnasan roulait à fond de train pour s'éloigner le plus possible du campement de ninjas.

Lorsque nous avons enfin pu nous arrêter, après une quinzaine de minutes, nous l'avons ausculté. Le diamantaire ne respirait plus.

Batnasan a tenté un massage cardiaque. Mais rien à faire. Le cœur ne repartait pas. J'ai demandé à Diane, qui devait avoir pris des cours de secourisme, d'essayer le bouche-à-bouche, mais l'ancienne fliquette a refusé. Elle ne cessait de répéter : *« Oh ! My God ! Oh ! My God ! »* J'ai remplacé Batnasan au massage, en me maudissant de n'être jamais allé aux stages de réanimations que la Croix-Rouge – et surtout Adriana Karembeu ! – propose depuis des années.

Au bout d'un moment, on a abandonné.

Heure du décès : minuit et des brouettes.

J'ai récupéré ma parka qui empestait le chou.

À moins que ce ne soit le chien, à qui j'avais enlevé sa muselière.

Et on a redémarré. Mission accomplie, ou presque.

Nous avions récupéré le diamantaire… mais mort.

Et un chien tout ce qu'il y avait de plus vivant.

Plus une bague de valeur. Du moins, je l'espérais.

Impossible d'appeler Pat pour le mettre au courant, faute de réseau. Ce n'est qu'une fois revenu à l'aéroport de Dalanzadgad, après avoir roulé une partie de la nuit, que j'ai pu le joindre.

Enfin, c'est sa femme, Zulaa, qui m'a répondu :

– Il ne peut pas parler. Il est aphone.

– Dites-lui simplement Goldfinger Delta Charlie Delta[10].

– Pardon ?

C'était pourtant le nom de code qu'on avait prévu pour nommer le diamantaire : Goldfinger…

– Le bijoutier est mort !, j'ai aboyé.

– Il demande confirmation.

– Ben, je confirme… Il faudrait contacter sa veuve pour le transfert de son corps en avion.

– Mon mari dit non. Trop compliqué et trop long d'obtenir les autorisations. La police va vouloir faire une enquête. Laissez-le sur place.

– Pas question. On l'a déjà ramené à l'aéroport !

– Il dit : démerdez-vous. Sa femme n'avait qu'à payer la rançon…

– Mais, on ne va pas l'enterrer, quand même !

– Donnez-le à bouffer aux vautours, il dit.

– Mais y a pas de vautours ici, bordel !!!

– Il dit qu'ils vont arriver et que ce n'est plus votre affaire. Que la nature va s'en charger, que si c'est pas les vautours, ce seront les loups. Il traitera avec sa veuve, à Oulan-Bator, puisqu'elle va hériter de la bijouterie et de tous les contrats de métaux précieux afférents.

– Je n'aime pas ça du tout.

– Il dit qu'il s'en fout. Profitez-en pour vérifier sur

10. D.C.D., selon le code des pompiers.

place si les rumeurs sur le gisement extraordinaire dont on parle depuis des mois dans toute la Mongolie sont vraies.

– Mettez le haut-parleur.

– C'est déjà fait…

– Va te faire foutre, Pat ! Et adresse-toi à saint Blaise pour ta gorge plutôt qu'à un chaman…

J'ai raccroché, fou de rage.

Ça m'était venu comme ça.

Je venais de lire un truc sur ce Blaise de Sébaste.

Un médecin auxiliaire réputé pour soigner les maux de gorge.

Moi aussi je pouvais jouer les loups dominants.

J'ai donc outrepassé ses ordres (on ne me commande pas, moâ, on me suggère de faire quelque chose) avec l'assentiment de Batnasan. Nous n'allions quand même pas livrer le corps du diamantaire aux charognards. D'autant plus que Marcel G. était juif. Selon les rites hébraïques, nous devions ramener son corps à sa famille pour qu'il soit dûment enterré. Le diamantaire était quasiment mort dans mes bras. J'étais ému. Choqué. Batnasan était d'accord avec moi. Par respect pour sa famille, nous allions ramener la dépouille du diamantaire à Oulan-Bator. Sa femme en ferait ce qu'elle voudrait… Si on laissait les vitres ouvertes, avec le froid, le corps n'allait pas s'abîmer. Au besoin, on l'attacherait sur le toit, enroulé dans un tapis qu'on récupérerait chez des nomades.

Dans deux jours maximum nous serions de retour à UB.

Nous avons proposé à Diane, au bord de la crise de nerfs, de rentrer en avion. Elle a refusé, sous prétexte qu'elle ne voulait pas rester seule dans ce « trou à rats ».

Comme c'était l'aube, il y aurait pourtant bientôt un vol, avant la fin de la matinée, on lui a expliqué. Je lui ai même proposé de lui laisser le chien. Elle m'a ri au nez. Mais elle avait peut-être raison sur ce point. Il ne fallait pas traîner dans les parages. Des fois que les ninjas se mettent en tête de nous poursuivre, dès qu'ils auraient dessoûlés. Ils ne savaient pas que le diamantaire avait cassé sa pipe, et on leur avait volé leur lingot d'or ambulant.

Il fallait trouver assez d'essence pour le trajet et les stations-service étaient plutôt rares dans cette région, mais Batnasan savait comment s'y prendre : nous allions payer le double du prix habituel chez des nomades, car chacun faisait des provisions pour l'hiver.

Il a démarré et on a repris la route, longue et cahoteuse.

Un peu comme ma vie, j'ai pensé depuis que j'avais passé la quarantaine.

Des heures de piste nous attendaient.

J'ai eu tout le temps de réfléchir à la situation.

Le diamantaire connaissait-il maintenant le secret de l'après-vie ?

Planait-il dans l'au-delà, vers l'éternité ? Avait-il vu la lumière blanche et le bout du tunnel ? Était-il dorénavant une âme errante qui s'élevait vers le bonheur impalpable ? Était-il devenu une entité ? Un fantôme ? Nous voyait-il en ce moment même ? Alors que son corps était encore parmi nous, au milieu du désert de Gobi…

Qu'est-ce qui m'arrivait de penser à ce genre de trucs ?

L'effet Mongolie, aurait dit Pat.

Le chien, lui, ne se posait pas toutes ces questions.

Il léchait ses plaies, en me regardant avec des yeux bienveillants, reconnaissants.

– 10 –

Timberland, Glock et vieux fusil

Nous roulions depuis une heure, après une cinquantaine de bornes, entre Nomgon Uul et Bulgan, lorsque la fusillade a éclaté.

Au premier coup de feu, Diane a reçu une balle en pleine tête, qui l'a tuée sur le coup.

Batnasan a fait une embardée, de manière à ce que nous puissions sortir à couvert, en me criant de me baisser (ce que j'avais évidemment fait). Il a ouvert sa portière pour se cacher derrière et pouvoir répliquer. Dans la panique, je me suis niqué la cheville, restée coincée sous le siège, à cause de ces putains de Timberland ! Trop grosses, trop lourdes, trop chères, ces pompes de cosmonaute.

Un vrai guet-apens. Nous étions clairement attendus.

Les tireurs, sans doute positionnés derrière des rochers, avaient pris soin d'être à bonne distance de toute habitation, pour que leur embuscade n'alerte personne.

La fusillade a cessé aussi vite qu'elle avait commencé.

J'y connais pas grand-chose en machines-à-tuer-son-prochain, mais les gars avaient l'air bien outillés.

Batnasan s'était servi de son vieux fusil.

Je le revois, comme au ralenti, cassant son arme en deux, sans précipitation, après avoir sorti deux cartouches de sa poche, les introduire dans les canons et refermer d'un coup sec. Il épaulait, visait : boum ! boum ! J'ai tenté de l'imiter. Mais alors que je tentais de mettre une balle dans la culasse de mon Glock, elle m'a échappé des mains. Je tremblais, pas de peur mais d'énervement. Où donc était tombée cette fichue cartouche ?! J'ai fini par la retrouver et tirer, au jugé, les bras au-dessus du toit de la voiture, sans viser. Pas question d'offrir ma jolie gueule comme cible. Habitude de grand…

J'aurais dû utiliser ma kalach, comme à l'entraînement de Terelj.

Mon erreur fut de vouloir utiliser le Glock, prêté par Diane, malgré les mises en garde de Batnasan : *« Too far ! »*, il avait glapi entre deux salves. Cette arme ne pouvait pas être efficace à cette distance. Mais moi, quand on me tire dessus, je réponds avec ce que j'ai sous la main.

Je crois n'avoir touché aucun de nos agresseurs (au nombre de deux, d'après Batnasan), mais ils ont cessé de nous mitrailler. Nous les avons canardés suffisamment pour qu'ils constatent qu'on était ferraillés comme des Manouches, et pas des poulets de batterie résignés à se laisser abattre.

Après le premier assaut (car il y en a eu un autre), Batnasan a demandé :

– *Are you OK, Jérôme ?*

J'étais à moitié sourd, à cause des détonations.

– *Yes but Diane is dead I guess.*

– *I know.*

– Tu crois qu'ils vont revenir ?

– *No, because we have guns.*

– *Are you sure ?*

– *Nop !*

– Qui nous tire dessus, les ninjas ?

– *Nop*, pas ninjas.

– Qui alors ?

– *I don't know, but they have automatic guns. Like military or police.*

– Qu'est-ce qu'on peut faire ?

– *Fight*, pas bouger.

Pas bouger ? Cette façon de me parler m'a fait penser au chien, que j'avais appelé Buck, en clin d'œil à *L'Appel sauvage*, de Jack London. Sans doute s'était-il carapaté.

Batnasan a essayé de redémarrer la bagnole, mais elle était H.S. Pneus crevés, carrosserie criblée de balles, vitre avant côté passager éclatée. Impossible de se barrer de ce trou en voiture.

C'était un miracle que nous soyons encore vivants, pas même blessés, ni lui ni moi. À part ma cheville de m…

J'ai dégainé mon téléphone portable, par réflexe, mais, constatant qu'il y a autant de réseau dans le désert de Gobi que de fric sur mon compte en banque, j'ai pesté contre Pat qui aurait dû nous confier un téléphone satellitaire. « Ça coûte la peau du cul, ces engins-là », il avait objecté.

Nous sommes restés un petit moment comme ça, cachés derrière la voiture, en espérant voir un nuage de poussière annonçant le décrochage des enfoirés qui avaient tué Diane. Je l'avais presque oubliée, celle-là. En un sens, elle m'avait sauvé la vie, puisqu'elle avait lourdement insisté pour rester assise à la place du mort.

J'étais resté sur la banquette arrière, légèrement penché, tête sur le côté, lorsque la première balle l'avait atteinte en plein front.

J'étais préoccupé, contrairement à Batnasan qui ne croyait pas à un nouvel assaut. Je sentais, moi, que nos agresseurs allaient se manifester à nouveau, pour finir le travail. Ils avaient dû nous mater avec des jumelles, et constater que deux cibles bougeaient encore. Et ça n'a pas raté.

Une minute à peine après la première salve, les balles ont à nouveau fusé sur la tôle de la voiture. On était marrons pour la caution… Mais cette fois Batnasan, qui m'avait emprunté la kalach, a répliqué plus vite, me laissant son vieux fusil pas si pourri que ça en réalité, car nous avons dû en toucher un. Que j'ai entendu gueuler, au loin, avant que les mecs se cassent finalement dans le grand nuage de poussière espéré.

– On fait quoi maintenant ?, j'ai demandé à Batnasan.

– *Me waiting, you sleeping.*

– Moi, dormir, avec ce qui vient d'arriver ?!

– *They don't come back.* Je chercher *help*.

– Tu vas aller chercher du secours ?

– *Yes. First ger not far. They have phone satellite, good for us.*

– Tu reviens, hein ?

– *Of course. Take the kalach with you. There are wolves here.*

– Des loups !?

– *Of course. Keep the dog with you.*

– S'il revient…

La *ger* « pas très loin » évoquée par Batnasan pouvait se trouver à une vingtaine de kilomètres, comme à une centaine. Mais je ne pouvais pas lui en vouloir. Plutôt que de rester avec moi, sur place, à ne rien faire, Wolfman avait décidé d'agir sans tarder ; comme un vrai guerrier mongol qu'il était. Et ça m'allait bien comme ça.

J'allais donc attendre qu'il revienne avec les secours.

De toute manière, je pouvais à peine marcher, avec ma cheville foulée. J'allais devoir survivre avec ces deux cadavres dans les pattes.

Je pensais les enterrer mais avec quoi ?

La terre était tellement dure, en cette fin d'hiver.

À ma grande honte, la mort de Diane ne m'avait pas spécialement peiné. J'étais juste effaré et sur le pied de guerre. Tous les sens en éveil. C'était la première fois qu'on me tirait dessus. Instinct de survie. Je ne comprenais pas vraiment ce qui venait d'arriver. J'avais déjà entendu des fusillades, au loin, ou bien j'étais arrivé après coup, mais jamais je n'avais servi de cible.

Là, les projectiles avaient ricoché, comme une pluie

battante, autour de moi. Non, je ne réalisais pas. Ça ne pouvait pas m'arriver. J'étais né sous une bonne étoile. La preuve…

Aucune balle ne m'avait atteint.

C'était aussi la première fois qu'une personne se faisait exploser la tronche sous mes yeux. C'était dégueulasse. Il y avait du sang et des bouts de cervelle partout sur le tableau de bord. Sans compter l'odeur… Diane s'était chié et pissé dessus. J'ai senti monter l'envie de vomir. Mes mains se sont mises à trembler. Je me suis forcé à respirer profondément. « Calme-toi, Jérôme. C'est fini. »

Voilà ce qui m'a fait flipper. Que mes filles apprennent que leur père était mort en Mongolie, dans le désert de Gobi.

Que lirait-on dans la presse, à l'annonce de ma disparition ?

Le corps de l'ex-journaliste Jérôme Beauregard (45 ans), récemment disparu en Mongolie, a été retrouvé dans le désert de Gobi. Sans doute mort de faim et d'épuisement, il était accompagné de deux autres personnes – un homme et une femme, cette dernière aurait été touchée par une arme à feu – et d'un chien, tous en partie dévorés par les loups. La police mongole mène l'enquête. Toutes nos pensées vont à sa famille et à ses amis.

Qui me pleurerait ? Quelques ami(e)s.

Ma famille, c'était l'hécatombe et ça n'avait jamais été mon truc.

Quelques femmes, peut-être… Mes filles, bien sûr.

Putain mes filles ! « On dit que votre père a été dévoré par des loups », on leur demanderait. « Portnawak, elles répondraient. Il vit toujours, parmi eux. Et c'est lui qui les mord ! » Bien dit, mes filles !

Non, je n'allais pas mourir dans le désert de Gobi.

Dévoré par les loups, encore moins.

Par les vautours, vous voulez rire !!

Je n'avais pas eu le temps de gamberger pendant la fusillade.

Il fallait se couvrir. Répliquer. Faire mouche, si possible.

J'avais envie de secouer Diane et de la réveiller : « C'est bon, allez, arrête de déconner, ils sont partis, tu peux te relever. »

Mais elle ne bougeait pas. Elle ne bougerait plus.

Ma chance allait-elle tourner ? Je me suis promis que, si je m'en tirais, à mon retour à Oulan-Bator j'irai voir un (bon) chaman.

– 11 –

Lao-tseu, tête de mort et méditation

Avant de partir, Batnasan m'avait assuré que si je marquais mon territoire les loups ne s'approcheraient pas trop près.

J'avais donc soigneusement uriné autour de la bagnole, imité par le chien, qui était revenu la gueule ensanglanté et de la bave jusqu'aux oreilles. Les loups l'avaient sans doute coursé.

Buck était coincé avec moi et les deux cadavres.

En réalité, ce n'étaient pas les loups que je craignais le plus, mais les hommes. Et si les tireurs revenaient ? J'allais devoir les affronter seul.

Avec le chien.

Batnasan m'avait un peu rassuré en prenant la direction d'où étaient partis les tirs. Étant donné la manière dont nous avions répliqué, ils avaient laissé tomber. C'étaient des lâches, d'après lui.

Avant son départ, je lui ai demandé ce qu'il avait dit aux ninjas pour qu'ils restent sans réaction. Batnasan m'a répondu qu'il leur avait affirmé être le petit-fils d'un chaman et que les esprits de la montagne allaient venir les hanter s'ils gardaient l'étranger prisonnier.

Si les esprits et les chamans étaient avec moi, alors…

J'ai fait un feu.

Et attendu.

Je n'ai commencé à m'inquiéter qu'au troisième jour.

J'ai eu faim. Tellement faim. Et de plus en plus froid.

Au cinquième jour, j'ai commencé à avoir des hallucinations, des maux de tête, je perdais de l'acuité visuelle.

Comme je n'avais presque plus d'essence dans mon Zippo et que le bois était rare dans ce désert, à part de petits fagots qui flambaient comme de la paille, j'ai commencé à brûler les pneus du 4 X 4.

Je pensais qu'on verrait la fumée noire de loin.

Mais le vent soufflait très fort.

Ce qui aplatissait la fumée et la rendait moins visible.

Et moi j'en avais plein le nez et les yeux.

Ça puait déjà assez comme ça !

Qu'est-ce qu'il foutait, Batnasan, merde ?!

Il ne pouvait pas m'avoir abandonné.

Et si les tueurs l'avaient intercepté ?

Je me suis raisonné.

S'il n'était pas déjà revenu, c'est qu'il n'avait pas encore trouvé de *ger*, ou alors qu'il avait été obligé de repasser d'urgence à UB.

Retenu par Pat ? Impossible.

Batnasan savait se débrouiller dans la nature.

Il était fiable.

Patience.

Je me suis souvenu d'un message écrit dans un couloir du Zaya Hotel :

« *Le plus tendre en ce monde*
Domine le plus dur.
Seul le rien s'insère dans ce qui n'a pas de failles.
À quoi je reconnais l'efficace du non-agir. »

Il en avait de bonnes, ce bon vieux Lao-tseu !

Je n'avais pas beaucoup de moyens d'action, mais je n'allais quand même pas rester sans agir. D'ailleurs, avais-je bien fait jusque-là ?

Cette histoire de ninjas sentait le pâté, depuis le début.

Se faire passer pour le fils d'un diamantaire, c'était du grand n'importe quoi. Alors pourquoi y étais-je allé quand même ? Pourquoi je buvais autant ? Pourquoi je fumais trop ? Pourquoi je mangeais trop ? Pourquoi je dépensais trop ? Pourquoi je n'aimais que des chieuses ? Pourquoi ? Pourquoi ? Pourquoi ?

Je n'avais que ça à faire, cogiter.

Oui, pourquoi je faisais toujours les mêmes conneries ?

Pourquoi Pat m'avait-il dressé un portrait si séduisant, trop gentil, de Diane ? C'était supposé être une *warrior* !

À moins qu'ils aient tout inventé : des mythos !

Surtout Pat, qui ne pouvait soi-disant pas sortir de chez lui et avait perdu la voix ?!

Allait-il tout faire pour me sortir de là... dès que

Batnasan arriverait à le joindre ? Sacré Wolfman ! S'il n'avait pas été là, les ninjas m'auraient enfermé avec le daron. Torturé, peut-être.

Batnasan, t'es où ?!

Buck m'écoutait en penchant l'oreille.

Qu'est-ce que je fous ici, je me demandais, putain ?!

Tout était parti d'une tête de mort.

La tête de mort des photos du cadavre bouffé par les vautours.

La tête de mort du bureau de Pat.

La tête de mort de Diane, explosée à la place du mort.

La tête de mort du diamantaire.

Je la sentais s'approcher, me narguer, m'encercler.

Cette putain de mort !

L'étau se resserrait.

Une bonne vingtaine de mes amis, ou connaissances étaient déjà cramés avant la cinquantaine.

Mes grands-parents étaient morts.

Mon père était mort.

Ma mère s'approchait de la faux soyeuse…

Après elle, ce serait à mon tour.

J'allais devenir le chef de famille, comme on dit.

Que deviendraient mes filles, sans moi ?

Bah, elles se débrouilleraient très bien.

Sans doute mieux qu'avec moi dans les pattes.

Sans se poser toutes ces questions à la con.

On appelle ça l'instinct de survie.

J'avais rempli ma mission de papa graine…

Apporté mon écot à l'humanité : donner la vie.

Mektoub, comme ils disent au Maghreb.

Ce qui est écrit est mon destin.

J'ai attisé le feu.

Un désir de vengeance mûrissait en moi. Ces cons avaient réveillé mon instinct guerrier. Maintenant, je voulais en découdre. À la première occasion, j'allais défoncer les salopards qui avaient tenté de nous descendre tous. J'ai vérifié l'état de mon Glock. La culasse n'était pas complètement revenue en arrière, signe qu'il me restait encore une ou deux balles

Je me suis rappelé qu'il y avait six litres de sang dans une personne de ma corpulence et de mon poids. En cas de besoin, je commencerai par boire ma pisse. Paraît que c'est bon pour la santé. Et, s'il le fallait, je tuerai le chien pour boire son sang et manger sa chair. Je ferai un manteau de sa fourrure avec Jeremiah Johnson.

La Mongolie, comme le Tibet, se prête bien à la méditation.

Ci-gît l'homme assagi.

J'étais composé de milliards d'atomes.

Autant que d'étoiles dans le ciel. Ce n'était pas une dizaine de loups qui allaient me faire peur. Ils rôdaient pourtant de plus en plus près.

Je les apercevais, de l'autre côté d'un talus. Le plus grand, sans doute le mâle alpha, le chef de meute, était blanc. La femelle, grise, plus fine. Dans les cinquante à soixante kilos chacun. Pas plus gros que des huskies. Buck était bien plus imposant qu'eux. Et moi, plus grand.

Je me suis même levé, d'un bond, pour mieux les avoir dans mon champ de vision. De visée. Et je me suis adressé à eux :

– Les loups ! Aaaahhoouu !!! Vous m'entendez ? Mon heure n'est pas venue. Passez votre chemin ! Ou je fais du gigot de vous… Aaahhhooouuuu !!!

Les deux meneurs se sont figés.

Comme Buck, d'ailleurs.

Ils étaient pétrifiés sur place.

Les loups me jaugeaient, à bonne distance.

Moi, je les fusillais du regard : barrez-vous, putain !

Mais les loups ne bougeaient toujours pas, me transperçant de leurs yeux froids comme des lames.

– 12 –

Confusion, Confucius et la petite voix

Au sixième jour, un immense œil noir me scrutait dans le ciel.

Gonflé de nuages, prêts à éclater.

Il n'allait pas tarder à pleuvoir, ou à neiger.

Je suis rentré m'abriter, avec Buck, dans l'épave de voiture.

Le gel s'insinuait partout, la nuit, à cause du pare-brise explosé.

Heureusement qu'il y avait le chien, contre lequel je me collais pour supporter le froid. Il puait, plus que les cadavres, mais qu'est-ce qu'il était confortable et chaud ! Une vraie peluche géante. Je me félicitais d'avoir récupéré ce mastard. Une boule de poils odorante. Mon nounours !

Pour tromper la faim, j'ai relu mes notes sur les

mines d'or et d'uranium en Mongolie, qui devaient me servir à écrire un article destiné à la presse française. Une idée de Pat.

Je m'étais bien documenté avant de partir.

La Mongolie n'était pas la Terre promise décrite dans certains médias.

Mais un pays singulier, où le Premier ministre peut se permettre d'adresser un SMS à chacun de ses 3 millions d'administrés, pour savoir s'ils sont d'accord pour poursuivre les investissements dans le secteur minier. Moi, j'allais décrire l'envers du décor.

Des phrases moulinaient dans mon cerveau fatigué.

L'exploitation minière intensive du sous-sol mongol accentuait les inégalités. Provoquait de graves déséquilibres environnementaux.

Et n'enrichissait que les multinationales et une poignée de nantis locaux.

Des maladies, liées à la pollution de l'air, de l'eau et des sols, avaient fait leur apparition. L'horreur ! L'horreur !

L'exode rural étouffait Oulan-Bator, devenue la capitale la plus polluée de la planète. L'horreur ! L'horreur !

Il fallait que je mange.

Putain ! Ce que j'avais faim et froid. Impossible de dormir plus d'une heure ou deux par nuit, tant je grelottais. Mes orteils commençaient à s'ankyloser. Je ne cessais de taper des mains pour relancer la circulation sanguine.

Les deux cadavres sentaient la charogne.

Et si je tentais d'en manger un morceau avant qu'il ne soit trop tard ? Ça s'était déjà vu : des rugbymen survivant à un crash aérien.

Mais l'odeur des cadavres me donnait la nausée.

Je devais tenir. En attendant Batnasan, j'avais de quoi me défendre.

Il me restait des balles dans le Glock et j'avais toujours le petit pistolet de Pat dans la poche.

Il s'est mis à pleuvoir de la neige fondue.

Ne pas paniquer.

J'étais vivant.

Avec Buck à mes côtés, lui aussi de plus en plus affamé.

Il ne cessait de tourner autour des corps.

Du calme… Du calme…

Il fallait que je me calme.

Je me suis calmé.

Le tonnerre a grondé.

J'avais envie de dormir mais j'ai commencé à craindre de ne pas me réveiller. Je ne devais pas m'endormir… si je m'endormais… je risquais de… ne pas… me… rév…

Maintenant que tu sais que les loups s'attaquent parfois aux êtres humains, est-ce que tu réalises qu'il y a du sang séché partout dans la voiture, et deux cadavres avec toi ?

C'était la petite voix qui me parlait.

Ça m'a réveillé brusquement.

Elle avait raison, ma petite voix, une fois encore.

C'était un vrai garde-manger pour les loups.

J'étais blessé donc une proie idéale.

Ils avaient sans doute remarqué que je boitais.

Plus question d'espérer partir à pied.

Pour aller où, d'abord ?

– Dégagez !, j'ai à nouveau hurlé aux loups.

Buck s'est mis à aboyer.

J'ai pris la kalach pour donner des coups de crosse dans la tôle de la voiture : chbong ! chbong !

– Voilà ce qui t'attend, si tu t'approches encore, le chef des loups !

Ouarf ! Ouarf !, approuvait Buck.

Est-ce que j'avais peur ?

Passez-moi la bouteille !

Disons plutôt que j'étais inquiet, focus, aux aguets.

Au petit matin, le ciel était redevenu blanc comme du lait.

Je ne distinguais plus le sol enneigé de l'horizon.

J'étais frigorifié. Mais je ne pouvais pas rester enfermé dans la voiture. J'ai soudain eu une idée : j'allais confectionner un collier antiloup. Un collier clouté, genre sado-maso, que les bergers mettent à leurs chiens pour qu'ils ne puissent pas se faire égorger. J'ai démonté un enjoliveur et commencé à bricoler un truc.

Idée que j'ai abandonnée au bout de vingt minutes, après m'être bousillé un doigt.

J'ai ensuite imaginé confectionner un piège à loup, avec un collet à nœud coulant. Ça, c'était dans mes cordes. J'avais appris à faire ça en colo. J'ai sorti mon Laguiole et cherché de la corde, ou tout au moins de la ficelle. Walou ! J'ai aussitôt abandonné.

J'en aurais fait quoi, de toute façon ? Je n'allais pas étrangler tous les loups les uns après les autres ?! Quoique… le meneur, rôti sur le feu. Putain ! Ce que j'avais faim. Mon estomac protestait, se tordait.

« Six litres de sang, je me répétais, il y a six litres de sang dans le corps humain. Douze litres dans ceux de Diane et de Marcel : et si j'en faisais du boudin ?! » Mais je n'étais pas encore assez affamé pour couper dans le tas. Et puis leur odeur ne donnait vraiment pas envie.

Qu'est-ce que j'en avais à foutre, après tout ?

Diane et le diamantaire n'étaient pas mes amis.

Seulement des membres de mon espèce.

Je me suis mis à hurler comme un loup : Aaaaahhoouuuu !!!

Buck m'accompagnait en aboyant.

Pas question pour lui de chanter comme un loup, son ennemi héréditaire.

Les loups nous ont répondu et se sont mis à hurler de concert.

Aaaaaahhooouu !!!

C'était plus fort qu'eux.

Un réflexe atavique.

The fucking call of the wildernessssss !

Aaaaaahhoouuuuhhh !!!!

J'ai remis le peu de bois qu'il me restait sur le feu. Et un autre pneu. Déjà deux pneus de brûlés. Ça puait encore plus. Tout puait autour de moi. Ça puait la mort !

Avec cette sale fumée noire, je devais puer aussi.

J'ai arraché, déchiré tout ce que je pouvais dans la bagnole pour le brûler. Et ça s'est mis à empester davantage.

Le propriétaire de la société de location n'allait pas être content…

La harde de loups a fini par se disperser.

Mais j'étais sûr qu'elle allait revenir.

Si Batnasan ne réapparaissait pas d'ici deux jours, j'étais bien décidé à leur livrer un des cadavres.

Comme une offrande.

Honneur aux dames.

J'allais opter pour Diane.

Lui découper une bonne tranche de fesse avant.

Après tout, on en avait fait des héros, au début des années 70, de ces membres d'une équipe de rugby uruguayenne qui avaient mangé de la chair humaine pour survivre. Une attaque à l'arme à feu… – et aux loups –, ça valait bien un crash d'avion dans la cordillère des Andes !

J'avais tellement faim, putain ! Et sommeil aussi. Tellement sommeil… Que j'ai fini par m'endormir à nouveau.

Et le rêve s'est répété. Le même rêve se répétait.

On me tirait dessus. Je tentais de me cacher.

De me camoufler. De faire corps avec la nature.

Et je me transformais en loup.

J'étais devenu un loup.

Qui grognait : grrrrrrrrrrrrrrrr !

Ah non, c'était Diane qui grognait.

Mais Diane ne pouvait pas grogner.

Ronfler à la rigueur, mais pas grogner.
Elle ne pouvait pas ronfler non plus.
Puisqu'elle était morte.
Je devais me réveiller.
Réveille-toi, Jérôme…
Il se passe quelque chose de bizarre.
Réveille-toi !
RÉVEILLE-TOI !

– 13 –

Diane ressuscitée

J'ai ouvert un œil, sans comprendre ce que je voyais.

Diane tressautait dans tous les sens, comme la gamine possédée de *L'Exorciste*. Le cerveau ensuqué par le sommeil, j'ai fini par réaliser ce qui se passait. Le bras de la Québécoise était happé par la gueule d'un loup, qui tirait dessus, depuis l'autre côté de la vitre.

Et c'était Buck qui grognait comme un enragé.

– Lâche-la ! Dégage !, j'ai gueulé, avant de prendre la kalach et de tirer en l'air.

BANG ! Dans le toit du 4 X 4…

Mais quel con ! J'aurais pu me blesser.

J'ai ouvert la portière, Buck a sauté de la voiture pour attaquer les loups. Seul contre deux, pendant que je m'occupais de celui qui était occupé à mastiquer Diane, tous crocs dehors.

J'ai sorti le Glock de ma poche.

Bang ! Un nouveau coup de feu a claqué.

Le loup qui s'en prenait à Diane a détalé, avec dans sa gueule ce que j'ai d'abord pris pour un bout de manche de sa doudoune.

J'ai attrapé la dépouille de Diane pour la tirer à l'intérieur de la voiture et constaté qu'il lui manquait l'avant-bras, arraché jusqu'au coude.

Je suis sorti pour venir en aide à Buck mais il avait disparu dans la nuit, à la poursuite de la meute en furie.

J'ai eu beau appeler : « Buck ! Buck ! », ce n'était pas son nom mongol, ça ne servait à rien.

À l'aube, j'ai décidé de me débarrasser des cadavres.

En tout cas de les éloigner de moi.

C'était devenu intenable dans la bagnole, à cause de l'odeur.

Me sont revenus les mots d'Héléna : « Ne retourne pas en Mongolie. Ça peut être dangereux pour toi. » Où pouvait-elle être, en ce moment ? À Moscou ? À Paris ? Dans un pays du Golfe ?

J'ai à nouveau broyé du noir. Et si le chaman qui avait prédit la mort de Pat ne s'était trompé que d'une case dans sa prédiction ? Et si c'était à mon tour en fait ?

J'étais à deux doigts de bouffer de la viande humaine faisandée.

J'hésitais à partir à pied, clopin-clopant, pour tenter ma chance loin de ce lieu lugubre. Il ne manquait plus que les vautours au tableau.

J'entendais déjà le flap-flap de leurs ailes.

J'étais bon pour le voyage sans retour.

Flap-flap-flap-flap, le bruit était de plus en plus fort.

Tout s'est mis à voler autour de la voiture.

J'ai levé les yeux. Dans un vacarme de fin du monde, l'hélicoptère de l'armée mongole a atterri à vingt mètres de la voiture.

J'ai tout de suite reconnu Batnasan, sautant de l'appareil pour courir dans ma direction, avec Pat derrière lui, qui faisait de grands moulinets avec les bras.

On m'a d'abord donné à boire. Puis j'ai insisté pour embarquer les corps de Diane et du diamantaire, rien à faire.

On manquait soi-disant de place.

Les effusions avec Pat furent rapides.

Il m'a tendu un sandwich, que j'ai dévoré.

L'hélico a redécollé.

La bouche encore pleine, j'ai demandé à Batnasan d'ordonner au pilote de faire une rotation, sur un ou deux kilomètres, au cas où on apercevrait Buck. Aucune trace. Je ne l'ai jamais revu. Même les loups avaient disparu.

Ce n'est qu'après avoir avalé le pain à la viande de mouton et bu un litre d'eau que j'ai pu écouter les explications de Pat. Ou celles de Batnasan, plutôt, puisque avec le bruit des pales de l'hélico je ne comprenais rien… de ce qu'il n'essayait pas vraiment de me dire, d'ailleurs, puisqu'il écrivait sur les feuilles qu'il arrachait d'un calepin et me tendait.

Aphonie complète. Ça doit être dû à un choc psychologique, m'a dit le docteur.

– Quel choc ?!, j'ai râlé dans la cabine. Moi, j'ai été choqué… Diane et le diamantaire ont été choqués… Dans quel merdier tu m'as fourré, putain !?

Je surveillais tes arrières, il a écrit.

– Tu rigoles ?? On m'a tiré dessus. J'ai failli me faire bouffer par des loups ! Sans oublier Héléna qui m'a étranglé !!

Tu voulais vivre l'aventure ! T'as été servi, mon pote. Pour Diane et le diamantaire, je me charge de prévenir les familles et la police.

– Je veux mon fric, Pat…

Je suppose que tu as récupéré la bague du diamantaire ?

– *In the pocket !*

Garde-là. Elle est pour toi.

– J'y comptais bien. Que vont devenir les cadavres ?

Les vautours vont s'en charger… Si c'étaient de mauvaises personnes, les loups n'y toucheront pas, souviens-toi.

– Va bien falloir signaler leur disparition.

Je m'en occupe, je te dis. Tu as assez donné de ta personne.

– Ah, ça, j'te l'fait pas dire !

Batnasan va s'occuper des salopards qui vous ont tiré dessus.

– Je veux l'aider à choper ces salauds.

Peu importe la couleur du chat, ce qui compte c'est qu'il attrape les souris.

– Y a forcément un rapport avec le diamantaire…

Le rapport, c'est moi. On veut me faire quitter le pays.

– Vu les dégâts collatéraux, tu devrais peut-être te poser sérieusement la question…

On parlera de tout ça à UB.

– Et maintenant, qu'est-ce qu'on fait ?
Une bonne bouffe !
– Et si la police m'interroge ?
On ne te demandera rien, fais-moi confiance.
– C'est impossible.
Tu oublies qui est mon voisin à UB…

– 14 –

Poker menteur à Oulan-Bator

Pat a insisté pour que je dorme chez lui, au… palais présidentiel (c'était tout comme). Je lui ai répondu que je préférais rentrer à mon hôtel mais que j'acceptais volontiers son invitation à dîner. Zulaa m'a fait couler un bain et a préparé un pot-au-feu, dont je me suis délecté jusqu'aux trous de nez.

Pour la petite histoire, Batnasan avait mis deux jours avant de tomber sur une yourte, à une bonne cinquantaine de kilomètres. Mais ces nomades-là n'avaient pas de téléphone satellite. Il avait dû emprunter la moto du chef de famille pour rejoindre Dalanzadgad et prévenir Pat. Ce qui lui avait pris une journée supplémentaire. Puis vingt-quatre heures avaient été nécessaires à Pat pour trouver un hélico capable de voler sur une aussi longue distance. Tout ça grâce à son ami, le général Munkhnaran. Enfin, il avait fallu trouver le pilote, le carburant et réunir les autorisations de vol. Mais Batnasan avait dû retarder son départ d'un jour à cause d'un problème personnel. Restait à retrouver ma trace dans le désert de Gobi. Presque une semaine s'étaient écoulée depuis le premier coup de feu.

Pendant le repas, Batnasan s'est excusé d'avoir été si long à revenir. Il s'est dit désolé que ça ait si mal tourné pour Diane et le diamantaire. Alors que Pat semblait s'en taper comme de sa dernière pute. Tandis que ce dernier ouvrait l'inévitable bouteille de vodka Gengis Khan, j'en ai profité pour lui demander ce qu'il avait foutu pendant ce temps-là.

J'ai avancé dans mes investigations, a écrit Pat sur un carnet que lui tendait Zulaa. *Figure-toi que mon vieux copain flic m'a tuyauté. Étude du crâne, dentition : le cadavre de la montagne est un cousin de Batnasan.*

– Celui qui était S.D.F. à Paris ?!

Faut croire que quelqu'un lui a payé l'avion…

Il avait dit ça comme s'il s'agissait d'un détail anodin.

Je me suis tourné vers Batnasan pour lui présenter mes condoléances.

– *My cousin, Nogi, was a ninja*, il a commenté d'un air contrarié.

– C'est donc aussi de ça que tu as parlé avec leur chef, Nergui ?

– *Yes. Before going to France and army, my cousin worked in Gobi, to find gold.*

Je me suis tourné vers Pat :

– Tu savais que le cadavre bouffé par les vautours était le cousin de Batnasan ?!

– Négatif, il a chuchoté.

– J'aime pas quand tu mens.

Pat s'est rué sur son carnet de notes :

Je ne t'ai pas dit toute la vérité, nuance. Quand j'ai reçu les photos, je ne savais pas de qui il s'agissait. Je te jure. Je l'ai su après.

– Après quoi ? Et comment tu t'y es pris ?

Quand j'ai trouvé le crâne sur mon paillasson, j'ai évidemment fait le rapprochement avec les photos du cadavre bouffé par les vautours.

– Photos envoyées par ton grand ami… le général Munkhnaran !

Oui et j'ai demandé à mon autre ami, policier celui-là, de procéder à un test ADN, comme tu me l'avais suggéré, qui a mené… à la famille de Batnasan.

– Tu ne trouves pas ça incroyable ? Pourquoi tuer ce pauvre Nogi ?

Ce n'est évidemment pas un hasard. Ce n'était peut-être qu'un S.D.F., mais surtout un proche de mon bras droit.

– On l'aurait tué juste pour te faire chier ? Ça ne tient pas…

Ici, c'est la Mongolie. Tu ne les connais pas…

– Gna gna gna, et les Mongols sont des loups, je sais ! Je répète : quel est le lien entre toi, le diamantaire et le cousin de Batnasan ?

Sur ces mots, ce dernier s'est levé de table pour partir, sans dire au revoir. Pat a fait mine de ne pas y prêter attention. Je n'en apprendrais pas plus, ce soir-là.

De toute façon, j'étais trop épuisé. Ce que je voulais, c'était mon lit. Moi aussi j'ai pris congé. Enebish m'a ramené à mon hôtel, où je me suis effondré sur mon lit pour en écraser une douzaine d'heures.

– 15 –

Un détective, ça détecte énormément

Au réveil, je me suis senti patraque. J'avais l'estomac tordu et la nausée. J'ai ouvert les rideaux et regardé par la fenêtre. Il neigeait tellement que je ne pouvais plus voir les montagnes qui encerclaient la ville. J'ai jeté un œil sur la cour immaculée et avisé un clochard, le corps bardé de sacs en plastique, comme s'il portait des haillons. Ce qui le faisait ressembler à un déchet ambulant. J'ai observé son manège un moment, en espérant que mon mal de ventre passe. Il récoltait des cannettes et des bouteilles dans le vide-ordures du bâtiment voisin. On aurait dit un rat géant. Ça n'a pas arrangé mon mal au cœur. Je ne sais pas si c'était le lait en brique offert par Enebish, ingurgité la veille, mais ça gigotait dans mes intestins comme dans un remake d'*Alien*.

J'ai dû courir me soulager aux toilettes. Tourista ou gastro ? Seule certitude, j'avais les boyaux au bord des lèvres. Et, tout en me vidant les tripes, j'ai eu l'intime conviction que quelque chose ne collait pas dans les explications de Pat, qui contrastaient avec le sombre silence de Batnasan.

Il était temps de me rencarder sur ce Nogi d'où tout était parti. C'était à cause de son cadavre, apparu en photo sur mon PC, que je me retrouvais dans cet imbroglio. Un cadavre, avec les mains attachées dans le dos, escorté dans cette macabre mise en scène par trois compagnons casqués, qui rendaient la présence des vautours presque sympathique.

Ma petite voix me disait de refaire un tour dans la boîte à putes, où Pat avait tué un « petit » Chinois, pour interroger le manager. Solongo, qui y avait travaillé un temps, a accepté de m'accompagner pour assurer la traduction. D'après elle, le mac était connu pour être un membre d'une triade de Hong Kong. Je devais donc y aller avec des pincettes.

Impossible de débarquer les mains vides, surtout après la bagarre à laquelle j'avais participée, peu après mon arrivée, en guise de bizutage. Je devais lui offrir un cadeau. Me souvenant qu'il avait flashé sur mon cigare, je lui en ai tendu un, à bout de bras, comme le veut la tradition. J'avais légèrement penché la tête, en signe de respect. Le mac a accepté mon cadeau. En échange, il m'a proposé un verre. Vodka ? *Da* ! Est-ce que je connaissais son pays d'origine ? Oui, j'ai répondu. J'y avais voyagé, au début des années 90, de Beijing à Canton, en passant par Shanghai, avant de naviguer jusqu'à Hong Kong et Macao.

Au quatrième verre, après avoir parlé football, je suis allé droit au but : était-il présent le soir où Pat avait tué son employé ?

Solongo s'est raidie. Je lui ai intimé l'ordre de continuer à traduire, tout en lui demandant d'insister sur le fait que je savais l'antagonisme qui existait entre la Chine et la Mongolie, comme le sort réservé aux Chinois par les nationalistes. Bref, je compatissais. En France aussi, on connaissait parfois ce genre de problèmes graves…

Oui, il était présent.

Avait-il participé à la première bagarre avec les gardes du corps de Pat ?

Oui, une fois encore.

Les Chinois avaient-ils perdu le combat, comme le soutenait Pat ?

Évidemment que non !

Parce qu'ils pratiquaient les arts martiaux ?

(Solongo m'a fait répéter la question.)

Bien entendu. Ils avaient grandi en regardant les films de Jackie Chan.

Son employé, décédé, avait-il déjà eu maille à partir avec Pat ?

Non.

Avec les nationalistes mongols, alors ?

Le mac a tenté de tergiverser.

Lui-même était-il toujours membre d'une triade ?

(Je voulais qu'il sache que j'étais bien renseigné, il a acquiescé.)

Ses parents, ou grands-parents, avaient-ils été membres du Parti communiste chinois ?

(Cette fois Solongo m'a regardé comme si j'étais devenu fou.)

Oui. Pendant la Révolution culturelle… il avait bien fallu.

Il devait donc savoir que le père de celle qu'on appelle la « Milliardaire rouge » l'était aussi.

(Un ange était passé, il se demandait sans doute pourquoi toutes ces questions saugrenues, mais il avait répondu.)

Gao Xiao-Lin (j'apprenais enfin son nom à cette « Chinoise ») était une héroïne incontournable dans le bizness avec la Chine, avait-il confirmé fièrement.

Les nazis étaient leurs pires ennemis, comme les nationalistes mongols qui se réclamaient des mêmes idéaux.

(Solongo, qui s'enflammait en traduisant, n'avait pas l'air d'accord.)

S'il savait quelque chose, il devait me parler, pour défendre l'honneur de l'empire du Milieu.

Et bim ! Le gérant du claque a déballé ce qu'il savait.

Son employé possédait un side-car convoité par les *bikers* des Loups de la Nuit, qu'il avait accepté de leur louer pour une journée.

Pour quoi faire ?

Il savait juste qu'il l'avait vu revenir tout crotté, lui et sa machine…

(Solongo l'a fait préciser.)

Tout sale, quoi, tout plein de boue séchée.

L'info (tout se sait à UB !, *remember*…) était remontée jusqu'aux oreilles de Pat, lequel s'était déplacé, avec ses golgoths, pour l'interroger.

Son salarié avait refusé de répondre aux questions de Pat.

Je connaissais la suite. Pat l'avait « un peu » bousculé. Le Chinois, « tout petit », était « tombé » sur le trottoir. Mort accidentelle, avait conclu la police : circulez ! Y avait plus rien à boire…

Et Pat était rentré chez lui pour manger du poulet au citron.

J'ai aussitôt dégainé mon smartphone, sur lequel j'ai fait défiler les photos du cadavre. Le mac a reconnu le side-car sur lequel était attaché le cadavre de Nogi, le cousin de Batnasan.

Mais pas trace de son employé.

Et là j'ai compris : il fallait bien que quelqu'un les fasse, ces photos !

Mais maintenant nous devions partir, a décrété le gérant du claque.

Il allait devoir ouvrir aux clients…

J'avais lu dans son regard qu'il avait reconnu les hommes casqués. Je venais de trouver qui était l'un des quatre hommes qui s'affairaient autour du cadavre du cousin de Batnasan, avant que celui-ci ne soit bouffé par les vautours.

C'était déjà pas mal.

Restait à savoir pourquoi Pat avait tué ce Chinois, après l'avoir interrogé… et à propos de quoi ?

J'ai remercié le gérant de la boîte.

Puis j'ai envoyé un texto à Pat pour avoir une petite explication.

En guise de réponse, il m'a invité à déjeuner dans un

resto de grillades coréen, avec sa femme, Zulaa, et ses gardes du corps.

J'ai demandé si je pouvais venir avec Solongo : *no problemo*.

Il envoyait Enebish me chercher.

– 16 –

Bye bye, UB !

Au resto, pendant que le cuistot coréen faisait sauter de la viande pour la griller sur des flammes de deux mètres de haut, j'ai fait part de mes investigations à Pat, qui était toujours aphone (à cause d'une « crève », disait-il, mais ça avait l'air plus grave) :

Bravo ! Tu sembles sur la bonne piste, il a écrit sur une serviette en papier.

– C'est tout ce que ça t'inspire ?

Qu'est-ce que tu veux je te dise de plus ? Continue, c'est pour ça que je te paie !

– À propos, j'ai rien reçu cette semaine.

Je te ferai un chèque quand tout sera terminé. En attendant, tu as fait expertiser la bague chez la veuve du diamantaire ?

– Pas encore… Des fois, ton humour m'échappe. Elle est au courant pour son mari, à propos ?

Oh que oui ! Elle est déjà à Anvers, en train de négocier l'héritage avec le fils. Son vrai…

– Le gérant de la boîte à putes, où tu as tué le Chinois, a reconnu les mecs de la photo.

Super ! Si lui les a reconnus, il ne doit pas être le seul. Quelqu'un va les balancer. Ils vont tomber comme des fruits mûrs. Bon, qu'est-ce qu'on boit ?

– Attends un peu, tu ne vas pas t'en tirer comme ça. Pourquoi tu l'as tué, ce mec ?

Mais je te l'ai déjà dit, on s'est battus, je l'ai poussé et il est tombé sur la tête…

– Et t'as mangé du poulet au citron, je sais. Mais son patron dit que tu es venu pour l'interroger. C'était donc après avoir reçu les photos du cadavre de ce pauvre Nogi ?

Tu m'emmerdes avec tes questions… Il y a des choses qu'il vaut mieux que tu ne saches pas, ça te dépasse, ça nous dépasse !

– Dans ce cas, je ne vois pas comment je peux continuer à travailler, Pat.

J'ai pas envie de parler de ça maintenant. Tu comprendras pourquoi bientôt… Profitons de la vie. Ou alors, tiens, va voir mon pote militaire, il sait tout sur tout, lui.

– File-moi le numéro de téléphone de ton *anda* général, alors, j'ai effectivement quelques questions à lui poser… Mais si tu veux, j'arrête et je rentre chez moi.

Bois un coup, ça va passer.

Pat a gribouillé des chiffres sur un autre bout de serviette avant de me servir à boire, sous les yeux inquiets de sa femme, aux petits soins pour lui.

Me trouvant pâlot, Zulaa m'a demandé comment je me sentais après mon périple dans le désert de Gobi. Je me suis plaint d'être courbaturé, surtout au niveau des cervicales (ça datait en fait du jour où Héléna m'avait étranglé), et d'avoir mal au ventre.

Elle m'a proposé de faire une séance de reiki, avec sa prof, qui se trouvait être chamane.

Encore une « vraie » chawoman…

N'étant pas du genre à lâcher l'affaire au premier obstacle, j'ai accepté parce que je voulais être en forme pour continuer mon job.

Tu verras, le reiki mongol est bien plus vigoureux que le traditionnel reiki japonais, m'a écrit Pat, pendant le repas.

Lui-même passait régulièrement entre les mains de cette prof, sur l'insistance de Zulaa, afin de remettre ses vertèbres en place.

Solongo, qui était restée discrète, ayant à faire, j'y suis allé seul.

J'allais me débrouiller sans elle pour communiquer.

Le cabinet de « massage » se situait derrière le Department Store, dans un immeuble datant d'une bonne trentaine d'années. C'était si facile à trouver que je suis arrivé en avance. En attendant, je me suis installé sur un banc pour détailler à nouveau les photos que le général Munkhnaran avait envoyées à Pat.

Des dizaines de fois, déjà, j'avais inspecté le moindre détail de ce spectacle morbide, montrant le cadavre de Nogi entouré des trois hommes, dont deux étaient casqués ; le dernier coiffé d'une casquette. Les trois vaguement masqués par un foulard sur le nez.

Un petit, un gros, un grand.

Plus je faisais défiler ces photos, le nez penché sur mon smartphone, plus je trouvais ces silhouettes familières... Le problème, c'est que ça pouvait aussi bien être des consommateurs croisés au Triskel, que des nationalistes ou des clients du Zaya Hotel.

Un ballon est venu me heurter.

J'ai levé les yeux.

Des ados jouaient au basket sur un *playground*.

Les joueurs n'étaient pas grands, mais ils étaient vifs et malins comme des mangoustes.

J'ai allumé un cigare et ça a fait tilt.

Esprit d'escalier, on appelle ça.

Simple déduction.

Santo ! Évidemment.

Santo, le Bulgare, malin et vif comme une mangouste.

Et si Santo était dans le coup, Pedro le Bison ne devait pas être bien loin. Plus je regardais les clichés, plus je me confortais dans l'idée que c'étaient eux, les deux hommes casqués.

Restait l'homme à la gâpette.

Sur lui j'hésitais entre deux connaissances.

J'allais appeler le général Munkhnaran quand j'ai constaté que c'était l'heure de mon rendez-vous.

J'ai composé le code d'entrée, fourni par Zulaa.

Un homme m'a bousculé.

Je me suis mis en garde, mais c'était le S.D.F. qui ramassait des bouteilles consignées et en profitait pour pénétrer dans l'immeuble afin de trouver de quoi remplir son sac.

Le cabinet était situé au premier étage d'un bâtiment décrépit.

Les murs du hall d'entrée étaient blancs et écaillés.

J'ai grimpé les escaliers faiblement éclairés et imprégnés de cette sempiternelle odeur de mouton bouilli qui me soulevait le cœur.

J'ai sonné. Une femme d'une quarantaine d'années, grande pour une Mongole, m'a ouvert. Elle était brune, cheveux coiffés au carré, légèrement voûtée. Miss Reiki, comme j'allais la surnommer, m'a fait signe d'entrer.

Le salon de massage était composé de deux pièces, claires et bien chauffées, où les thérapeutes travaillaient en binômes. Il comportait aussi une cuisine et une salle d'eau avec un W.-C.

Les murs étaient recouverts d'un papier peint vert pâle, sur lesquel étaient clouées des reproductions de tableaux de paysages pas vraiment jolies. J'entendais des rires de femmes dans la cuisine, et des paroles feutrées dans les salles de massage.

J'ai compris qu'il fallait enlever mes chaussures dans le vestibule et me déshabiller derrière un paravent.

J'étais le seul non Mongol. Miss Reiki m'a demandé où j'avais mal. J'ai mimé un torticolis et lui ai montré mon ventre en grimaçant.

J'ai dû m'allonger au sol, sur un drap d'une propreté douteuse.

La masseuse m'a donné une petite tape sur la fesse pour que je change de position. Je devais me mettre sur le ventre.

Et me voilà fessier offert, devant trois femmes mongoles qui se parlaient et rigolaient sans que je comprenne rien. « Regarde ce joli p'tit cul de Français ! J'en croquerais bien un morceau ! », elles se disaient peut-être.

L'une d'elles m'a collé des ventouses sur le dos, jusqu'aux jambes.

À un moment, le téléphone de miss Reiki a sonné. Son ton enjoué a viré au grave. Je ne comprenais pas ce qu'elle disait mais je l'ai entendu dire : *« ticket ticket »*… Puis ça s'est mis à chuchoter et à s'agiter dans la pièce. J'ai entendu qu'on sonnait à l'entrée. La voix de femme qui a ouvert a semblé protester. J'ai entendu des pas lourds. Une voix d'homme a répondu fermement. La porte du cabinet a grincé. J'ai soudain réalisé que les femmes s'étaient tues.

Je n'osais pas bouger, à cause des ventouses.

Quelqu'un se dirigeait dans ma direction.

J'ai tenté de me retourner, mais des bras puissants m'ont maintenu au sol.

– *Who is it ?!*, j'ai bêtement bredouillé, en essayant de tourner la tête pour voir à qui j'avais affaire.

Et ça m'a fait un mal de chien à la nuque. Un homme a répondu :

– *Go home ! We don't need you in Mongolia.*

J'ai tenté de découvrir son visage mais je ne suis parvenu qu'à apercevoir des bottes de motard. J'ai aussi distingué une silhouette, debout dans l'entrée, qui portait un pantalon rayé.

Ils étaient deux à me maintenir immobilisé.

– *Who are you ?! What do you want ?*, j'ai demandé, ne pouvant pas faire grand-chose.

– *The Nigth Wolves !*, a répondu l'un d'eux.

Et au moment où j'ai cru que j'allais réussir à me dégager (un des types venait de me lâcher), j'ai reçu un coup derrière l'oreille.

Puis un autre sur le nez.

Bye bye, UB !

– 17 –

L'homme dont la tête est une forêt

– Oh ! Grand, ça va ?

La voix chuchotée dans mon oreille m'invitait à ouvrir les yeux.

C'était Pat, penché sur moi.

J'ai bondi en gueulant :

– Les *bikers* ! Et ces putains de Loups de la Nuit de mes couilles, je les ai reconnus. Je suis sûr que c'est eux !

Pat m'a tendu un mot :

Les masseuses m'ont tout raconté. Elles ont appelé ma femme. Elles te présentent leurs excuses. Ils les ont forcées à ouvrir la porte et elles n'ont rien pu faire pour t'aider. Elles te proposent de te remettre sur pied, dès que tu voudras.

– Gratuitement ?

M'ont pas précisé…

– Faut que je fasse une radio du nez. Il doit être cassé…

Cool ! Tu vas ressembler à Belmondo.

– Tu m'avais prévenu que ça risquait de faire mal, alors j'ai vraiment cru que c'était miss Reiki qui m'appuyait sur le dos comme ça…

Pat s'est mis à tousser, tellement ça le faisait rire.

Puis il m'a emmené voir un médecin. La radio a confirmé une mini-fracture. On m'a remis le nez en place et conseillé de porter un masque spécial. On est allés l'acheter en pharmacie, puis on a bu un verre au sommet de la Blue Sky Building. De là-haut, le point de vue sur Oulan-Bator est magnifique. Il me fallait bien ça pour me détendre, tellement j'étais vénère.

– C'est pas de m'être fait casser la gueule, qui me chiffonne, c'est…

… *qu'ils t'ont pris en traître*, a écrit Pat.

– Je me suis senti tellement impuissant, putain !

Ils t'auraient enculé à sec, c'était pareil…

– Ils pouvaient me tuer, ouais.

Pas devant témoins…

– Ça fait deux fois que je morfle… Et toi, rien !

Pourquoi crois-tu que j'ai des gardes du corps ? Mais on va réagir !

– Comment ?

– *En leur rendant une petite visite…*

– À leur Q.G. ?

C'est ce qu'il y a de plus direct.

– Je sais où il est basé.

Moi aussi, qu'est-ce que tu crois ? On va faire ça à l'ancienne. Avec manches de pioche, nerfs de bœuf, chaînes de vélo et ceintures à clous. Mes gars ont tout ce qu'il faut dans le coffre de la voiture. Avec ton masque sur le nez, tu vas les faire flipper !

Pat n'étant pas du genre à procrastiner, on y est allés le soir même, peu après la tombée de la nuit. Il fallait frapper les premiers… Enfin, les deuxièmes, puisqu'ils venaient de me péter le nez.

En plus de Batnasan, il y avait Enebish et l'australopithèque de la boîte de nuit. Le quatrième homme qui nous accompagnait, je ne le connaissais pas mais il était encore plus grand et costaud que moi et son « petit frère » Chewbacca. Bref, nous étions un pack de six rubgymen, entassés dans le 4 X 4 de Pat. Dont quatre colosses, que dis-je, des molosses !

On allait les bouffer tout crus, ces Loups de mes deux.

Lorsque nous nous sommes garés face à l'ambassade de Russie, un petit mec aux cheveux longs et noirs fumait tranquillement sa clope devant le bar de *bikers*. Il a tressailli en me voyant avancer vers lui d'un pas décidé. Mon pansement sur le nez, tenu par des élastiques, a dû l'impressionner. Ça me donnait un côté « justicier masqué », assurait Pat.

Le chevelu a tenté de prévenir ses potes à l'intérieur, mais Pat l'a chopé par la crinière pour le tirer en arrière. Le gars s'est affaissé sur le trottoir comme un linge mouillé, et sa tête a cogné le sol.

Pat l'a achevé à coups de pompe. J'ai eu mal pour le type et compris comment Pat pouvait tuer des mecs aussi facilement que j'élimine les moustiques.

Puis nous sommes entrés dans le bar… à deux.

Les hommes de Pat étaient restés dans la voiture.

Pas eu le temps de demander pourquoi.

Le temps que mes yeux s'habituent à l'éclairage rougeoyant, Pat était déjà passé à l'action. Il a commencé à balancer des coups de manche de pioche sur le zinc. Des verres et des bouteilles ont valsé dans un vacarme d'enfer. Une chaise a valdingué et fait exploser le miroir derrière le bar. Tout ça au son de ZZ Top. Quel pied ! Ça m'a donné envie de faire pareil. Je me suis défoulé sur les bouteilles rangées derrière le comptoir. Des dizaines y sont passées avant que le barman et la bande de motards, occupés à jouer au billard, ne réagissent et se dirigent vers nous avec leurs queues en guise de matraque. Je me suis tourné vers Pat qui était déjà parti, après avoir lâché un fumigène sur le sol, me laissant seul face aux Loups de la Nuit en furie. Je leur ai balancé mon manche de pioche dans les jambes et j'ai déguerpi à mon tour.

– C'est tout ?!, j'ai demandé à Pat, tout en courant à ses côtés comme un dératé dans la rue.

– Muumm ! Muumm !, il ânonnait, en me faisant signe de grimper dans la bagnole.

En courant j'ai glissé sur le trottoir gelé et me suis cogné le nez en m'enfournant dans le 4 X 4, sous les yeux goguenards des gardes du corps restés confortablement au chaud. C'était incompréhensible, mais notre cavalcade les mettait en joie. Le temps qu'Enebish démarre, des chopes de bière ont volé sur le toit de la bagnole. La voiture a dérapé sur la chaussée enneigée avant de foncer sur Peace Avenue, heureusement dégagée.

– Mais pourquoi on n'y est allés que tous les deux ?!, j'ai demandé à Pat.

Pour qu'il n'y ait pas de nouveaux morts, il a écrit sur un Post-it. *Ils étaient là en renfort, au cas où. À six contre dix, ç'aurait été un massacre.*

– T'aurais pu me prévenir, merde ! Qu'est-ce que tu lui as mis, au chevelu ! Ils ont au moins un blessé maintenant…

On est donc à égalité. Avec toi, ça fait un partout. L'idée, c'est qu'ils sachent qu'on ne se laisse pas intimider.

– C'était quoi ce fumigène que tu as jeté au sol ?

Un nouveau système de sécurité. En trois secondes c'est la purée de pois. Ils vont mettre une heure à dégager ce brouillard de leur Q.G.

– Et maintenant on fait quoi ?

On boit un coup et on va aux putes !

– Je voulais dire s'ils s'en prennent à nouveau à nous ?

À toi, tu veux dire… Tiens, prends ça.

Il me tendait un petit flingue, du genre de celui que j'avais vu dans les mains de Santo, le Bulgare du Triskel.

Batnasan t'expliquera comment t'en servir.

Chewbacca a grogné son assentiment.

Avec le Glock de Diane, c'était la troisième *gun* qu'on me refilait en quelques jours.

J'ai bu un verre au bordel, le temps de faire baisser la tension, mais je ne suis pas resté avec Pat et les autres.

J'ai préféré rejoindre Solongo.

Mon masque de justicier lui a beaucoup plu.

Elle trouvait que ça me donnait un air de dur à cuir.

Elle a léché mes blessures et m'a donné un petit nom guerrier.

Dorénavant, j'étais *Tom Ointolgoit*, le « Grand à la tête comme une forêt ». L'homme dont la tête est une forêt : ça m'allait bien comme nom de guerrier mongol.

Un guerrier désargenté.

Mais intensément vivant.

– 18 –

En mode Kill Bill again

Je suis le genre de mec qui comprend vite mais à qui il faut expliquer longtemps… Le genre à refaire deux fois la même connerie.

Je suis donc retourné chez miss Reiki.

Son téléphone avait sonné juste avant l'arrivée de mes agresseurs.

Si elle n'était pas complice de mes agresseurs, peut-être aurait-elle des infos. La chawoman n'a pas eu l'air plus surprise que ça de me revoir. Au premier regard j'ai su qu'elle n'y était pour rien. Je n'ai lu aucune peur dans ses yeux. Juste de l'intérêt et même de l'empathie, si ce n'était de la compassion. Elle ne connaissait aucun de ces types. Mieux, elle désapprouvait l'existence même de ce genre de zigotos.

Je la sentais bienveillante.

Elle portait le même jogging gris que la veille et

ne m'a pas demandé si j'allais bien. À quoi bon ? Ça se voyait que j'avais le pif cassé, avec mon masque de Zorro. On était en Mongolie. Pas dans un pays de chochottes où l'on s'apitoie sur son sort. Une péripétie venait de m'arriver. Pas de quoi fouetter un yak.

J'étais un client qui payait de sa personne, voilà tout.

Une bougie brûlait et la musique douce apaisait mon cerveau tourmenté. Elle m'a fait signe de me déshabiller et de m'asseoir sur le sol. Puis elle s'est installée derrière moi pour s'occuper de ma nuque. Elle a utilisé une sorte de racloir – c'est l'effet que ça me faisait – pour me labourer la peau avec. C'était très désagréable et douloureux.

J'ai demandé à voir ce qu'elle tenait dans la main.

C'était une sorte d'os, de couleur caca d'oie, enduit d'huile essentielle.

Pat m'a assuré ensuite que c'était une dent de morse. Ce que je sais, c'est que ça m'arrachait plus de peau qu'autre chose (j'allais le constater plus tard dans le miroir). Mais impossible de passer pour un douillet devant cette femme. J'ai inspiré, respiré bien fort. Et c'est passé.

J'ai senti qu'elle dégageait peu à peu toutes mes tensions. Des toxines se libéraient. Mes neurones avec. Je commençais à y voir plus clair. Elle m'a demandé de me mettre sur le ventre.

J'appréhendais de rester dans cette position, vu l'état de mon nez.

Des types allaient-ils m'attendre en bas ? Devrais-je

me servir du pistolet ? J'ai tenté de me détendre en respirant profondément, et de penser à autre chose.

Elle a sorti des ventouses. Malgré ma réticence, je l'ai laissée me les disposer sur les cuisses, les fesses et le dos.

Après m'avoir enlevé les ventouses, elle a entrepris de me masser les jambes et les pieds vigoureusement, puis à nouveau le dos, à la rude. Enfin, elle m'a fait craquer les cervicales. Elle s'est attardée ensuite sur la boîte crânienne, les yeux, le cuir chevelu. Après une courte pause, elle a positionné ses mains au-dessus de mes organes internes, sans toucher ma peau. Puis, d'un geste, elle m'a demandé de soulever mon bassin pour qu'elle puisse atteindre le sacrum. C'était un peu embarrassant mais je me suis laissé faire.

Tout en laissant sa main au niveau du coccyx, elle a tenté d'engager la conversation avec moi. J'ai compris qu'elle me demandait si je buvais de l'alcool. J'ai répondu oui, de la vodka et de la bière et du vin et parfois du whisky et du cognac aussi… Elle m'a conseillé de boire de l'eau et du thé (*chaï* en chinois) et a entrepris un massage des pieds, appuyant sur des points qui me faisaient parfois sursauter. Puis elle a demandé à deux de ses collègues de nous rejoindre pour une sorte de séance de méditation.

Trois femmes mongoles rien que pour moi. La promesse de Pat était presque tenue. J'étais aux anges. Bercé par la musique de son pays j'étais à deux doigts de m'endormir lorsque, d'une autre légère tape de la main, miss Reiki m'a fait signe que c'était fini. Pendant que je me rhabillais, sa collègue, qui avait séjourné en Suède et baragouinait l'anglais, m'a demandé de l'écouter attentivement. La chawoman allait me dire des choses importantes.

– Tout ce qui vient de la Force du Monde est circulaire. Le ciel est un cercle, la Terre est ronde, les étoiles sont rondes, les oiseaux font leur nid en rond, le Soleil monte en cercles et redescend en cercles. La Lune fait la même chose. Ils sont ronds tous les deux. Une vie d'homme est un cercle qui va de l'enfance à la vieillesse qui est à nouveau de l'enfance… Il en va ainsi de tout ce qui est animé par la Force. Voilà ce que le grand Gengis Khan avait compris. En réunissant les peuples de Mongolie, il a fait de la steppe une yourte géante. Un cercle de force.

– Qu'est-ce qu'elle voulait dire précisément ?, j'ai demandé.

– Vous serez plus fort si vous n'agissez pas seul. Vous devez vous unir à d'autres hommes tels que vous. Bons, justes, purs et courageux…

Bons, justes, purs et courageux ? Rien que ça…

C'était gentil de sa part, mais ça ne courait pas les rues.

La chawoman a fait signe qu'elle allait ajouter quelque chose.

Elle m'a recommandé de caresser la tête d'un loup *(sic)*.

Je lui ai demandé de répéter, parce que je n'avais pas bien compris.

La prof de reiki a alors mimé deux oreilles levées et

la langue pendante. C'était bien ce qu'elle avait voulu dire.

La traductrice a confirmé qu'il s'agissait bien d'un loup.

Que je devais caresser pour aller mieux.

Après, mes tourments seraient terminés.

Je ne voyais pas comment j'allais pouvoir toucher un loup, mais bon. Une heure était passée. J'ai payé 1 000 schmilblicks (même pas 10 euros) et je suis sorti ragaillardi de la salle de massage.

Personne ne m'attendait dehors. C'était l'heure de déjeuner.

Les ados de la veille n'étaient pas revenus jouer au basket. Il faisait trop froid et il y avait trop de vent. Des femmes âgées les avaient remplacés sur le *playground*. Elles formaient un cercle, de telle sorte que chacune puisse voir et entendre les autres. Elles se parlaient tout en s'abritant, collées les unes aux autres. Un peu comme font les pingouins sur la banquise. Elles dessinaient les contours d'une yourte. Un cercle. Une assemblée d'esprit.

Il suffisait de percer un trou dans ce cercle pour que la bulle explose. Les mots de la chawoman me sont revenus : « Tout ce qui vient de la Force du Monde est circulaire. Le ciel est un cercle, la Terre est ronde, les étoiles sont rondes, les oiseaux font leur nid en rond, le Soleil monte en cercles et redescend en cercles. [...] Une vie d'homme est un cercle qui va de l'enfance à la vieillesse qui est à nouveau de l'enfance... Il en va ainsi de tout ce qui est animé par la Force.

[…] En réunissant les peuples de Mongolie, [le grand Gengis Khan] a fait de la steppe […] un cercle de force ».

Moi aussi j'allais être fort. La meilleure défense étant l'attaque, j'ai décidé de rendre une nouvelle visite aux *bikers*. Mais en contredisant tout ce que miss Reiki venait d'essayer de me suggérer (l'union fait la force), j'allais m'y rendre seul.

Je me sentais fort.

J'étais un loup solitaire.

Qui ne donne pas d'ordres ni n'en reçoit.

J'avais des armes sur moi, autant m'en servir.

J'allais leur montrer de quel bois on se chauffe dans le 9-3.

J'ai acheté une bouteille de Gengis Khan, dont j'ai bu quelques rasades pour me donner du courage.

Et j'ai pris la direction du bar aux *bikers*.

– 19 –

I will be back, tel un quarterback

La nuit était tombée sur la ville recouverte de givre.

Un vent glacial giflait les rues glaciales d'Oulan-Bator.

Il soufflait si fort que j'avais du mal à respirer.

De la fumée sortait de ma bouche.

J'avais les naseaux en fusion.

J'ai remonté le col de ma parka, enfoncé ma chapka jusqu'aux oreilles et emprunté Peace Avenue d'un pas décidé.

Lorsque j'ai aperçu l'enseigne lumineuse du bar au look U.S., j'ai ralenti le pas.

Ces cons de *bikers* nationalistes roulent en Harley…

Niveau connerie, j'allais devoir la jouer bas de plafond.

Je connaissais bien le coin, puisque je parcourais ce trottoir depuis des semaines pour rejoindre ma chambre ou acheter un croissant et boire un café à la Boulangerie française, située dans une rue adjacente, juste derrière le Q.G. des nazillons.

C'était un quartier truffé de flics qui tentaient de régler la circulation, toujours plus anarchique chaque jour, mais à l'intérieur de l'établissement je ne pourrais compter que sur moi-même.

J'ai marché tranquillement, comme un touriste de base, afin de ne pas attirer l'attention, avant d'entrer dans ce saloon de clowns.

Je ne sais pas si c'était l'effet du massage ou de la vodka (les deux sans doute), mais je me sentais invincible.

J'allais foutre un grand coup de botte dans la fourmilière.

Et advienne que pourra.

Passé la porte, en mode Terminator je me suis dirigé droit vers la table de billard, entourée d'une demi-douzaine de motards et quelques filles, tous de cuir noir vêtus.

J'avais l'impression d'avoir déjà vécu cette scène.

Ils ont eu l'air tellement médusés de me voir revenir, seul, avec mon masque sur le nez, qu'aucun n'a osé moufter.

J'ai sorti de ma poche le petit flingue que Pat m'avait confié.

Batnasan n'avait pas eu le temps de m'enseigner son fonctionnement, mais je n'avais pas l'intention de m'en servir. C'était destiné à les tenir en respect.

Et c'est ce que j'ai fait.

– *Who speak english here ?*, j'ai demandé au groupe.

– *Nobody*, n'a pas pu s'empêcher de lâcher l'un d'eux.

Je l'ai reconnu tout de suite à ses bandages, c'était le mec à queue-de-cheval que Pat avait défoncé à coups de pompe, lors de notre dernière visite.

Je me suis approché, lui ai confisqué la queue de billard qu'il avait dans les mains pour l'exploser sur la table, histoire de leur montrer qui c'était Raoul. Ensuite, je l'ai chopé par les cheveux, comme avait fait Pat, pour l'obliger à se coucher sur le ventre, tout en faisant signe, avec mon flingue, aux autres de reculer ; sans quitter des yeux le barman. Toujours surveiller le barman… Je lui ai ordonné de rejoindre les autres, près des tables de jeu, et me suis agenouillé sur le chevelu bandé, comme ils m'avaient fait chez miss Reiki, en appuyant sur sa tête, de manière à ce que son oreille droite s'écrase contre terre. C'est très désagréable, je peux en témoigner.

J'ai ensuite collé le canon de mon flingue sur sa tempe gauche et réutilisé mon *english* niveau cinquième, pour lancer mon premier scud :

– *Why did you hit me ?*

– *I don't understand*, a répondu le type que j'écrasais.

– *Why did you box me ?!*, j'ai redemandé.

– *What ?!*

J'ai reformulé la question :

– *Why did you fight me in the reiki massage office* ?

– *I don't understand your accent…*

– *You have a fucking accent ! I repeat : why did you attack me ?!*

– *Because you are friend of the French.*

– *What French* ?

– *The crazy French… Pat… Patrick.*

– *Who ask you to fight me ?!*

– …

Il hésitait sans doute à me répondre, ça bruissait de rumeurs chez ses copains *bikers*.

J'ai appuyé plus fort sur sa tempe en gueulant :

– *Who fucking ask you to fucking do it ?!!*

– *Bold Sambu, our leader.*

– *I know, this fucking nazi is your boss ! Who ask fucking Bold Sambu to do it* ?

Vu son tremblement, j'en déduisais que soit il ne savait pas, soit il craignait de lâcher le morceau. Soit il entravait effectivement keutchi de ce que je disais. Je voulais juste savoir pourquoi leur khan leur avait donné l'ordre de s'en prendre à moi.

– *Who ask your leader to do it ?*, j'ai redemandé, en enfilant deux doigts dans ses narines avant de tirer en arrière, comme m'avait fait Bison au Triskel.

Il a dû morfler, parce qu'il a gémi. C'était humiliant, devant ses potes. Mais il ne répondait toujours pas. Par contre, ses petits camarades du moto-club se sont mis à s'agiter, en chuchotant entre eux. Je ne comprenais évidemment rien à leurs chuintements et ça m'énervait.

– *Who ask Bold Sambu to do it !?*, j'ai répété.

– *Mmmunnmmuumler…*, il a baragouiné.

C'était déjà pas simple de le comprendre en « monglish », alors avec mes doigts dans son nez c'était encore plus compliqué. J'ai enlevé ma main, que j'ai essuyée sur son blouson, provoquant un grognement dans le groupe (j'avais foutu de la morve sur leur sigle des Loups de la Nuit).

Et lui ai fait répéter :

– *Munkhnaran ?!*

Le nom du général m'était tout de suite venu à l'esprit.

– *Noooo !*

J'ai insisté en frappant sa tête au sol.

– Général Munkhnaran ?

– *No ! No !*

– *Who ?*

– *The wife of the jeweler.*

La femme du bijoutier ?

Pat avait donc dit la vérité.

Au même instant, j'ai réalisé que ses bras étaient bariolés de dessins qui me rappelaient quelque chose. Il avait à peu près le même tatouage que le cadavre de la photo. Une sorte de drapeau avec des sigles bizarres.

– *Do you know who was Nogi ?*, j'ai demandé, au feeling, encore une fois.

– Moi je sais, a répondu une voix féminine, en français.

C'était Sakura ! L'étudiante qui trouvait que les Parisiens avaient des « faces de cul ». Je n'en croyais pas mes yeux. Faut dire qu'avec son accoutrement de motarde, tout de cuir noir vêtue, je ne pouvais pas la reconnaître : on aurait dit Catwoman.

– Tu es assis sur mon père, elle a ajouté.

Je savais que son père était motard pour l'avoir croisé à la caserne de pompiers, mais je n'avais pas fait le rapprochement avec les *bikers* nationalistes.

Vu que Sakura parlait français, on a pu dialoguer plus sereinement.

J'ai desserré mon étreinte et redemandé :

– Qu'il me dise pourquoi ils m'ont menacé...

– Laisse mon père tranquille, a sifflé Sakura. Il n'a pas grand-chose à voir là-dedans. Enfin, pas comme tu parais le croire... Sortons d'ici avant que ça tourne mal.

Elle n'avait pas tort sur ce point. Parce que ça commençait à s'agiter sévère chez les *bikers*. Et je n'avais vraiment pas envie de me servir de mon arme.

Je me suis relevé lentement, tout en les tenant en joue, et me suis adressé à Sakura :

– Retrouve-moi au Triskel. Dis-leur de ne pas me suivre, ou j'appelle les flics qui sont dans la rue.

Puis je me suis adressé aux autres :

– *Don't touch me again ! Or I'll fucking kill you. Pisdaa !*

J'ai enfilé mes gants et ma chapka et je suis sorti du bar, comme j'y étais entré, sous la protection involontaire des policiers réglant la circulation, ou en faction devant les ambassades de France et de Russie.

Dehors, il faisait un froid sibérien mais j'étais en sueur.

Je la sentais couler dans mon dos, jusqu'à la raie des fesses.

Le vent glacé soufflait encore, par rafales.

Toujours à pied, j'ai accéléré le pas en direction du guerrier à la hache, Sukhbaatar.

J'ai ralenti le pas en passant devant la statue de Gengis Khan, qui ressemble davantage à Bouddha, vu son embonpoint et sa position assise, qu'à un intrépide stratège militaire. Mais je l'ai néanmoins salué, avec respect, comme me l'avait enjoint Batnasan.

Un Batnasan dont je n'avais plus de nouvelles depuis son départ, contrarié, de chez Pat.

– 20 –

Faces de cul et quiproquo

Sakura m'a vite retrouvé au rendez-vous fixé.

Après avoir garé sa moto au coin de la rue, elle m'a sèchement suggéré d'aller dans le bar branché qui jouxte le Triskel, plutôt que de susciter la curiosité chez les expats qui n'ont rien d'autre à faire que cancaner. Elle avait raison. Nous nous ferions moins remarquer dans cet établissement bondé et bruyant.

J'étais scotché par sa beauté et son sex-appeal, accentué par ses cuissardes et sa combinaison de cuir noir.

Nous avons choisi une table au fond de la salle, peuplée de jeunes Mongols sapés comme dans un vidéoclip. La lumière tamisée et la musique forte nous assuraient l'incognito. Une serveuse en rollers et mini-jupe rose, façon manga, a roulé jusqu'à nous pour demander ce que nous voulions boire : deux bières.

En attendant nos consommations, j'ai essayé d'amadouer Sakura :

– Tu connais l'histoire du squelette qui commande une bière ?

– Je suis fâchée contre toi. Tu as fait du mal à mon père.

– Je ne pouvais pas savoir que c'était ton père... Et tu crois qu'il m'a fait du bien, lui ?!

– Comment peux-tu savoir qu'il faisait partie de ceux qui t'ont agressé ?!

– Il est membre de la même bande de tordus, ça me suffit. Et il n'a qu'à apprendre à fermer sa gueule...

Ses yeux lançaient des flammes.

Inutile de chercher des signes de fausseté dans sa gestuelle.

Elle était sincère et pure comme un louveteau à peine sorti de sa tanière.

– Bon, on va tout reprendre à zéro. D'abord, excuse-moi pour ton père. J'ai juste voulu l'effrayer...

– Mon père n'a pas eu peur. Méfie-toi, les guerriers mongols sont féroces avec leurs ennemis.

– Je ne suis pas un ennemi. J'enquête pour aider un ami à qui l'on a envoyé des photos du cadavre d'un certain Nogi...

– ... de Gobi, je le connais. Je t'ai dit que j'avais été à Paris ?

– Chez les « faces de cul », je me souviens bien.

– Eh bien, un jour que je faisais du shopping, rue de Rivoli, je suis tombé sur un S.D.F. allongé par terre, ivre mort. Il sentait la vodka à dix mètres : je l'ai reconnu, c'était Nogi, un ami de mon père.

– Ah ! Tu vois qu'il est dans le coup !

– Mais non, c'est tout le contraire ! Il voulait l'aider à rentrer. Ils ont fait l'armée ensemble : ils étaient frères d'armes et…

– … d'où le même tatouage.

– Ne me coupe pas la parole. J'ai pu parler à Nogi. Il n'en revenait pas qu'on s'adresse à lui en mongol, en plein Paris. J'ai aussitôt appelé mon père et lui ai passé le téléphone. Nogi bafouillait, pleurait de joie, il avait honte, tout en étant content de parler à son *anda*. Il ressassait leur passé commun, cette jeunesse perdue à jamais. C'était triste…

– Mais que faisait-il à Paris ?

La serveuse en patins à roulettes venait d'arriver avec nos bières. Sakura l'a à peine regardée, pour bien montrer que sa présence la dérangeait. Elle était sans doute pressée d'en finir avec moi et ces mauvais souvenirs.

– Nogi m'a dit qu'il avait une blessure grave au bras, qui l'avait obligé à se faire opérer en France. Et comme il ne pouvait plus servir dans la Légion, il s'était mis à boire. Une nuit, on lui a tout volé : papiers d'identité, argent… Du coup, il ne pouvait plus rentrer en Mongolie.

– Quel rapport avec les Loups de la Nuit ?

– Ça coûte cher de faire refaire ses papiers et d'acheter un billet d'avion pour un Mongol moyen. Son cousin Batnasan comptait sur l'aide au retour offerte par la France mais, voyant que ça prenait trop de temps, mon père a demandé à ses amis du club de moto de faire une collecte. Apprenant ça, Bold Sambu, le leader nationaliste…

– … nazi, tu veux dire.

– … nationaliste, a proposé de payer le billet. En échange, il a demandé aux *bikers* d'assurer sa protection, lors des meetings.

– Nogi était nationaliste ?

– Tous les Mongols sont nationalistes ! Moi-même, je suis nationaliste…

– Mais pas nazi !

– Non, évidemment. Nogi voulait rembourser au plus vite sa dette d'honneur. C'est pour ça qu'il est parti chercher de l'or en Gobi. Réfléchis un peu, tu connais beaucoup d'assassins qui font des photos de leurs crimes ?

– …

(Je devais avouer que je n'avais pas pensé à ça.)

– D'ailleurs, qu'est-ce qui te dit que Nogi a été tué ?

– J'ai vu des photos de son cadavre !

– Et alors ? On ne sait pas de quoi il est mort !

– Il était attaché.

– Tu as déjà fait de la moto ?

– J'ai le permis, j'te f'rais dire…

– Tu sais donc qu'il faut bien s'agripper, pour ne pas tomber, quand on est passager. Alors, imagine un corps inanimé sur un side-car !

– Les mains dans le dos, avec des liens jusqu'au cou, comme un rôti, il était ficelé : tiens, regarde.

Je lui ai tendu mon smartphone.

– Je les ai déjà vues. Elles ont tourné un moment sur Internet…

– QUOI ?!!

Je suis resté interdit.

Pat ne m'avait pas présenté les choses de cette manière.

– Suffisait de taper les mots « mort vautours cérémonie tibétaine », a repris Sakura. Elles ont été supprimées récemment, pour leur caractère « choquant ». Pauvres petits Occidentaux… Ils balancent des bombes avec des drones, loin de chez eux, mais ils sont horrifiés par la vue de la mort.

Cette fois aussi, j'étais plutôt d'accord avec elle sur ce point, mais ce n'était pas le sujet.

– Le side-car circulait en montagne, voilà pourquoi il était attaché. Et si c'était une mise en scène ? Un cadavre, il s'en fout d'être attaché ou pas. Et si on voulait laisser croire que c'était les *bikers* ? Pourquoi montrer les indices d'un crime ? Tu t'es posé la question ? Si crime il y a eu… À qui profiterait-t-il, d'ailleurs, ce crime ? Tu es sûr d'être fait pour le métier de détective ?

Touché…

– Ça fait beaucoup d'invraisemblances, tu as raison… Les visages sont cachés sur les photos. La seule chose qu'on distingue parfaitement, c'est le tatouage.

– On ne voit que ça ! Presque en gros plan…

– C'est la première chose que j'ai remarquée sur ton père… Le même tatouage que Nogi.

– Pas tout à fait, non. Vérifie bien, parce qu'à ma connaissance Nogi s'était tatoué l'emblème de la Légion. Rien de plus…

– Alors que le tatouage de ton père, c'est bien l'emblème des *bikers* nazis ?

– … nationalistes !

– Si je suis ton raisonnement, Sakura, on le lui aurait tatoué de force, puisque Nogi ne partageait pas leurs idées…

– Ou après sa mort !

– Pour faire croire que c'étaient les nazis !

– Les nationalistes, oui !

– Dont l'emblème est la croix gammée. Ce que tu peux être butée !

– Ils ne savent même pas ce qu'elle représente !

– Suffisamment pour l'avoir choisie comme emblème… À propos, il représente quoi, ce tatouage que porte ton père et ses amis nazis ?

– Nationalistes…

– Grrrrrrrrrr.

– Le drapeau mongol, selon la symbolique ancienne. Demande plutôt à un ancien parce que nous, les jeunes…

– Je sais à qui m'adresser. Il n'est pas vieux mais c'est un érudit. Au fait, tu as dit qu'il y avait une vidéo sur Internet : qu'est-ce qu'on y voyait de plus que sur les photos ?

– Le découpage du corps et la curée des vautours qui a tellement traumatisé les petits Français.

– Une dernière question : ton père dit que c'est la femme du diamantaire qui a donné l'ordre de me casser la gueule…

– Oublie un peu mon père. Il voulait juste que tu le libères. Elle a quitté la Mongolie, en plus.

– Mais comment tu sais tout ça ?
– On sait tout ici, c'est pet...
– ... tit la Mongolie, oui je sais. Et vous êtes des loups !
– Pardon ?
– Sakura, tu sais quoi ?
– Quoi ?
– Je t'aime.
– Tu es trop vieux pour moi...
– Non, pas dans ce sens-là, je veux dire que je t'aime parce tu m'as aidé en acceptant de parler avec moi et je te remercie.
– J'aimais bien Nogi.
– Et encore plus ton père ! Qu'est-ce qu'il dirait s'il nous voyait ensemble ?
– *You have to leave Mongolia !*

Sakura a enfin lâché un sourire.

– Comment fais-tu pour rouler à moto avec ce froid et sur ce sol verglacé ?
– Pneus cloutés, sous-vêtements chauds, blouson de cuir doublé fourrure. Moi aussi j'ai une question.
– J'écoute...
– C'est quoi la fin de l'histoire du squelette qui commande une bière ?
– Un peu surpris, le serveur s'apprête à verser la bière, lorsque le squelette marque une pause et demande : et une serpillère aussi, s'il vous plaît !

Cette fois, elle a franchement ri. Ça lui rappelait un épisode de *Pirates des Caraïbes*, disait-elle. La saga préférée de ma fille... Ce qui confirmait ce que je pensais : Sakura était trop jeune pour moi.

Elle m'a quand même fait un compliment avant de partir :

– Tu devrais garder ce masque sur ton long nez, ça te va bien…

Avant de remonter sur sa moto, elle m'a rappelé en quoi consistait la tradition qui consiste à donner des cadavres à dévorer aux vautours. D'abord, il s'agit essentiellement de vieillards en fin de vie, ou des morts de maladie, et ça se passe à la campagne, en douce. Loin des yeux des citadins car cette pratique a été interdite dès 1955.

Sur le chemin de mon retour à pied à mon hôtel, je me suis demandé pourquoi une mise en scène aurait été organisée autour de la dépouille du dénommé Nogi, puisque ce n'était pas un vieillard. Et ce n'étaient pas des moines qui avaient officié lors de la cérémonie.

Sakura avait raison de le souligner : il faut toujours se méfier des apparences trompeuses. Donc des images, en général.

À qui pourrait profiter – ou nuire – cette mascarade ?

Les photos n'auraient servi qu'à tenter d'intimider Pat.

Ou à faire croire que… Que quoi ? Je sentais que j'avais le truc sous les yeux mais que je ne le voyais pas, ne le comprenais pas, ou ne voulait pas le croire. Comme si c'était trop gros. Trop près. Trop évident. Je ne comprenais toujours pas pourquoi Pat jouait au jeu des devinettes avec moi. Comme s'il refusait de voir la vérité en face.

De l'entendre. Ou plutôt, de la dire. D'où son extinction de voix, peut-être… Et voilà que je faisais, comme lui, de la psychanalyse de bistrot !

Je devais m'en tenir aux faits.

Ce que disait Sakura était juste : Nogi pouvait avoir été « honoré », après sa mort… accidentelle, qui sait ? Elle avait aussi dit : « On verra bien s'il le venge », en parlant de Batnasan.

Cette histoire de tatouage m'intriguait. Les Mongols ne sont pas des Japonais. Encore moins des yakuzas. Ils se tatouent rarement. Et quand ils se font tatouer, c'est généralement une seule et unique fois. Comme ce jeune nationaliste, rencontré au Triskel, avec **NAZI** inscrit dans le cou.

Celui de Nogi était manifestement constitué d'inscriptions mongoles.

Que voulait dire le tatouage ?

Par chance, je connaissais quelqu'un qui pourrait m'aider à décrypter ces hiéroglyphes.

– 21 –

J'aurai au moins appris quelque chose…

Il devait être sept heures du matin, à Paris, lorsque j'ai skypé l'ami Marc Alaux, grand connaisseur de la Mongolie.

Je le savais matinal, ça ne poserait pas de problème.

– C'est de l'alphabet traditionnel « soyombo », il m'a tout de suite répondu après avoir étudié les photos du tatouage. Je pourrais t'en parler, mais pas aussi bien que Jacques Legrand, un éminent mongoliste – ne rigole pas, idiot ! – professeur de langue et littérature mongoles à l'Institut national des langues et civilisations orientales[11].

– Super ! Tu me files ses coordonnées ?

– Il répond rarement au téléphone, parce qu'il est toujours par monts et par vaux. Je te préviens, il a une fâcheuse tendance à ne pas savoir faire court.

11. Inalco.

– Venant de toi, je crains le pire ! Merci Marc. Allô ? Allô !… Marc… Alaux ?

– Grand couillon ! Reviens-nous vivant…

– Ne plaisante pas avec ça ! Tu sais qu'en Mongolie il faut ne jamais évoquer de malheurs car des esprits peuvent t'entendre.

– Je vois que tu t'es bien adapté aux coutumes locales… Rapporte-moi une bouteille de Gengis Khan !

– Ne me parle plus de vodka ! J'en pisse par les yeux… Tu acceptes les pépites d'or ?

– Ne rêve pas trop.

– Si on ne peut plus rêver, alors…

Coup de bol, le fameux Jacques Legrand, chercheur émérite, a tout de suite décroché.

– Vous avez remarqué que l'écriture mongole moderne est cyrillique, il m'a tout de suite fait remarquer. L'écriture mongole traditionnelle semble totalement différente. En fait, une petite manie de la culture mongole a consisté à utiliser, souvent simultanément, de nombreuses écritures et même d'en inventer. Ainsi, avant le cyrillique introduit en 1941, l'alphabet latin a connu en 1930, puis en 1940-1941, une brève existence.

– N'entrons pas trop dans les détails, s'il vous pl…

– … le soyombo, c'est une écriture adaptée de l'écriture ouïgoure adoptée par Gengis Khan et son empire en cours de création. Or, cet alphabet a lui-même hérité des écritures sémitiques de la Méditerranée orientale qu'étaient les alphabets araméen et syriaque… également prototypes des écritures alphabétiques modernes, sémitiques ou non, dont le grec, le latin… et le cyrillique.

– C'est passionnant mais je voudrais juste savoir s…

– Cette écriture – appelons-la « écriture mongole » ou « écriture ouïgoure-mongole » – a connu à son tour plusieurs avatars, dont l'écriture dite *todo bichig*, ou *todo useg*, « écriture ou lettre claire », adaptée en 1648 à la notation du mongol parlé par les Kalmouks, Mongols occidentaux ayant migré quelques décennies plus tôt jusqu'à la Volga. Mais, si elle constitue en quelque sorte la tradition principale, elle n'est pas seule.

– C'est intéressant mais…

– Cet alphabet, le soyombo, dont le nom est dérivé du sanscrit *svayambhu*, qui signifie « créé à partir de lui-même », a été inventé et développé pour écrire le mongol, mais aussi le tibétain et le sanscrit et peut-être, surtout, réaffirmer l'identité mongole… Où en étais-je ?

Je ne savais plus non plus…

– On ignore souvent que ce nom est celui de l'écriture elle-même. Des symboles soyombo figurent sur le drapeau mongol depuis 1921, sur la monnaie, les timbres, etc.

Nous y voilà ! Alors pourquoi pas sur le bras d'un homme ?, je me suis dit. Marc m'avait prévenu mais… impossible d'en placer une.

– La légende veut que Zanabazar ait vu, une nuit, des signes ressemblant à des lettres dans le ciel. Il a ensuite converti ces signes en un nouveau système d'écriture…

– C'est bon, je vous remercie, vraiment !

– … en fait c'est aussi un emprunt, mais Zanabazar était profondément familier et imprégné des cultures de l'Inde par l'intermédiaire du Tibet où il avait étudié de nombreuses années…

J'étais en train d'exploser mon forfait téléphonique.

– Merci monsieur Legrand. Une dernière question : c'est difficile à tatouer, l'écriture soyombo ?

– À tatouer ? Quelle drôle de question !

– Sur le bras d'un homme… par exemple.

– Pas si on est un bon pro. Et un Mongol éclairé.

– J'enquête sur un mort tatoué…

– Sur le tatouage d'un homme mort, vous voulez dire ?

– C'est ça. Ce mort avait un drôle de tatouage sur le bras, représentant les symboles de la Mongolie, si je ne m'abuse. Mais il est mêlé, ou juxtaposé, à l'emblème de la Légion, c'est bizarre. Je vous envoie les clichés par mail, si vous voulez ?

– Entendu. Je vous rappelle.

J'avais à peine eu le temps de m'allumer un cigare que sa réponse avait fusé :

– Il s'agit bien du symbole national mongol.

– Est-ce que vous le trouvez bien exécuté ?

– La calligraphie soyombo est très spéciale. Je vous dis ce que ça signifie, si vous voulez ?

– Pourquoi pas, mais ce que je voudrais savoir, c'est : est-ce qu'il est bien exécuté ?

– Il n'y a pas d'interprétation officielle (et le voilà reparti !). Elle fut avancée par Rinchen, un savant remarquable mais controversé.

– Expliquez-moi simplement ce que ça veut dire, je l'ai coupé.

Mais il a continué :

– Vous avez le feu[12] en haut, synonyme de renaissance et symbole du foyer : trois flammes pour le passé, le présent et l'avenir. Le cercle du soleil et le croissant de lune, en référence au bouddhisme. Au centre, le yin et le yang : le bien, le mal, signes de vigilance et de sagesse. Les flèches, tournées vers le sol : symbole de la mort de l'ennemi. Les rectangles horizontaux : honnêteté et sincérité. Les verticaux,

12. Imprimé du symbole mongol.

murailles d'une forteresse : amitié, solidarité et dévouement. Si un guerrier devient votre ami, il le sera jusqu'à la mort… Et peut-être plus, si vous croyez à l'autre monde.

– Et vous ne voyez rien d'anormal ?

– Si (« enfin ! » j'ai pensé), il y a une erreur dans le dessin. Une inversion : la flèche, symbole de la mort de l'ennemi, est tournée vers le sol au lieu d'être tournée vers le ciel…

– Ce qui voudrait dire qu'il n'aurait pas été fait par un Mongol. Un Chinois, par exemple ?

– Ou par un Mongol bourré !, s'est esclaffé le linguiste. C'est en effet une grossière erreur…

– C'est du travail de tâcheron. On est d'accord ?

– Ou alors on aura voulu le faire passer pour tel…

– … pour un tatouage raté, vous voulez dire ?

– Non. Figurez-vous que j'ai longtemps été membre du Parti communiste français et je peux vous dire que les nationalistes sont capables de tout. Vous savez qu'il existe un parti nazi mongol ?

– Oh que oui ! Nous sommes pour ainsi dire des intimes, à ce jour. Merci pour votre aide, professeur.

– Prenez soin de vous, les Mongols sont des…

– … des loups ? Oui, je sais, je sais !

Je venais d'avoir la confirmation que le tatouage de l'emblème mongol avait été ajouté à celui de la Légion sur le bras de Nogi. Pour bien faire, il me faudrait savoir si l'encre peut marquer sous la peau après un décès. Ou combien de temps après…

Et merde ! Ça me paraissait compliqué, il avait dû être fait de son vivant.

J'en savais assez pour aller au bout de mon idée.

Il me restait à voir le général Munkhnaran, dont j'entendais parler depuis mon arrivée et dont Pat ne se méfiait pas assez à mon goût.

– 22 –

L'éleveur de chevaux, le judoka et le maître feng shui… Entre le marteau et l'enclume

Le militaire à la retraite a tout de suite accepté de me rencontrer. Il a même eu l'air flatté lorsque je lui ai annoncé – pour l'amadouer – que c'était en vue d'écrire un article sur son travail d'auteur de livres pour enfants *(sic)*. Je savais, en effet, qu'il occupait sa retraite en écrivant des contes. Une spécialité littéraire populaire en Mongolie.

Notre première rencontre au Triskel, pour fêter sa remise de médaille, avait été trop furtive et surtout trop alcoolisée pour que je me fasse une réelle idée du personnage. J'avais juste trouvé qu'il regardait Pat d'un drôle d'air, avec gravité. Un sourire triste. Nous nous étions revus à l'occasion d'une remise de récompenses (coupes et ceintures) au club de karaté sponsorisé par Pat, et il s'était montré très cordial malgré son air bourru.

Je lui ai donné rendez-vous au théâtre de marionnettes, situé sur les hauteurs de la ville. Munkhnaran était grand pour un Mongol. À peu près de la même taille que Batnasan : un mètre quatre-vingt-cinq environ. Son visage était de forme carrée et ses yeux, inexpressifs. Je lui aurais donné soixante ans. Il en avait dix de moins. Ce qui avait tendance à me saper le moral, parce que c'était à peu près mon âge et qu'il était déjà retraité.

La vision du général en tenue d'apparat, bleu électrique, coiffé d'une gigantesque casquette soviétique, donnait un caractère insolite à notre rencontre en ce lieu destiné aux enfants. D'autant plus qu'il se montrait d'un grand respect à mon endroit, ce qui était assez jouissif vu son grade et son statut dans le pays.

J'avais prévu de commencer par le caresser dans le sens du poil, en lui faisant miroiter une traduction en français de ses contes. Mon ami l'éditeur Marc Alaux servirait d'appât, ce avant de le cuisiner en douceur, car on ne s'y prend pas de la même manière avec un général de l'armée mongole qu'avec un zouave déguisé en nazi *biker*.

C'était une « journée sans alcool », comme chaque premier du mois. Il était interdit de boire, sous peine d'une amende de 50 000 tugriks (20 euros de chez nous, mais une grosse somme pour le « pékin » moyen), dans les cafés, les restaurants, mais aussi en privé, en famille. Cette loi pouvait s'appliquer en ville, mais je ne voyais pas comment l'imposer dans la steppe, ou dans le désert de Gobi.

J'en fis la réflexion au général, qui admit qu'il s'agissait effectivement d'une gageure.

– Le gouvernement compte sur le civisme de nos concitoyens, m'a-t-il expliqué. L'alcool est un tel fléau en Mongolie qu'il n'est pas rare de préciser qu'un homme ne boit pas, pour le caractériser.

Cela dit, avant de m'offrir une bouteille de whisky, les bras tendus en avant, comme le veut la tradition mongole.

– C'est la première fois de ma vie que j'ai affaire à un détective, il a remarqué.

– On me dit souvent ça à la première rencontre. Après, ça rigole moins quand je mets le nez dans les affaires... Comment se fait-il que vous parliez si bien le français ?

– J'ai passé quelques mois de formation militaire dans le sud de la France, à Montauban.

– Ah ! Voilà pourquoi vous avez un léger accent toulousaing...

– Montalbanais ! On ne devrait jamais quitter Montauban, a conclu le général, qui connaissait ses classiques.

Il m'a demandé ce qui était arrivé à mon nez. J'ai répondu que je m'étais essayé à la lutte mongole et que mon masque plaisait aux femmes... ça l'a fait sourire.

Son deuxième geste (après m'avoir fait cadeau d'une bouteille de whisky) fut de me tendre cérémonieusement son manuscrit, toujours les deux bras tendus. C'était un texte d'une centaine de pages, protégé par un classeur bleu en plastique bon marché.

J'ai feuilleté vite fait, sous son regard concentré. C'était écrit en mongol et j'ai eu la surprise de découvrir de jolies illustrations bucoliques, mettant en scène des animaux colorés, tous représentatifs de la steppe : ours, chameaux, chevaux, loups, poissons (de rivière) mais aussi, plus surprenants, des tortues, cigognes (ou flamants roses ?), canards, éléphants et crocodiles versant des larmes ; sans oublier des fleurs et un personnage d'arbre, avec un visage tour à tour souriant ou inquiet. Je restais perplexe, pour ne pas dire dubitatif et circonspect, tant le caractère naïf de l'œuvre contrastait avec l'aspect rude et martial de l'homme que j'avais en face de moi.

La discussion que nous avons eue ensuite m'a laissé sur le cul.

Dans un excellent français, le général m'a dressé un tableau sans concession de son pays.

– Nous sommes entre le marteau et l'enclume : le capitalisme et le communisme, mais aussi la Russie et la Chine. Ce n'est jamais bon pour nous quand ils s'entendent bien… Je crois qu'il faut être patient et y aller doucement. L'ancienne génération, née sous le communisme, est poussée par la nouvelle, celle des années 70. Nous avons eu aussi nos gardes rouges, vous savez. Ils disaient que tous les moines étaient mauvais. Mais on ne peut pas diviser le monde en bons et méchants. La queue de notre dragon est en train de quitter le communisme, mais tous les Mongols veulent du travail et une bonne éducation pour leurs enfants. Nous allons finir par trouver un équilibre.

Il s'est ensuite lancé dans une tirade sur la nécessité écologique. C'était le sujet de son livre, qu'il m'a raconté dans les grandes lignes. Un chameau et un ours traversent la Mongolie pour fuir les pelleteuses des prospecteurs de minerais. Sur leur chemin, ils rencontrent d'autres espèces qui ont été forcées de fuir leur habitat naturel, sous la pression des hommes. L'espèce humaine est en train de détruire la planète alors que la nature ne lui appartient pas. C'est l'homme qui appartient à la Terre, et non l'inverse. Conclusion : l'homme se fait la guerre à lui-même, il se suicide, en s'attaquant aux autres espèces animales – « car l'homme est un animal », rappelait-il – et celles-ci n'ont d'autres choix que de partir ailleurs ou elles finiront par disparaître, comme c'est déjà le cas pour de nombreuses d'entre elles.

Je ne pouvais qu'être d'accord avec lui.

Il en imposait avec son allure impeccable.

Son air impassible.

Je lui ai dit que j'allais présenter son livre à mon ami éditeur, dès mon retour en France. Je connaissais une Mongole, vivant en France, qui pourrait le traduire. Je le tiendrais au courant. Nous avons scellé cet accord en ouvrant la bouteille de scotch, malgré l'interdiction, et avons trinqué à l'amitié. À propos, comment était née celle qu'il entretenait avec Pat ? Bizness ou affinités ?

– Lisez mon livre, il m'a dit de manière sibylline, avant de prendre congé, me laissant sur ma faim.

Je n'avais pas eu le temps de lui poser les questions que j'avais prévues. Pourquoi avoir envoyé à Pat ces photos du cadavre bouffé par les vautours ? Comment les avait-il eues en sa possession ? Était-ce lui qui les avait diffusées sur Internet ? Savait-il qui étaient les hommes masqués autour de Nogi ? Et comment il était mort ? Qui en voulait à notre ami, au point de le menacer de le tuer ?

« Lisez mon livre », il avait simplement répondu.

Comme si j'allais y trouver les réponses à mes questions.

Ce type n'avait pas été chef des services secrets pour rien.

Après son départ du théâtre, j'ai appelé Solongo. Elle n'avait « pas le temps »...

J'ai donc essayé de lire l'ouvrage en m'aidant des illustrations.

Après tout, c'était un livre pour enfants.

Les deux personnages principaux étaient donc un ours et un chameau.

Ils étaient amis. Le chameau demandait à l'ours de l'accompagner dans la nature. Une tortue à lunettes leur conseillait de la suivre un moment dans la steppe. L'ours tentait d'attraper la tortue, qui rentrait sa tête dans sa carapace, sous les yeux d'un arbre choqué...

L'ours s'asseyait alors pour écouter l'arbre.

L'ours et le chameau se prosternaient ensuite devant le soleil.

Le chameau et l'ours traversaient une forêt avec ravissement.

Mais un autre ours, beaucoup plus gros, s'en prenait au chameau, avec l'aide d'un loup. Les deux amis s'enfuyaient alors vers les montagnes.

Le chameau et le petit ours se retrouvaient dans deux cercles juxtaposés (?!), sous les yeux d'un vautour.

Surgissait un poisson… dans le ciel (?!).

Alors là, j'étais perplexe.

J'avais cru identifier Pat et le général menacés par plus fort qu'eux, si j'en croyais les paraboles métaphoriques, grosses comme des casernes. Enfin, une sorte de cigogne leur tenait à peu près ce langage : faites l'amour, pas la guerre, c'est du moins ce que je comprenais. Et l'ours se faisait couvrir… par le chameau ?!

Naaaan ! Il le portait pour l'aider à fuir un danger.

Un crocodile versait des larmes (normal), sous les yeux de l'ours et du chameau. Puis un éléphant entouré de fleurs (faut arrêter la fumette, papy !) s'adressait à eux, en les dominant de sa haute taille (il y avait donc plus gros que cette espèce de grizzly monstrueux : la Chine ? Ou une multinationale, genre Rio Tinto ?).

L'ours partait finalement avec maman ourse et ses petits (Pat et sa famille, je visualisais) sous le regard du chameau / général attristé mais soulagé. L'ours / Pat disait au revoir à ses amis (chameau, canard, tortue, éléphant, cigogne, crocodile, etc.), sous les yeux d'un loup affamé. Le tout avec des couleurs tirant sur le rouge, bleu, vert, jaune.

C'était naïf mais joli. Le message du général était clair.

Pat allait (ou devait-il ?) quitter la Mongolie, de gré ou de force.

Exactement comme le suggéraient ces photos qu'il lui avait transmises, montrant ce qui lui arriverait… s'il imitait Nogi.

Un Nogi en dette avec les nationalistes.

Un Nogi parti chercher de l'or en Gobi.

Donc en bisbille avec ses anciens amis ninjas.

Pat était un allié du gouvernement actuel.

Mais les élections présidentielles approchaient[13].

---

13. Après deux mandats, le président sortant, Tsakhiagiyn Elbegdorj, ne se représentait pas. Mieygombo Enkhbold, éleveur de chevaux et maire de la capitale Oulan-Bator, était le favori pour lui succéder. Son parti, le Parti du peuple mongol (P.P.M.), avait remporté les législatives de juin 2016. Mais, contre toute attente, le candidat de l'establishment n'a récolté que 30,3 % des votes. Il était accusé d'avoir monnayé un grand nombre d'emplois publics, et ce scandale lui a sans doute coûté des voix.
La surprise de ce premier tour inattendu est venue du troisième homme, Sainkhuu Ganbaatar, du Parti révolutionnaire du peuple mongol (P.R.P.M.), qui n'est arrivé qu'à 0,1 point du deuxième. Ses partisans ont d'ailleurs rapidement crié à la fraude, les résultats de certains bureaux de vote ayant tardé à arriver. Le retard dans le dépouillement, a expliqué le président de l'institution électorale, a été causé par un « sabotage délibéré » d'un câble haut débit dans la province de Gobi-Altaï au sud-ouest du pays… Cet ex-maître feng shui, qui a quelque peu enjolivé son C.V. en s'attribuant des diplômes, n'omettait pas de dénoncer les malversations de ses adversaires. Il avait cependant été accusé d'avoir reçu un don illicite de plusieurs milliers de tugriks de la secte sud-coréenne Moon.
C'est le candidat du parti d'opposition (P.D.), l'ancien judoka Khaltmaa Battulga, qui est arrivé en tête avec 38,1 % des voix et qui a fini par être élu le 9 juillet 2017. Ce self-made-man est devenu un magnat de l'immobilier et possède un parc d'attractions dédié à Gengis Khan. Lui aussi est touché par les affaires. Il est soupçonné de détenir des comptes à l'étranger.
« La corruption est arrivée à un tel niveau que la population est de plus en plus désenchantée par la démocratie instaurée en 1990, après près de soixante-dix ans de communisme. Malgré ses richesses minières (cuivre

Le général conseillait-il, indirectement, voire inconsciemment, à son ami de quitter le pays ? Ou l'avait-il menacé, « en douceur », via les photos ? Question de territoire. Pat était devenu trop puissant, dangereux, dérangeant. Il était temps qu'il quitte le pays.

Je ne voyais pas comment lui tirer davantage les vers du nez.

J'avais quand même affaire à l'ancien chef des services secrets mongols.

Un homme qui ne devait pas parler pour ne rien dire.

Du genre à agir.

De l'acabit de Batnasan, le tueur de loups.

---

et charbon), qui avaient lancé sa croissance jusqu'à la chute de leur coût dans les années 2010, le pays reste très endetté et dépendant de son voisin chinois. Cette situation a entraîné la mise en place d'un plan de stabilisation du FMI de 5,5 milliards de dollars. » (*Le Figaro*, 27/06/2017)

– 23 –

Entre dipsomanie et diplomatie

Je me sentais proche de Batnasan. Pas seulement parce qu'il m'avait pour ainsi dire sauvé la vie, mais aussi pour sa relation ambiguë avec l'alcool. Il était comme moi sujet à la dipsomanie[14]. Mais, à part une cuite de temps en temps, lors de grandes occasions, Batnasan ne buvait pas, ou plutôt presque plus. Il pouvait s'abstenir pendant de longues durées. Il avait gardé des habitudes de sportif de haut niveau, s'entretenait physiquement. Avait des valeurs…

J'aimais son côté direct, franc et sincère, comme Sakura et la plupart des « vrais » Mongols », comme on dit des « vrais » chamans.

Lorsque j'ai fini par le localiser, Batnasan était en mission de sécurité sur une mine de diamants.

---

14. Impulsion se traduisant par une tendance irrésistible à boire de grandes quantités d'un liquide toxique, en général de l'alcool.

Je lui ai demandé s'il pouvait me parler du tatouage de son cousin Nogi.

– *Yes.*

– *It was a mongol emblem on his arm ?*

– *Nop.*

Je lui ai montré l'emblème de la Légion étrangère sur mon smartphone.

– *This emblem* ?

– *Nop.*

– *Not a mongol flag ? Are you sure ?*

– *Yeap.*

Nogi avait donc bien un tatouage de la Légion, mais rien qui ressemblât à un emblème mongol. Tandis que je faisais défiler les photos du cadavre de son cousin, j'ai vu dans ses yeux une lueur que je ne lui connaissais pas. Comme de la lumière noire.

Une prunelle de loup.

J'ai senti une mauvaise vibration.

J'ai bien cru qu'il allait me sauter à la gorge.

J'ai préféré abréger l'interrogatoire.

J'avais maintenant la conviction qu'on avait intégré le symbole de la Mongolie au tatouage initial de Nogi, et que Batnasan l'avait évidemment remarqué. Il y avait bien eu manipulation.

Une tentative en tout cas…

Et on me baladait depuis mon arrivée en Mongolie.

Tout le monde me mentait, ou presque.

Libre à moi de croire, ou de ne pas croire ce qu'on me racontait.

J'allais devoir ne me fier qu'à moi-même.

Aidé par ma petite voix. Et mon masque de Super Jérôme.

Tom ! Tom ! Grand ! Grand !

L'homme (grand) dont la tête est une forêt…

– 24 –

L'offrande et les produits de beauté

Le lendemain, Pat m'a demandé de l'accompagner à un mystérieux rendez-vous sur un parking, situé près du Parlement et du musée de l'Histoire mongole, qui abrite également l'état-major des services de renseignements.

Enebish a garé le 4 X 4 devant un supermarché et j'ai vu arriver le général Munkhnaran en civil. Il portait une gâpette, comme celle de Batnasan, et tenait un sac en plastique blanc dans une main. Il m'a salué chaleureusement, sans faire référence à notre récente rencontre.

Un instant, j'ai cru qu'il trimbalait un flingue dans son sac. Mais c'étaient deux perdrix récemment tuées, qu'il a fièrement montrées à Pat. Une sorte d'offrande qu'il lui faisait.

Puis ils se sont mis à l'écart un bon quart d'heure pour parler.

Je suis resté dans la voiture, à parfaire mon mongol avec Enebish.

Puis le général est parti de son côté, en me faisant un bref signe de la main, Pat et moi, du nôtre.

– De quoi avez-vous parlé ?, j'ai demandé à Pat, dont le visage était décomposé.

– De bizness, il a feulé.

– Tu sais que je le soupçonne de t'avoir trahi mais…

Je te fais confiance, a écrit Pat sur son carnet. *Tu me diras quand tu auras trouvé qui me menace. Seul le résultat compte.*

– OK, d'accord. Mais on fait quoi là, ici et maintenant ?

On va faire des courses. Je n'ai plus de crème Nivea.

– Prends aussi des pastilles pour la gorge ! Et des chaussettes, j'ai besoin de chaussettes, Pa-Pat… Sans oublier les capotes.

Pat n'a pas ri.

– 25 –

L'œuvre déchirante d'un génie renversant

Le lendemain matin, j'ai trouvé une enveloppe glissée sous le pas de la porte de ma chambre. Dedans, il y avait une longue lettre de Pat et deux chèques signés.

Un pour moi.

L'autre destiné à Héléna.

Cher Jérôme, mon nouvel anda.

« Si tu ne trouves pas ce que tu cherches, c'est que tu l'as déjà », a dit un sage chinois. Je me rends compte qu'à force de vouloir toujours davantage je risque de perdre ce que j'ai : une femme que j'aime et qui m'aime, des enfants, des amis.

Au moment où tu liras ces lignes, je serai dans un avion pour la France. Le général m'a prévenu que j'allais me faire arrêter si je ne quittais pas le pays au plus vite. Il m'a donné une clé USB bourrée de documents que je n'ai même pas eu le temps de détailler.

J'ai juste eu le temps de prendre le nécessaire et le premier avion, avec femme et enfants. Je dois me mettre au vert quelque temps. Ça tombe bien parce que, tu avais raison, la France me manque. Vivement que je prenne un café serré au zinc. Je veux manger le croûton de ma baguette en sortant de chez le boulanger du coin, faire mon marché et jouer au loto. Ça durera ce que ça durera, un ou deux mois, ou deux ans, on verra. Mais il fallait que je mette ma famille à l'abri.

Avant d'en venir à nos « affaires », je vais te parler un peu de moi. Ne répète surtout pas ce que je vais te dire. Ça reste entre nous. Quand je suis ivre, je dis des choses que je ne devrais pas. Sauf aux copains… Mais c'est la vérité. Tu m'as souvent confié que tu me trouvais mystérieux.

Il n'y a pas de mystère. Je suis un ancien « soldat de fortune », comme on disait dans le temps. Un « affreux ». J'étais aux côtés de Bob Denard lorsque, dans la nuit du 27 au 28 septembre 1995, le président Saïd Mohamed Djohar a été renversé aux Comores, dans l'océan Indien. J'ai gagné 90 000 francs en une heure, sur ce coup-là.

Depuis, je dors mal. J'étais un bon gars, avant ça, tu sais.

Je me souviens d'une mission, c'était au Rwanda, je crois. On ne savait même pas où on était… Un massacre, ça a été. Un connard, qui s'appelait Foker, ou Fauker, je sais plus, on était sous ses ordres.

Mes nuits sont hantées par les fantômes de camarades

tués au combat, ou de victimes tuées « par erreur ». T'as dû entendre parler de cette voiture piégée au Pakistan… Une cible ratée… Le commanditaire était célèbre. Il est devenu patron d'une chaîne de télévision. Sans parler du président, notre grand président, tu sais : le mythe errant et son fi-fils raté… La France-Afrique ! Rien que d'y penser, ça me donne envie de gerber.

Ma vie d'adulte a commencé une nuit, à trois heures du matin. J'avais un béret rouge et on nous a fait monter dans un avion sans nous dire où nous allions. C'était au Rwanda je te dis, je crois, ou au Congo peut-être… ça aurait pu être New York, on n'en savait rien mais on faisait ce qu'on nous disait de faire. C'était une guerre « secrète », ils disaient.

On avait signé une lettre de « confidentialité et devoir de réserve » avant de monter dans l'avion.

J'ai servi dans les Forces spéciales, service Action de la D.G.S.E. Y a prescription maintenant. Depuis je n'ai plus honte de rien parce que j'ai tout vu cette nuit-là, y compris la lâcheté des gouvernements, du sang et des morts. Et puis après, ça s'est enchaîné.

J'ai passé le concours de la police et j'ai couru après des bougnoules (que j'aime bien) pendant deux ans. C'était mal payé et ça picolait beaucoup. Un soir, alors que j'étais à la circulation, j'ai failli me faire enculer par un inspecteur bourré lors d'une sauterie. Ce con m'avait attaché avec des menottes à un radiateur, pour déconner. Depuis, je suis capable du pire en quelques secondes. Je ne me contrôle plus.

Un jour, mon frère a dû me casser le bras pour

m'empêcher de tuer quelqu'un. Ensuite, j'ai vendu mes services au plus offrant.

J'étais un bon gars, avant ça, je te dis. Qui aimait sa grand-mère et tout.

Et j'ai fini par créer ma société, cotée en Bourse, comme tu le sais.

Tout ça pour te dire que je n'ai pas honte de ce que j'ai fait parce que c'est la vie qui est comme ça. Parfois tu n'as pas le choix, tu ne peux pas faire la tafiotte, ni même pleurer. Il est trois heures du matin et la vie passe à la mort. D'un coup. Et au moment où tu le sais, tu as cessé de le savoir… comme dirait l'autre.

Lorsque j'ai reçu ces photos du cadavre dans les montagnes, j'ai tout de suite demandé à mon geek de frère, « expert en informatique », de retrouver l'adresse I.P. de l'ordinateur d'où ce truc était parti. Et ça l'a mené non pas au général Munkhnaran, qui m'a informé très vite que j'étais menacé. Il vient de m'apprendre que ça mène à Batnasan !

Et là je suis tombé de ma chaise. Comme toi, j'imagine.

Ne me demande pas pourquoi ni comment, ce serait trop long et trop compliqué. Il y a dans cette histoire, de gros sous évidemment, des ramifications complexes que tu n'imagines même pas.

Batnasan voulait que je parte pour prendre ma place à la tête de mon bizness, c'est aussi simple que ça. Je ne voulais pas y croire. Ça m'a rendu malade.

J'en ai perdu la voix. Rien de pire que la trahison.

Il allait me balancer au fisc. Et il a réussi son coup, parce que j'ai le gouvernement mongol au cul.

Tu l'auras compris, je menais ma propre enquête de mon côté et tu m'as servi à brouiller les pistes : ça a mis la panique dans ce panier de crabes.

Le crabe, c'est moi qui l'ai maintenant.

Ce n'est pas le général qui a fait disparaître Nogi, mort lors d'un accident du travail, pour ainsi dire, puisqu'il s'est fait buter pas ses anciens collègues ninjas. Ils ont provoqué un éboulement dans une mine. D'où ses blessures aux jambes : c'est pour ça qu'on lui voit les os sur les photos. Ils ont tout de même livré son corps à sa famille. Et Batnasan a tenu à faire ça à l'ancienne, dans la tradition tibétaine, pour lui rendre hommage. Si tu regardes bien les photos, on reconnaît sa gâpette. La même que celle de Munkhnaran, il y avait de quoi se tromper.

Pas question pour Batnasan de provoquer les esprits. Sur la dernière photo, on le voit nettoyer le crâne de feu son cousin avec précaution.

À ses côtés, les deux hommes aux visages camouflés, ce sont tes « amis » Laurel et Hardy. En beaucoup moins sympathiques, je te l'accorde. Il n'a pas été difficile de remonter à ce benêt de Pedro, le Québécois, et son pote Santo. Mon frère a retrouvé les bornes téléphoniques déclenchées par les portables, puis les puces, et bingo !

Batnasan a eu le tort de les mettre dans le coup.

Un traître, ça peut être trahi.

Quand il a appris que son cousin était devenu S.D.F. à Paris, il l'a rapatrié en Mongolie avec l'aide des bikers, *donc des nationalistes, dans l'espoir qu'il les aide à trouver un gisement d'or dans le désert de Gobi. Et ce con de diamantaire a débarqué comme dans un jeu de quilles…*

Il était sur le coup du même gisement d'or, convoité par la « Milliardaire rouge ». Ce fut là sa grande erreur.

On ne fait pas de bizness avec la « Chinoise » en Gobi.

Sa femme l'a vendu aux ninjas, comme un chien.

Et les deux abrutis de Santo et Pedro ont voulu éliminer Batnasan pour avoir plus d'or. Comme dans les westerns. Ils auraient fini par s'entretuer. L'or rend fou, c'est connu. Moi, ce qui m'intéressait, c'est l'uranium. Ce qui a causé ma perte. Trop long à t'expliquer, vraiment. Lis les journaux

Le pire a été de mêler mon ami le général, et la petite Héléna, à cette merde. Toi aussi, bien sûr, comme ma femme, mais tu ne rêvais que de ça. Tu voulais de l'action, tu en as eu. Quant à ma femme, elle me verrait bien président de la République française ! J'espère ne pas la décevoir…

Ce serait bien de mettre toute cette histoire noir sur blanc.

Tu sais manier la plume. Et si tu écrivais un livre ?! Sois comme Achille ! Inscris notre nom dans l'Histoire. Offre-nous l'immortalité !

C'est pour ça que je t'ai fait revenir, mon pote. Non seulement pour avoir un bon copain, mais pour garder une trace de mon passage en Mongolie. Un pays fascinant que j'aime comme mes enfants. Pas sûr que je revienne vivant. J'ai un cancer de la gorge.

Cette fois-ci, je vais zapper le chaman pour me faire soigner en France.

Je vais regretter la Mongolie.

Dans ce monde de plus en plus réglementé, c'est un des

rares pays où un aventurier comme moi peut vivre avec ses propres règles : la loi du plus fort. Si je veux faire quelque chose, je le peux. Ne pas avoir d'argent n'a jamais été un souci pour moi. Je suis arrivé en Mongolie avec 150 euros en poche. J'en ai gagné pour ne pas dépendre des autres… Et ne pas être soumis au diktat de l'argent. Y en a partout, du fric, faut juste aller le prendre là où il est. De force, si besoin.

Aujourd'hui, tout est fait pour les faibles, regroupés comme des moutons. Les loups solitaires, comme toi et moi, ont de moins en moins d'espace pour s'exprimer. Ce n'est plus un combat d'homme à homme mais d'homme à système uniformisé. Je suis un individualiste affirmé. Mais un individualiste altruiste. Je veux bien aider les plus faibles mais je ne veux pas qu'on m'y oblige. Toi et moi, nous sommes les derniers des Mohicans. Des électrons libres, mon pote. Et ça ne pouvait que faire des étincelles. Ça fait peur aux autres, ça, la liberté : les gouvernements, les gouvernés, ces moutons de suiveurs bêlant toute leur chienne de vie de toutous dominés. Ils me dégoûtent, si tu savais. Je ne crois ni au grand soir à la Che Guevara, ni aux dictatures. Je veux juste qu'on ne me fasse pas chier ! Je veux fumer, manger ce que je veux, baiser qui je veux et aller où bon me semble, en picolant jusqu'à plus soif. Je veux être liiiiiibre Maaaax ! Mais bon, je me suis marié et j'ai fait des mômes alors… J'ai promis à Zulaa et aux enfants de les emmener en Afrique, au Kenya, pour voir les derniers éléphants, les lions, tout ça, comme dans le livre de Karen Blixen.

J'ai besoin de quelqu'un de confiance qui s'occupe de mes

affaires, de leur héritage. Et comme je sais que tu es nul en bizness, tu seras associé au général. Vous aurez 49 % de mes activités, à part égale. Ha ! ha ! Va diviser 49 en deux, ma gueule... Les 51 % restants appartiennent à Zulaa, qui m'a laissé la signature tant que je suis en vie. Une dernière chose. Héléna arrive par l'avion du matin. Elle a des choses à se faire pardonner, je crois. Ce serait bien que tu ailles la chercher à l'aéroport. J'ai réservé une yourte pour vous, à Terelj. Voici un chèque pour elle, que tu lui donneras. C'est l'argent que je dois à ses employeurs (officiels). L'autre est pour toi. Tu y inscris la somme que tu veux. Je sais que tu es raisonnable. C'est toute la différence entre nous, Jérôme.

Bise virile.

Pat, ton anda

P.-S. : Après sa disparition, sa mère m'a assuré qu'il n'avait jamais eu de tumeur, et les chèques étaient tous les deux en bois.

– 26 –

Retrouvailles et explications

Le lendemain, avec l'aide d'Enebish (Pat m'avait laissé la jouissance de sa voiture) j'ai récupéré Héléna à l'aéroport Gengis Khan.

Elle a déboulé comme si de rien n'était. Je lui ai demandé des explications. Avec aplomb et de la malice dans le regard, ma jolie frimousse russe m'a assuré que c'était pour mon bien qu'elle m'avait étranglé. Elle n'avait fait que tenter de me prévenir du danger. Je ne savais pas où j'avais mis les pieds… Si elle était là, devant moi, c'est qu'elle tenait à moi. Oui, elle s'en était voulu mais désirait me revoir une dernière fois. Avant de se marier.

Pas avec moi, non, avec son patron qui venait de lui offrir une bague de fiançailles. Elle ne pouvait pas refuser.

Il était « tellement riche » !

Mais elle avait toujours envie de me lécher le visage.

Et moi j'ai gobé tout ça.

Grand bien lui fasse.

Je voulais bien être son amant occasionnel.

Moi aussi, j'en avais une de bague.

Celle du diamantaire.

Moi aussi j'allais être riche.

Je ne l'avais pas encore fait estimer, mais j'en espérais quelques milliers d'euros.

À défaut d'or, j'avais vécu des aventures, rencontré trois super femmes et je m'étais fait de nouveaux amis.

J'étais vivant. Que demander de plus ?

Bilan globalement positif, comme dirait l'autre.

J'ai donc accepté les excuses d'Héléna, mais en échange d'explications sur son véritable rôle dans cette histoire.

– Tu en es sûr ?, elle a demandé en faisant pétiller ses taches de rousseur. Je te préviens, ça va te paraître… comment vous dites : globuleux ?

Nébuleux, elle voulait dire.

Et ce le fut. Elle me les a données, ses explications, dans la voiture, sur la route de Terelj. Une bonne vingtaine de minutes, ça lui a pris. De son vrai nom Svetlana Alexievitch, homonyme parfait de la prix Nobel de littérature 2015, « Héléna » travaillait non pas pour l'organisme antiblanchiment Tracfin, mais pour le concurrent de MiniumFrance, le Russe ARMZ (Rosatom), furieux de s'être fait griller, comme le Canadien Uranium One et l'Australien Paladin, dans l'opération Atomin. Constatant que ce qu'il croyait être une opération juteuse s'était avérée une nébuleuse pourrie de l'intérieur, l'occasion était trop belle d'éliminer un rival. Dans le plus grand secret, pendant de longs mois, main dans la main avec le Money Laundering Reporting Office Switzerland (M.R.O.S.), l'homologue suisse de Tracfin, elle avait suivi pas à pas le chemin complexe emprunté par plusieurs millions de dollars depuis des places offshore vers des comptes liés à Olivier Pèze, le compagnon de la patronne de MiniumFrance, Anne Vaularjean.

Son enquête avait débouché sur des faits de délits d'initiés, dans le cadre du rachat d'Atomin qui s'est soldé par le fiasco financier que l'on connaît. 3 milliards d'euros d'argent public ont été engloutis dans l'opération. MiniumFrance était victime d'une vaste escroquerie (voir la dépêche AFP, page 13).

Parmi les intermédiaires qui ont contribué au rachat d'Atomin, on trouve les noms du banquier belge Paul Bouter, du milliardaire anglais John Fourest, du Français Philippe Balkanzi, député-maire du Var.

Tout concordait. Mais elle avait raison, c'était chiant.

Ce micmac me laissait froid. Me voyant bâiller, Héléna a abrégé.

Des magistrats instruisaient. Une information judiciaire était en cours.

Point final ? Que nenni. L'État français se préparait à recapitaliser MiniumFrance jusqu'à 3 milliards d'euros, m'a-t-elle expliqué, et les Chinois comme les Japonais font des propositions concrètes d'investissement. Il s'agit de sommes colossales.

Un monde auquel je n'aurais jamais accès.

– Ça va, ça va, j'ai compris.

Si elle croyait que ça m'empêchait de dormir. Cette course au fric me révulsait.

– Ne te vexe pas, elle a conclu. C'est un autre monde. Et je préfère le tien, si tu veux savoir. Toi, au moins, tu es libre.

J'y suis quand même allé de mon speech antimondialisation :

– Les banques ont pris le pouvoir. Sans la fin des paradis fiscaux et le boursicotage du libéralisme sauvage, nous allons dans le mur. Tu devrais avoir honte de travailler pour ces gens-là. Nous empoisonnons la planète autant que nos veines et nos cerveaux. L'humanité peut s'autodétruire. C'est du suicide. Nous devons être plus solidaires. Et nous faisons tout le contraire.

– Tu as fini ?

– Oui.

– Venge-toi alors ! Embrasse-moi comme si tu m'aimais et baise-moi comme si tu me haïssais. Fais-moi l'amour comme la première fois… Donne-moi une fessée ! Sois fort !

– Vraiment ?

– Puisque je te le dis ! Tire-moi les cheveux, comme tu sais le faire.

Ça tombait bien, nous étions dans la même yourte que la première fois. Laquelle a de nouveau fait naître l'alchimie entre nos deux corps, nos esprits. La magie a opéré une fois encore et la nuit fut à nouveau bestiale.

C'est une des choses que je regrette le plus de la Mongolie.

Tout y est plus simple, franc, direct. Brut de décoffrage.

L'humour, l'amour, la mort.

On mange quand on a faim.

On se réchauffe quand on a froid.

Pour voyager on monte à cheval.

On dort quand on est fatigué.

J'ai donc refait l'amour avec Héléna. Et j'ai donné la mort à Santo et Bison.

Mais, une dernière fois, je vais encore trop vite… Filez-moi cette putain de vodka qui a tué mon ami. Que je vous raconte la fin. Parce qu'il était revenu me chercher dans le désert de Gobi, au risque de se faire tirer dessus par Bison et Santo, j'allais épargner Batnasan évidemment. Mais avant cela, il me devait un dernier service.

– 27 –

Âmes sensibles, zappez ce chapitre…

1er round.

Ces abrutis de Santo et Bison n'avaient même pas eu la présence d'esprit de se faire oublier quelques jours.

Accompagné d'Enebish et de Batnasan, j'ai d'abord cueilli Santo au moment où il sortait sa louve pour la faire pisser, vers une heure du matin. Au risque de tomber truffe à truffe avec une meute de chiens errants.

Il habitait au rez-de-chaussée d'un immeuble datant de l'ère soviétique, situé tout près de l'ambassade de Cuba.

Je ne lui ai pas laissé le temps de sortir son flingue, ralenti qu'il était par son bras en écharpe. Car c'était lui qui avait été blessé quand nous avions répliqué dans le désert de Gobi.

Pour ce petit bonhomme, je n'ai pas eu besoin de Batnasan, le boxeur chaman. Je lui ai collé une manchette-coup de coude qui l'a assommé direct. Il l'avait assez cherché, ce con. Nous avons ramené Santo dans son petit appartement, situé au rez-de-chaussée, qui sentait le fauve à cause de la louve. Alors qu'il était encore évanoui, Enebish l'a bâillonné avec une chaussette et du sparadrap. On l'a déloqué puis introduit, encore inconscient, dans la cage avec sa louve.

Pour calmer la louve qui éructait, nous avons couvert le tout d'une couverture et les avons transportés à l'arrière du 4 X 4.

Le planton de l'ambassade de Cuba voisine dormait dans sa guérite. Ni vu ni connu. Enebish a roulé un moment en direction de la « campagne », pour trouver un coin désert.

Histoire de nous détendre un peu sur la route, Enebish a mis la radio et entonné ses ritournelles habituelles, dédiées aux chevaux mongoles galopant dans la steppe.

J'ai ouvert une bouteille de Gengis Khan que nous avons à moitié vidée pour nous donner du courage.

Pat aurait aimé la suite.

Une fois arrivés à destination, nous avons retiré la couverture qui couvrait la cage et l'avons déposée à l'orée d'une forêt.

Santo, qui avait repris ses esprits, a imploré, supplié qu'on le relâche. Et comme il était gelé, Enebish l'a aspergé de vodka.

J'ai jeté une allumette, pour l'effrayer, sachant très bien que le feu ne prendrait pas… Le feu a pris.

Enfin, disons plutôt que les cheveux de Santo se sont enflammés.

Ce con de Santo s'est transformé en bougie.

Comme nous n'avions pas d'extincteur, nous lui avons jeté de la neige pour l'éteindre.

Puis bêtement j'ai voulu m'amuser un peu. Je n'étais plus moi-même, je dois bien l'avouer.

Sous la menace de son propre revolver, j'ai ordonné à Santo de sauter sa louve.

– Nique ta louve ! Nique ta louve !, j'ai gueulé.

Laquelle est devenue folle de rage, se cognant contre les barreaux de la cage, pour échapper à son maître, en le mordant. Santo hurlait, autant de douleur que de terreur.

Il était temps d'en finir. Ça devenait glauque.

Je n'allais pas lui coller une balle dans la tête.

Alors, malgré les protestations d'Enebish, j'ai ouvert la cage.

On n'enferme pas un loup.

Miss Reiki me l'avait prédit : j'ai caressé la tête de la louve, pendant que Santo pissait sous lui. L'emprisonner eût été trop facile.

Il risquait de s'en tirer grâce à ses relations haut placées.

Mieux valait ne pas mêler la police aux affaires de Pat.

Il était peu probable que Santo survive jusqu'au matin, avec cette température de moins trente facile, avec le vent.

La louve, elle, pouvait s'en tirer.

J'entends encore les hurlements de Santo qui suppliait qu'on l'emmène avec nous. C'est la dernière image que j'ai de lui. Grelottant, nu dans la neige jaunie par la pisse.

Avec à ses côtés la louve semi-apprivoisée, qui hésitait entre partir de son côté et rester près de son ancien « maître ».

Nous avons quitté les lieux sans nous retourner et roulé jusqu'à Oulan-Bator dans un silence de steppe.

2e round.

Pour Bison, ce fut moins aisé. Lui on l'a pêché, le lendemain, à la sortie du campement minier où il travaillait au *catering*.

En pleine nuit également et sans témoins.

J'avais prévenu Batnasan que le Québécois était costaud.

Nous n'étions pas trop de trois pour le maîtriser.

Ce fut une belle bagarre. Batnasan a dû s'employer, tant le gros ne voulait pas tomber. Un bref instant, j'ai craint qu'il s'en tire. Mais Bison s'est vite essoufflé. D'un *jab* bien ajusté, Batnasan l'a allongé pour le compte. Nous avons déloqué Bison lui aussi, et l'avons harnaché comme un cheval, en lui ligotant les couilles, de telle sorte que chaque fois qu'il tentait de se mettre debout, il s'arrachait les joyeuses.

Sa punition fut d'être chevauché par Enebish, qui lui battait les flancs chaque fois qu'il ralentissait.

Il a grogné, râlé, couiné, et lorsque ses couilles ont commencé à bleuir, de froid et de douleur, j'ai dit :

– Finissons-en.

Il y a toujours un moment où il faut que ça s'arrête.

J'ai horreur qu'on humilie les gens.

Nous l'avons transporté jusqu'au pied de la montagne aux vautours, pour qu'il connaisse le même sort que Nogi.

Ils allaient se repaître de sa chair, dans la tradition tibéto-mongole.

Mais encore vivant.

Nous l'avons abandonné sur place, attaché comme un rôti. Qu'un assassin comme Bison finisse dévoré par un charognard, rien de plus logique. Après avoir bu des coups avec moi au Triskel, ce type avait essayé de me tuer, sans remords ni scrupules. Il avait descendu Diane, trahissant ainsi Batnasan qui l'avait recruté pour doubler Pat. Aucune pitié à avoir.

Enebish m'avait expliqué que les vautours commencent par le ventre et les tripes, comme les hyènes dans la savane.

Puis ils attaquent les yeux.

Nous sommes partis sans nous retourner, une fois encore.

À l'aube, la vue sur la vallée était à couper le souffle. Les montagnes étaient couvertes de pins et au milieu coulait, non pas une rivière, mais un canyon de neige. Sur la route du retour, j'ai entrouvert la fenêtre et allumé un cigare. J'en ai proposé un à Enebish qui a décliné. Il a préféré ouvrir une autre bouteille de vodka, que nous nous sommes enfilée sous les yeux de Batnasan, mutique.

Arrivés à Oulan-Bator, nous ne sommes pas allés aux putes.

Enebish avait hâte de retrouver son cheval. Nous nous sommes dit adieu chaleureusement.

Avec Batnasan ce fut plus froid, évidemment. Il m'a regardé droit dans les yeux. Il savait que je savais. Ça suffisait. Il avait trahi mon ami, qui lui-même ne m'avait pas tout dit, et pris le risque de faire un marché de dupes avec Santo et Bison. Nous avions tout le temps de méditer là-dessus jusqu'à la fin de nos jours. Batnasan est parti sans se retourner.

J'ai appelé Sakura, suis tombé sur sa messagerie. En attendant qu'elle me rappelle, j'ai envoyé un message à Pat. Pas de réponse non plus.

Restait la bague, toujours bien calée dans ma mini-poche de jean.

J'allais l'offrir à Héléna, évidemment. Histoire de griller son patron friqué. Elle aurait le choix entre la sécurité et l'amour. L'argent, ou l'aventure.

En attendant sa décision, j'allais enfin réaliser mon rêve de voyager en Transsibérien. Sans tomber du train cette fois…

Je voulais rejoindre Vladivostok depuis les cours de géo de mon enfance, lorsque j'admirais la carte fixée au mur de la classe. Impossible de proposer ça à Héléna.

Il y a plus romantique comme voyage de noces, je savais bien.

Quoique… en traîneau, bien au chaud, façon *Dr. Jivago*.

Je nous voyais bien traverser la Sibérie, plantant notre yourte de *ger* en *ger*. J'me comprends.

Ensuite, nous irons en Chine, pourquoi pas ? À Manzhouli, à l'est de la Mongolie. Je me suis rencardé, le Transmongolien se détache du Transsibérien à Oulan-Oude, capitale de Bouriatie, à l'est du lac Baïkal, vers Ulaanbaatar, puis de là on peut tracer sur Pékin.

Des années que je rêvais de prendre ces trains mythiques.

Sakura ne me rappelant pas, je suis allé dire au revoir à Solongo. Avec elle aussi, ce fut bref, sans effusions. À la mongole.

J'ai fait mon sac et je suis allé acheter mon billet à la gare d'Oulan-Bator.

Le voyage s'est bien passé, cette fois, mais impossible de joindre Héléna. Oui, je sais, la Sibérie, c'est grand… et les Russes sont des ours. Mais rien n'était trop grand pour un si grand humour.

Épilogue

Arrivé à Moscou, j'ai appelé Héléna pour lui dire que j'avais une surprise pour elle. Non, ce n'était pas une cartouche de Glock…

Elle verrait bien.

Puis, une dernière fois, j'ai entendu la voix de Pat, sur ma messagerie : *Rappelle-moi, grand ! Faut que je te raconte un truc marrant. J'ai reçu un coup de fil de la journaliste de* Libé *– j'ai oublié son nom – qui avait été kidnappée au Liban : elle voulait me remercier de l'avoir libérée. Vingt ans après ! T'imagines ? J'en ai marre de tuer des gens. Je préfère les libérer… J'ai beaucoup de boulot en ce moment. Je rentre à peine de Syrie, où j'ai tué un mec pour 5 000 dollars. Demain je vais au Havre libérer un container détenu par les douanes depuis dix jours. Je vais recréer une société de sécurité en France, avec des copains du service Action de la D.G.S.E. (retraités à 45 ans ! Pffff). On aura aussi un stand de tir. Tu pourras venir t'entraîner à viser… Pour commencer on prendra en charge la sécurité de Syriens en France, en Suisse et en Allemagne. Bref ça* *roule ! Je vais faire des travaux chez moi. Un bar, style* XIXe british, *avec des lambris de bois sculpté. On se croira dans un pub à Londres. J'ai acheté les fauteuils et canapés club à 150 euros sur Leboncoin. Ils valent 3 500 euros neufs. Je suis devenu une sorte de petit rentier, un salaud de petit rentier. Il y a une chambre avec une grande cheminée. Faudra que tu viennes au printemps. On fera des merguez au barbecue. Tu pourras fumer tes cigares. Après on ira pêcher. Les Français sont des fiottes. Toi, t'es pas une fiotte. Me font chier les tafioles, tous ces bobos, véganes et autres écolos de mes couilles. Prompts à juger, lents à agir, c'est ce que je pense d'eux, moi le plouc. Je mange de la viande, je bois et je les emmerde !*

Allez, j't'embrasse, anda.

Quand je pense qu'il est mort un 1er avril, ce con.

Paraît qu'il saignait du nez.

Et qu'il semblait dormir comme un bébé.

En chien de fusil.

D'après un chaman / médium contacté par sa mère, Pat va merveilleusement bien et il prédit un grand succès à ce livre.

Mais était-ce un bon chaman ?

Vous pouvez refermer la bouteille.

« Je voyage pour vérifier mes rêves. »

Gérard de Nerval

J'ai commencé ce roman à Tende (Alpes-Maritimes), l'été 2014 ; je l'ai poursuivi sur l'île de Ré, en septembre 2015 ; puis à Marseille la même année ; à Saorge (Alpes-Maritimes) au monastère du même nom (Saorge), en 2016 ; enfin à Madrid, à la Residencia de Estudiantes, puis à Paris, de juin à novembre 2017, dans le 11e arrondissement. Tout ça pour dire qu'il m'a donné du fil à retordre, ce bouquin voyageur.

Remerciements

Bayarlalaa (« merci » en mongol) au vrai Jacques Legrand, « mongoliste » français de renommée internationale (tant pis pour sa modestie), qui m'a lu et corrigé, sans perdre sa patience ni son humour. Comme à Marc Alaux, auteur (entre autres) de *Sous les yourtes de Mongolie*, régulièrement réédité chez Transboréal.

Merci encore à Bernard Le Magoarou, administrateur des Monuments nationaux pour le Var et les Alpes-Maritimes, ainsi qu'à Estelle Arnould, qui m'ont choisi parmi plus de soixante-dix candidats à la résidence d'écriture du monastère de Saorge, sans oublier Audrey, Étienne, Isabelle, Stéphanie, Francesco Scarrone, mon pote guide-écrivain-scénariste bien qu'italien, et les super jardinières qui se sont succédé dans le jardin qui donne sur la Bendola sauvage.

Muchas gracias à Ainhoa Sanchez, d'Acción Cultural Española (A.C./E.), qui m'a chaleureusent accueilli à Madrid.

À la S.G.D.L. (Société des gens de lettres) qui

m'a aidé quand il le fallait, au contraire de la C.N.L. (Centre national du livre)…

À Michèle Pedinielli (dite « La Mitch », des sacs La Mitch à Nice), maintenant auteure-autrice-écrivaine de polar (*Boccanera*, aux Éditions de l'Aube Noire), et à son compagnon Mouloud Zoughebi, grâce à qui j'ai commencé ce livre au calme, dans leur appartement de Tende (Alpes-Maritimes), tout près des loups du massif du Mercantour, dans la vallée de la Roya (… où mes amis de Saorge aident les réfugiés en détresse).

À Dominique et Christian Ferrand, comme à son fils Pablo, jeune producteur du cognac Pierre de Segonzac.

Merci à mes deux premières lectrices, Angela Fernandes, mère de ma super fille, Louna Séréna, et Lolita Godinez, *mi mama cansada*, qui se trouve être ma mère. Olé !

Merci aux ami(e)s virtuel(le)s, des réseaux « soucieux », et de la « vraie vie », qui m'ont supporté dans cette entreprise de longue haleine, et parfois depuis des années : Super Nath de Marseille, Éric Lamouroux, Thibaut Blondel, Fabrice Deliencourt, Florence Stella Brogniez, Mathieu Borderon, Didier Guilguini, Muriel Montfort, Talissa Hafner, Simone Vertadier, Isabelle Maltese et Audray (les mamans d'Agathe), Ariane Ferrier (R.I.P.), Fabienne Antigny, Florence Fouin-Jonas, Nadine Mialhe, Daniela Macian, Marie-Noëlle Garbay, Nana Vespertine, Blanche Bissemann, Maddie Bonet, Michel Bena, Mireille Tiffala, Dominique Gontier, Caroline, Lucie, Marie, et Sophie Beauvais (bref la famille Beauvais !) ; Glika Tchu et Janine

Glauser, Fabienne Jouvet, Benjamin Morant, Ellen Tomlison, Vianet et Franck Pech.

Et bien sûr Bruno Pellet et Christian Kazandjian, Xavier Godelain, Jacques Lesueur (dit Nono), qui vend mes livres dans sa librairie-papeterie Lire et Écrire d'Issoire (Puy-de-Dôme) ; Valérie Tong Cuong, Nathalie Andrade, Toto Yvert, Caroline Baumard, Lone Ghazael, Franck Chanloup (Nouméa), Julie Cadilhac (du site La Grande Parade, auquel je collabore), Philippe Bigot, Luc Corlouër, Loraine Adam, Sophie Sallès, Pauline Guéna, enfin, à Franck Brisson, mon super geek – « rôliste » – community manager, créateur de mon Sblog (Sitblog) : www.guillaume-cherel.fr

Pardon à ceux et celles que j'ai oubliés, on corrigera à la réédition.

Une pensée émue pour le beau et doux Mehdi, disparu trop tôt début 2015, ainsi qu'à ses frères, Sab et Nabil, du bar Le Royal (110, rue du Chemin-Vert – Paris 11e, mon bar de quartier).

Merci à Kamal, mon épicier-caviste préféré de Vignerons de France, au coin des rues Servan et du Chemin-Vert (Paris 11e), et Khalid (Mister-Phone), pour ce qu'il sait aussi.

Au village de Saorge (Alpes-Maritimes), le plus perché que je connaisse : Jérôme et Julie de La Petite Épicerie ; Virginie du gîte de Bergiron ; Marc, du Heinz-Café ; Lucas, l'ami accordéoniste, propriétaire de maisons d'hôtes ; Francesco et Julia, etc.

Enfin, je voudrais remercier les éditeurs qui ont raté ce livre. Grâce à vous j'ai rencontré Florian Lafani, éditeur météore chez Michel Lafon, qui a eu le flair de croire en ce polar déjanté. Et Denis Bouchain avec qui j'ai (une nouvelle fois) travaillé pour rendre ce roman noir, et blanc, le plus agréable à lire possible.

Et, *spassiba* et *bayarlalaaaaa* Jeanne François, la correctrice qui m'a relu Lulu. Vodka ? *Da !*

Allez, on se casse !

Composition

PRESS·PROD

Dépôt légal : février 2018
N° d'impression : 01
ISBN : 978-2-7499-3540-9
Code LAF : 2526